Peko Suwa
諏訪ぺこ
Ill. 海原ゆた
ポンコツ王太子の
モブ姉王女らしいけど、
悪役令嬢が可哀想なので
助けようと思います
~王女ルートがない!?なら作ればいいのよ!~
Ponkotuoutaishi no
MOBUANEOUJO rashiikedo AKUYAKUREIJOU
ga KAWAISOU nanode tasukeyouto omoimasu
TOブックス

CONTENTS

Illustration 海原ゆた　Design アフターグロウ

待ってました！　婚約破棄!!

今日は王立アカデミーの卒業パーティーである。ファティシア王国、最高学府の卒業式ともなれば、卒業生の親達だけでなく、官僚や他国からの来賓《らいひん》も多い。

新たな門出を祝う意味もあるが、王立アカデミーを卒業するということは優秀である証し。今後の繋ぎや、婿、花嫁候補として品定めしているのだろう。優秀な人材はどこにでも欲しいものだ。

そんな王立アカデミーの卒業生の一人である私は、一国の王女らしく卒業に際した感謝とこれからの繁栄を願った挨拶をし、同母の兄であるロイ・レイル・ファティシア兄様にエスコートされながら卒業生の輪に加わった。

彼女の言葉を借りるなら『モブ王女』らしい私は一国の王女であるにもかかわらず、未だに婚約者がいない。だから先に卒業している兄様にエスコートをされているわけだ。もちろん兄様のエスコートに不満はない。不満はないが、まだ婚約者もいないの？　みたいな視線はちょっといただけない。婚約者がいないのにだって、それなりに理由があるかもしれないじゃない!!

まあ、今はそれどころではないからいいのだけど……そんなことを考えつつ、チラリと彼女に視線を向ける。

私の大切な大切な親友。

予定では、彼女の言葉通りにあることが起こるはず。起こってほしくない出来事ではあるけれど、彼女をエスコートするはずだったアイツは彼女の側にいない。きっとそれが答え。

そのせいか彼女はいつもより少しソワソワしていた。できることなら、このまま何も起きないといいなあと思っていたけれど、結局はアイツによって引き起こされてしまう。

「アリシア・ファーマン侯爵令嬢！　貴様との婚約を破棄する‼」

突然の高らかな宣言に、ざわついていたホールの中は一瞬にして静まる。

そして名指しされたアリシア・ファーマン侯爵令嬢に会場中の視線が集まった。おめでたい日が一瞬にして、最悪な日になる。ホール内の空気はひんやりとして、誰しもがそんな宣言をした相手に冷たい視線を向けた。

そんなことはお構いなしに、婚約破棄なんて言葉を口にしたのは王位継承一位であり彼女の婚約者、ライル・フィル・ファティシアだ。

まあ、つまりは私、ルティア・レイル・ファティシアの母親違いの弟……異母弟なわけだが、ヤツはピンクブロンドにピンク色の瞳をうるうるさせ、胸をバインと強調させたドレスを着た女の子の肩を抱き寄せている。まるで悲劇のヒロインのような様子に、私は心の中で深いため息を吐いた。

とても愛らしい女の子だ。きっと一〇人いたら九人は振り返る。そんな愛らしさをもった女の子。

でもこのパーティーにはふさわしくない。おい、愚弟よ。お前とその女の子は学年が同じだが、今回の卒業パーティーに関係ないだろ？　と眉を顰《ひそ》める。二人は私たちとは学年が一つ違う。つまりこの場に関係あるのは、アリシアの婚約者である弟のみ。なのに何故一緒にいるのだろうか？

しかも制服ではなく、バッチリとドレスを身にまとった姿で。卒業生のパーティーに在校生がドレスを着て参加するのもどうなのか……いや、きっとアイツがわざわざ用意したのかもしれないけど。

聞いていた通りの展開になったか、と若干イライラしつつ私は卒業生たちの間をすり抜ける。

彼女の言うシナリオの強制力。そんなものがきっと働いているのだろう。私は断罪に震えるアリシアの前に立ち、ビシリと扇をヤツに向けた。

「良く言った愚弟！　その言葉に二言はないな!!」

まさかここで私が出てくるとは思わなかったのだろう。

ピンクブロンドの、他称ヒロインと愚弟ライルは目をまんまるくさせ私を見ている。その表情に少しだけ溜飲が下がり、ニッと小さく笑った。

思い起こせば――――彼女の言うシナリオとやらに立ち向かい、私達は良くやったと思う。

今日はその集大成だ。

悪役令嬢の嘆き

あれは一〇年前まで遡る。

当時八歳だった私にお友達をつくろうと高位貴族の中から歳の近い令嬢が集められ、王城の庭園でお茶会が開かれた。所謂《いわゆる》取り巻き、と言うやつだ。その中に彼女もいた。

アリシア・ファーマン侯爵令嬢

サラリとした金の髪に、少し吊り気味の紫の瞳。まるでお人形のようにとても愛らしい女の子だったが、彼女は私への挨拶もそこそこに会話の中には交ざらずポツンと一人で佇んでいた。

私は何となく気になって彼女の姿を視界の端に入れていたのだけど、どうやら彼女は極端な人見知りのようで話しかけられないように隅へ隅へと寄っていく。侯爵令嬢なんて、それこそこのお茶会の参加者の中で私を除けば一番の高位貴族。そんなに端に寄ることなんてないのに……何とも珍しい子だと見ていたら、一つ違いの異母弟ライルが突然お茶会に乱入してきたのだ。

ライルと鉢合わせた彼女は驚きのあまり悲鳴をあげ――――そして気を失って倒れた。私は慌てて彼女の側に寄り、倒れた彼女に何かしたのかと念のためライルに問いかける。

ライルは何もしていない。自分の顔を見たら悲鳴を上げて倒れたと言った。確かに私の目にもそう映ったので嘘ではないだろう。ライルが急に現れたことに驚いてしまったのだろうか？　彼女の歳ならば、この間開かれたライルの誕生パーティーにも参加していたはず。第二王子とはいえ、王位継承一位のライルは、高位貴族の令嬢たちからすればお嫁さんになりたい人第一位。私なんかよりも、もっとずっとお近づきになりたい子だろう。

もしやそのせいで倒れてしまったとか？　そんなことを考えながら、私は従者に彼女を部屋に運ぶように告げ、その日のお茶会を解散とした。流石に倒れた子がいるのにお茶会を続ける気にはならなかったし、それに……お茶会に参加している子たちの目的もライルの登場のせいで変わってしまったからだ。

彼女の様子を見に行こうと客室に向かっていると、ロイ兄様と鉢合わせる。兄様と私は側妃である同じ母から生まれ、兄妹仲もとても良い。さっきお茶会に乱入してきたライルとは仲良くしたいと思っているのだが、正妃であるリュージュ様とその周りの影響で難しかったりするのだ。側妃の子供と一緒にいたら悪い影響が出るとか……多分、ライルを確実に王位につけたいからだろうけど、子供の教育にはよろしくない。そんな関係もあってか、未だライルは後宮でリュージュ様と暮らし、私と兄様は後宮から早々に出されて離宮で暮らしている。

「やあ、ルティア。お茶会はどうだった？　友達はできそうかい」

「まあお兄様。私、普通のお友達が欲しいのよ？　取り巻きじゃないわ」

そう言って口を尖らせれば兄様は苦笑いを浮かべる。

「わかってるわ。これはワガママなのよね？　本当の友達なんて王女にはできっこないもの」

「そんなことはないよ。きっとできるさ」

優しく頭を撫でて慰めてはくれるけど、私と兄様の先行きはあまり良いものではない。

母はこの世に既におらず、いたとしても伯爵家なので後ろ盾としてはちょっと弱い。ライルの母であるリュージュ様はファティシア王国に五つしかない侯爵家出身。明確な格差がある。そんなわけで残念なことに、王女のオトモダチにはうま味がない。高位貴族になればなるほど家同士の繋がりって大事になるし。うま味のない王女の側にいるよりは、ライルの側にいた方がいいと考えるのが普通だ。

私が男であったら、もう少し状況は変わったのだろうか？　と考えた時もあったけど、兄様の状況を見るとそうとも言い切れない。

なんせ兄様は私より三つ上なのに婚約のこの字も出てこないのだから。普通なら、もうそんな話が出ていてもいいはずなのに……

きっと、継承順位的な問題があるのだろう。兄様の継承順位は二位だけど、兄様の婚約者の家格によって後継者争いが起きる可能性がある。そうなると困るのは私たちだ。王城で一番幅を利かせているのは、ライルを王位に付けたい人たち。後ろ盾もない私たちだからこそ見逃されているようなものだけど、そこに新たな要素が加われば何が起こるか想像もしたくない。

「ところで、これからどこに行くんだい？」

「お茶会の途中で倒れてしまった子がいるの。その子の様子を見に行くのよ」

なんでか急に倒れてしまったの。そう言うと兄様は一緒についてきてくれた。

客室に入り、そっと顔を覗き込む。

ベッドに寝かされていた彼女はなんだか酷くうなされていて、バッドエンドはイヤ。断罪ルートはイヤ。と呟いていた。一体、何のことだろうか？　私は思わず兄様の顔を見上げる。

「……悪い夢を見ているなら起こした方がいいかしら？」

「そうだね。なんだか酷く顔色も悪い」

私は彼女の肩を優しく揺さぶり、起こす。

「ねえ、起きて。起きて。怖い夢から覚めましょう？」

彼女は涙で潤む瞳をひらき、ぼんやりとした表情で私を見た。その顔の前で手をひらひらと振ってみる。徐々に覚醒してきたのか、サッと青ざめると「モブ王女……」と呟いたのだった。

モブ、とは端役のことかしら？　と自分の中の知識を集めて答えを導く。

モブ＝端役、つまり私は端役の王女――――それはあんまりな言い方だ。確かに、現状は継承順位も三位。女王がいなかったわけではないけれど、それでも跡継ぎになる男子がいるなかでは将来性も皆無。でもモブではないと思いたい。

しかしそんな私の考えなんてこれっぽっちも気にせずに彼女はさめざめと泣き始める。もう終わりだ。断罪ルートだ。処刑されちゃう。と……

流石にモブ王女なんていわれたら微妙な気分にはなるけど、その程度で処刑しちゃうとかどれだけ暴君なのだろう？　私、もしかしてそんな風に周りからみられているの？　チラリとロイ兄様を見れば、流石にそんなことはないという風に苦笑いされた。

もしかして彼女の中の私はそうなのだろうか？　恐る恐る声をかけてみる。

「ねえ……貴女。そんなに泣いたら目が溶けてしまうわよ？」

「いっそ溶けてなくなってしまえば良いんですぅぅぅ」

「そしたら何も見えないわ。綺麗なお花や美味しいお菓子も何も見えないのよ？　もったいないじゃない」

「そういう問題かなあ……」

兄様の呟きに少しだけ口を尖らせる。泣いている子にはお菓子とかお花とかそんな話をした方がいいと思っただけなのに。美味しいものも、綺麗なものも心を慰めてくれるはずだ。

「わた、私……まだ死にたくないぃぃぃ」

「誰も貴女を害したりしないわ。ここにいるのは私達だけだもの。それとも貴女には私と兄様がそんな酷いことするように見える？」

そう言うと彼女はようやく泣くのを止めて私達を見た。それでもフルフルと震えてまるで小さなウサギのよう。彼女がどうしてそんな事をいって怯えるのかわからないけれど、彼女にとっては何か一大事が起きたに違いないのだ。

こんなに泣くなんてそれ以外理由がない。

「さ、何かあるなら話してごらんなさい？」

「……きっと、頭がおかしいって、思われます」

ポソポソと小さな声で呟く。可愛らしい子は声すらも可愛いのね、とちょっと見当違いなことを思いながらも私は彼女に話してみるよう促す。

「聞いてみなければ判断できないわ」

「私だって……信じたくないもの」

そういうと彼女は俯き涙をこぼす。私はその涙をハンカチで拭いベッドの縁に腰掛けて彼女の頭を撫でてあげた。同じ歳ではあるけれど、妹がいたらこんな感じかしら？

それぐらい彼女は怯えて小さく見えたのだ。

「さ、話してごらんなさい」

もう一度促すと、彼女は小さな声で話しだす。これから先の未来の話を――

＊＊＊

彼女、侯爵令嬢アリシア・ファーマンが言うには今回のお茶会が終わってから二年後に彼女と異母弟のライルの婚約が成立し、そして将来、王立アカデミーに一緒に通うことになるそうだ。

しかしライルは親の決めた婚約者であるアリシアに不満を持っていて、二人の仲は良くない。仲違いの原因はアリシアの傲慢な態度。

王位継承第一位の婚約者。未来の国母。

その立場が、アリシアを傍若無人《ぼうじゃくぶじん》な人間にしたようだ。ライルに近づく令嬢をことごとく邪魔し、威嚇するのだとか。その尊大な態度の原因の一つにライルが好きだから、というのもあるらしいけど令嬢として褒められたものではない。それに好きな相手を思っての行動としてもちょっとどうかと思う。

もっとも、ライルも同じタイプだから良い勝負だと思うのだけど、どうも聞いていると違うらしい。一〇年後のライルは勤勉なとても良い王子様なのだとか。

そんな彼がアカデミーで出会った男爵令嬢の女の子と恋に落ち、嫉妬に狂ったアリシアはその女の子を虐めてしまう。しかしそれがライルの知る事となり、卒業パーティーの日に断罪され婚約破棄されてしまうのだ。

ただ、虐めの内容はそこまで酷いものではなかった。例えば、婚約者がいる相手に無暗《むやみ》に声をかけてはいけない。とか、婚約者のいる相手とのダンスは一度だけ。とか、貴族としての立ち振る舞いが主で、よくある物語の中に出てくるような酷いことをしているわけではない。物を隠したり壊したりとか、突き飛ばして怪我をさせる……なんてことはしてないそうだ。

「話だけ聞いていると、虐めの内容も貴族令嬢としては当然のことを言っているように思うわね。言い方は……多少、あるかもしれないけど」

「そうだなぁ。婚約者がいる相手にベタベタする女性は慎みがないと言われるし……それに婚約者がいるのに、婚約者以外の女性と仲良くなるのも普通は有り得ない」

「でも、でも、他にも勉強ができないとか、作法がなってないとか嫌がらせするんです」

勉強ができないのも、作法がなってないのも個人の問題ではなかろうか？　普通は家である程度習って来るものなのだ。もちろん、家によって様々な事情はあるだろう。だが王立アカデミーは絶対に通わなければいけない所ではない。

何故なら王立アカデミーは最高学府だ。それまでのカレッジと呼ばれる高等教育までで済ませる貴族もそれなりにいる。話を聞く限りあまり裕福ではない貴族の令嬢のようだし、それならば尚更アカデミーまで行く必要はないだろう。よほど一芸に秀でる何かがあれば別だけど。

アカデミーで習うのは専門的な分野の勉強や、領地を治める経営学などでどちらかと言えば男の子の方が多い。一〇年の間に男女の割合が同程度まで上がるのであれば、無理をしてでも通わせる可能性はあるかもしれないが。

「それで、貴女は……アリシアで良いわね？　アリシアは断罪されて婚約破棄されるとどうなるの？」

「処刑されます……」

「え？」

「処刑されます」

私が思わず聞き返すと、アリシアはもう一度同じ言葉を繰り返した。処刑……処刑される程の何をしたというのだろう？　私は思わず兄様を見上げる。

虐めと呼ぶには微妙な問題で婚約破棄され、猶且つ処刑されることなんて普通はない。有り得ない！　しかもアリシアは侯爵家の一人娘。現状、公爵家がない状態では貴族の中では家格が一番上なのだ。そんな彼女を処刑するのに、男爵令嬢を虐めたから……だなんて理由は弱すぎる。

婚約破棄は、まあ仕方ないにしても、処刑なんてしたら大問題だ。

「ええーっと……処刑の理由は？」

「未来の、国母を殺害しようとした罪だと」

未来の国母を殺害、と聞いてアリシアの肩を掴んでしまう。殺人は大きな罪だ。いや、罪ではあるが、実行したかしていないかでも色々変わる。実行したのであれば、確かに処刑に相当する罪と思われるかもしれない。

「アリシア！　貴女そんなことする予定があるの⁉」

「ありません！　私は平穏無事に生きたいです‼」

ぶわっと涙をにじませて、アリシアは全力で否定する。する予定があるなんて言われなくて本当に良かった。私はホッと胸をなでおろす。

「ならそうすればいいわ。余計なことは言わずに、何もしない。今現状はライルとの婚約だって成立してないわけだし」

そう言って兄様を見ると、兄様も何も聞いていないと首を振った。それでもアリシアは首を振る。

「きっとシナリオの強制力があるんです。本当は今日、ライル王子に会う日ではなかったんです。それより前に会う予定があったんですが、全力で仮病を使って出なかったから……」

「今日会ってしまった？」

「……はい」

しょんぼりと項垂《うなだ》れるアリシアに私と兄様は顔を見合わせるのであった。

正直言ってアリシアの話は全て夢物語のように感じる。

彼女の言う前世とやらの記憶も……

そもそもの話、ライルがしっかりした王子に育つイメージが湧かない。

正妃であるリュージュ様やその周りに甘やかされまくって、勉強も礼儀作法もサボりにサボり、メイドや騎士達に横柄な態度ばかり取っているからだ。

「ねえ、今のライルはアリシアがいうような立派な王子になるイメージが湧かないわ。どうしてそうなったの？」

今のまま育てばそりゃあワガママ放題の横柄《おうへい》な王子になるだろう。いくら王位継承一位であっても、そんなんじゃ王位は継げない。たとえ正妃様の産んだ子供であっても、王としての資質が示せなければ王位を譲られることはないだろう。多分。

絶対無理だ、と言い切れないのは派閥の問題があるからだけど……いや、でも……うん。流石にお父様だって、今のライルの状態を見て王位を譲ったりしないはず。

「その、お、怒らないでくださいね？」

アリシアの焦った声が段々と小さくなる。私は彼女の背を優しく撫でながらそんなことはしないと伝えた。

「聞いておいて怒ったりはしないわ」

「卒業パーティーの一〇年前に国王陛下が事故で亡くなられてしまうんです。その後も良くないことが続いて、その事故から五年後に流行病でロイ王子が……」

「お父様とお兄様が亡くなるの⁉」

「あ、いえ。亡くなるのは陛下だけで、ロイ王子は床に就くんです。なのでライル王子はご自分がしっかりしなければ、と……それをヒロインが支えるんです。孤独だったライル王子が初めて心を許せた相手で、二人は急激に惹かれ合うんです」

「その邪魔をアリシアがする？」

「……はい」

アリシアはすちるで見ていた時は素敵だったんですけどねと良く分からない言葉を呟く。

いやそれよりも――――もしも、もしも、本当にお父様が死ぬ事になったら大変なことだ。

この国は平和な国ではあるが、隣国から狙われていないわけではない。急に王が亡くなれば近隣諸国はざわつくだろう。豊かな国はそれだけで価値があるのだ。

「……ねえ、アリシア。お父様が亡くなるのはいつ?」

「え?」

「貴女の卒業パーティーの一〇年前、でいいのよね?」

「え、ええ……確か、視察に出かけた先で……数日前から降り続いた雨のせいで土砂崩れが起きて、馬車ごと崖の下に」

アカデミーの卒業パーティーはついこの間、行われたはず。卒業式の予定はそうかわらない。アリシアの言葉を信じるなら、視察は近いうちにあるのだろう。だけど私にはお父様の予定がわからない。子供の私にわざわざ予定を知らせることなんてないし、終わってからの事後報告がほとんど。

ロイ兄様なら知っているだろうか? そう思って兄様を見上げると小さく頷く。どうやら本当に予定があるようだ。

「……残念ながら父上の視察を止めることはできないな」

「そうよね……アリシアの予言? 予知? だけじゃや、お父様が聞いてくれるとは思えないわ」

たとえ本当に起こることでも、子供の言葉を信じてもらえるとは思えない。アリシアも私も兄様も三人でうんうんと唸ってしまう。

せめて誰か手伝ってくれる大人がいればいいのだけど……生憎《あいにく》とそんな知り合いはいない。

コンコン、と部屋の扉を叩く音がする。

兄様がそれに返事をすると勢い良く扉が開いた。

「アリシア!! 倒れたと聞いたが大丈夫なのか!?」

「お、お父様……」

アリシアの父、ファーマン侯爵だ。侯爵はアリシアに近づくと彼女の肩を掴みどこも怪我はないか、とあわあわしながら見ている。

そんなに力強く肩を揺さぶったらさらに具合が悪くなるのではなかろうか？ 止めるべきか、それとも父親の愛情表現と見守るべきか、チラリと兄様を見ると困ったように笑う。

そしてアリシアも助けを求める目で私を見てきた。流石に愛情で片付けるにはちょっとオーバーだったらしい。私は小さく咳払いをすると、侯爵に話しかける。

「ファーマン侯爵、そんなに揺さぶったらアリシア嬢の具合が悪くなってしまいますわ」

まるで視界に入ってなかったのか、それとも娘が心配だったせいでそこまで気が回らなかったのか、侯爵は私と兄に慌てて頭を下げた。

「これは、その……失礼致しました殿下方」

「いいえ。それよりも……侯爵にお願いしたいことがありますの」

「な、何でしょう？ 姫殿下」

侯爵はギクリと肩を揺らす。もしや侯爵もアリシアから話を聞いているのだろうか？ それなら、侯爵を協力者に仕立てたらお父様は助かるかもしれない。

そっとアリシアの肩に手を回し、仲良しアピールをする。

「私、アリシア嬢が気に入りましたの。お友達になっていただいてもよろしいかしら？」

「あ、アリシアを、ですか……？」

侯爵はチラリとアリシアを見る。そして申し訳なさそうな表情をして見せた。

「そ、その……娘は、今日倒れたことでもわかる通り、体があまり丈夫ではありません。姫殿下のご友人としてはいささか……」

「侯爵、私は彼女が良いのです。そして、貴方に協力を頼みたいの」

「もしや、その……娘から話を？　子供の妄想。夢物語です。殿下方が気になさるような話ではありません」

侯爵は困ったようにアリシアを見るが、私達にとってはお父様が死ぬかもしれない話なのだ。このまま放っておけるはずもない。不安要素があるなら何とかしなければ……

「侯爵、僕も妹も全面的に信じているわけではないのです。それはもちろん貴方も同じでしょう。ですが、もしも……父に災いが降りかかるようならば排除しなければいけない」

「しかし、ですね……」

「では、こうしましょう？　父が本当に事故に遭うのであれば、彼女の話は予言、それとも予知かしら？　は本当であると」

「でもそうしたら陛下が……」

アリシアの言葉に私は頷く。そう。お父様が死んでしまう。それはとても困るのだ。

そして彼女の言葉の通りならば、お父様が死んだ後も色々とあるらしい。だが子供の力ではできることは限られる。これから起こるかもしれないことがわかっていて、手を拱いて待っているだなんてとてもじゃないけどできない。

侯爵が協力者になってくれるのならば、できることの幅が広がるのだ。

対策を立てましょう！

侯爵という大人の協力者を得るために、私は一つの提案をした。

「お兄様が言う通り、お父様の視察を止めることはできません。ですが、視察について行くことはできると思うのです」

「ついて行ってどうするのです？」

「侯爵には視察に出るより前に魔法石を作っていただきたいの。防御に特化した魔法石を」

「防御の……？　つまり姫殿下は陛下の馬車に同乗して一緒に事故に遭うおつもりですか⁉」

「はい」

私は大きく頷く。ロイ兄様が不安げな視線を寄越したけど、それ以外にお父様を救う手立てはないのだ。

因みに魔法石とは魔術師が色々な魔術式を封じ込めた石。

この世界の人間は大なり小なり魔術が使えるけれど、生活魔法が中心で大きな魔術を使える人間はあまり多くない。

そして、大きな魔術を使える者は国や有力者に仕え、日々研究を行っていたりする。

そんな中で発明されたのが魔法石だ。使う本人に魔力が大してなくても、魔法石に刻まれた術式がきちんと発動すれば問題なく使える。

少ない魔力で大きな効果が出るので戦争に使われたりすることもあるが、基本的には生活に根ざした使われ方が多いだろう。

ただ問題は生活に使うような魔法石は安価な宝石でも十分役目を果たしてくれるが、防御や攻撃に特化した魔法石は高価な宝石を使わねばならないというところだ。

私は三人に少し待っていてもらい、一度自分の部屋に戻る。そして引き出しの奥に大事にしまっていた宝石を取り出して、もう一度アリシア達の待つ部屋に戻った。

「侯爵、この宝石なら強い魔術式も入れられると思うのです。これに防御魔法を入れてもらえますか？」

私が侯爵に見せた宝石を見て、ロイ兄様が大きな声をあげる。

「ルティア！　それは母様の……!!」

「はい。形見の宝石です。でも、お母様もお父様を助ける為なら構わないといわれると思うんです」

澄んだ蒼い宝石は私の手の上でキラキラと輝いている。侯爵は私の手から宝石を受け取りジッと見つめた。

「確かに、これなら……上級の防御魔法が入れられます。しかし、よろしいのですか？　防御魔法が発動してしまうと、この宝石は壊れる可能性がありますよ」

壊れる、と聞いてほんの少しだけ躊躇してしまう。私だってアリシアの話を全て信じているわけではない。大切な、大切なお母様の形見を魔法石に変えてしまうのも本当はイヤだ。

「貴女がお嫁に行くときに持っていってね」

と亡くなる前に私に下さった蒼い宝石。魔法石は使い続ければいずれ壊れてしまうもの。特に防御や攻撃に特化させたものは一度の負担が大きい。いくら質の良い宝石でも壊れる可能性の方が高いのだ。

「正直言えば……イヤです。でも、私にはこれぐらいしか上級の魔法を入れられる宝石はありません。それに子供が宝石を欲しがるのもおかしいでしょう？」

「姫殿下であれば――いえ、そうですな……」

侯爵は私と兄様の微妙な立場に口を噤む。

「使わなかったらその時はまたしまっておけば良いのです。侯爵、お願いいたします」

私はジッと侯爵の顔を見た。そう、アリシアの話がただの妄想か夢物語であればこの宝石を使うこともない。しかし現実に起こることならば、とても大事な守りとなる。

すると侯爵はアリシアに向き直り、崖から馬車が落ちると言う話を詳しく聞き始めた。

「アリシア、馬車が崖から落ちるといったね？　それはどのように？」

「崖が崩れてそのまま崖の下に落ちるのです」

「崖の下、か……殿下、もちろん王宮の馬車は強化魔法の入った魔法石が嵌め込まれていますよね？」

「それは、当然……王族の乗るものですからね」

「それでも亡くなる、ということか……」

「えっと……多分ですけど、箱は潰れなくても中身はダメなんではないでしょうか？」

「アリシアどういうことだ？」

私達はアリシアの言葉に首を傾げる。馬車自体に強化魔法の魔法石が嵌め込まれているなら、それを上回る攻撃用の魔法石でないと壊すことはできない。

彼女は私に箱とクッキーを用意できるかと聞いてきた。言われるままに箱とクッキーを用意すると、彼女は箱の中にクッキーを一枚入れて侯爵に箱に強化魔法をかけてもらう。そしてそれを持ってベッドの上に立ち、高い位置から箱を落とした。

強化魔法がかかっている箱はもちろん何ともない。

「お父様、強化魔法を解いてください」

「あ、ああ……」

侯爵は言われるままに強化魔法を解く。すると中に入っていたクッキーは砕けていた。そこで初めて彼女の言いたかった事がわかる。

「そうか。いくら外からの攻撃に強くとも、落ちる衝撃は中にいる人間が防御しなければ叩きつけられるのか……」

「はい。多分、それでお亡くなりになったのだと思います」

私としては単純に守る為の防御魔法と思っていたが、目の前で説明されその場面を想像してゾッとしてしまう。いくら魔法が使えても咄嗟に自分の体を防御できるわけがない。崖が崩れるのを事前にわかっていたとしても、きっと難しいだろう。

侯爵は箱と砕けたクッキーを見て考え込む仕草をした。

「しかし、普通の防御魔法では崖下に落ちる衝撃に耐えられるだろうか？」

「難しいですか？」

「試したことがないので何とも……」

「お父様、普通の防御魔法ではなく水を使ったらどうでしょう？」

「水？」

「馬車の中いっぱいに水があったら衝撃が吸収されると思うのです」

「でも水でいっぱいになったら私達の息が続かないわ」

「それに狭い中じゃ水があっても衝撃が吸収されるかわからんな」

「うーんと……それじゃ、水をスライムみたいにするとか……？」

「……すらいむ？」

私が首を傾げると、アリシアは手で形を取りゼリーみたいなぷにぷにの動物なんですと話す。彼女の前世とやらではそんな動物がいたのかと聞くと想像上の動物だと言われた。

「想像上の動物？」

「動物というか、魔物というか……この世界にはいないですか？　こう、弾力があってぷにぷにしているんですよ」

「そんな魔物はいないかなあ」

兄様の言葉にアリシアは残念そうな表情を浮かべる。どうやられべる？　アップする時に出遭う最初の魔物らしい。

「水を水のままでなく、柔らかくするということか……それでいて呼吸ができるように……」

侯爵は物凄く考え込んでいる。崖から落ちても安全に助かる方法。今度はそれを考える為に私達は頭を悩ませてしまった。

残念だけれど、現時点では解決策と呼べるものは出てこなかった。侯爵は私に蒼い宝石を戻すと、私の顔をジッと見つめてくる。

「姫殿下、もしも……アリシアの言葉が本当だったら、姫殿下は、いえ、殿下方はアリシアの味方になってくださいますか？」

「なるわ！」

「ルティア……」

即答すると、ロイ兄様は困ったように眉を顰めた。でも本当にアリシアの言う話がこれから起こるのなら、嫌がる彼女をライルの婚約者にするのは勿体ない。だって好きでもない相手の婚約者になって、将来的に断罪されるかもしれないなんて……！　そんなの可哀想すぎる。

ただ問題は彼女の魔力量だ。魔力量の測定はだいたい一〇歳になった時に神殿で行われる。その時に魔力量が多いと判断されれば、どうしたって彼女はライルの婚約者候補に名前が挙がるだろう。

「ねえ、侯爵。アリシアの魔力量ってまだわからないのよね……？」

「いいえ、今の時点で十二を超えています」

「十二って……かなりの量ですね。僕が今十八ですし」

三つ上の兄様は去年、測定が終わっているからか驚いたように目を瞬かせた。魔力を持っている者は年齢が上がるにつれて保有量も増える。

つまり、二年後のアリシアはもっと魔力量が増えていると言うことだ。

もちろん途中で止まる人もいるから一概にはいえないのだけど……それでも侯爵家の令嬢で現状、十二もあれば十分王族の花嫁になるには相応しい。

ちなみに一般的な人たちの魔力量は平均で三～五、貴族だと七～一〇、魔術師だと十二～となっている。王族は貴族の平均よりも多いが、あまり公表されることはない。

兄様の十八も十分多いとは思うが、お父様の魔力量はもっとあるだろう。そうなってくると、やはりアリシアの魔力量は魅力的なものだ。

困ったようにへにょりと眉を下げているアリシアに、私は現実を教える。可哀想だけど、こればかりはどうしようもない。

「アリシア、残念だけど……確実にライルの婚約者候補になるわね」

「えええっっ!!　な、何でですか!?」

「魔力量が多いもの……それに、ライルは正妃様の子供だから」

「そうだね。残念ながら僕らにそれを止める手立てはない」

正妃であるリュージュ様の希望をお父様が特段の理由もなく断るわけもない。侯爵家、更には綺麗で魔力量も多く、年も近いとくればライルの婚約者にピッタリだろう。

「まあ、でもね？　断罪を避ける方法はあると思うの」

「え⁉」

私の言葉にアリシアが食いつく。私はアリシアに向かってこう言った。

「何もしなければいいのよ」

と――


簡単な事だ。ライルに怯える彼女がこれからライルを好きになる可能性は限りなく低い。ならば婚約者になっても何も言わなければいいし、ライルに好きな相手ができても諌めなければいい。

ライルに嫌われる原因は、アリシアが婚約者としての立場から傍若無人に振る舞い続けたから。

それを一切せず、ライルにも近づかない。婚約者として行事ごとには一緒に出なければいけないだろうけど、体が弱いと理由をつけて休むことだってできるはず。

「な、何もしないってありなんですか？」

「アリシアはライルと結婚して我が国の正妃になりたい？」

そう問いかければ彼女は思いっきり首を左右に振る。

何とも欲のない子だ。自分が正妃になり、男爵令嬢を側妃にすればいいのに。うちの国は一般的には一夫一婦制ではあるけれど、王族に限っては一夫多妻が許されている。まあ正妃になる事に重きをおくか、それとも普通の結婚を選ぶかの違いだろうけど。

「じゃあ、何もしないでそのまま放置していればいいわ。もしも向こうが何かいってきても、正妃教育ってとても忙しいと言うし……そんなことしている暇ありませんって突っぱねれば良いのよ」

「でも……お前がやったって言われたら……？」

「証拠を出せと言いなさいな。そして反論の為の自分の証拠を提出する。正妃教育を受けているのなら、王城に証人はたくさんいるでしょう？」

「――――姫殿下。貴女様は本当に八歳ですか？」

アリシアは疑惑の目で私を見てきたが、私は見たままの八歳だ。

彼女のように前世の記憶云々と言ったものは持ち合わせていない。ただ、そう。少しばかり本を読むのが好きなだけ。

いくら王位継承権を持っていても、所詮は後ろ盾もない側妃の子供。派閥として力の強い正妃の子供であるライルとは期待度が違う。

基本的なマナーやダンス、勉強なんかをやっていれば後は放置状態だ。

だから私は本を読んでいる。王宮にある本は多種多様で、民間で売られているちょっと下世話な本なんかも頼んで入れてもらっていた。本の中には、私の知らない世界が描かれている。城の外に出ることができない私は、本から知識を得るしかない。その本たちは私にたくさんのことを教えてくれていた。

見る者の視点が変われば色々と面白いと言ったら、王宮の司書は喜んで本を集めてくれたし、頼もしい限りだ。

「私はね、アリシア。貴女のいう話の通りならモブ……端役の王女かもしれない。でも私は私なの。端役でも良いけど、助けられる命は助けたい」

たとえ、他から顧みられなくても私は王位継承権を持った王女だ。その身に相応《ふさわ》しくありたい。

「——私、絶対にライル王子と結婚したくないです。だから姫殿下のお友達になります。私の知る限り、ゲームの中のアリシアと姫殿下はきっと話すらまともにした事はなかった。でも未来を変えたいなら、動かなきゃ！」

「アリシア……」

侯爵が心配そうにアリシアを見る。私は彼女の決意に応える為にそっと手を差し出した。彼女は私の手をそっと握る。

「アリシア・ファーマン侯爵令嬢、今日から私のお友達になってね。そして、貴女が恐れる未来と闘いましょう？」

「はい！」

今まさに成立した同盟。私とアリシアの手に兄様と侯爵の手が重なる。

「僕も協力するよ。父上を助けたい気持ちは同じだからね」

「私もです。娘をよろしくお願いします」

「もちろんです！　さ、ではお父様を助ける方法を考えましょう？」

私がそう言うと、侯爵がある提案をしてくれた。

「姫殿下、その蒼い宝石ではなくもっと小さな石はお持ちではないですか？」

「もっと小さな……？　そうね、これではダメかしら？」

そう言って髪をまとめていたバレッタを外すと侯爵に見せる。花の形が連なったバレッタには花の中心に小さな石がはめ込まれていた。侯爵はそれを見て、ふむ、と頷く。

「これなら……いけるかもしれません」

「でも防御魔法を入れる魔法石は質の良い宝石じゃないとダメでしょう？」

「防御魔法に拘らなければ良いのですよ」

侯爵は私のバレッタを借りたいと言うので貸すことにする。

「防御魔法に拘らないって、水の魔法を入れるの？」

「先ほどのアリシアの話をきいて、少し試したい術式が思い浮かびました」

侯爵の言葉に頼もしさを感じる。流石に直ぐには作れないといわれたけれど、これで少しだけお父様の安全が確保されたかもしれない。

「それでは、よろしくお願いしますね」

「はい。こちらこそよろしくお願いいたします」

私たちはもう一度手を取り合う。

その日から、私とアリシアのとても素敵な一〇年が始まった。

王女、おねだりをする。

侯爵とアリシアはひとまず屋敷に戻るというので、私のバレッタをそのまま預けることにした。一応、形見の宝石を使わなくて済むのならそれに越したことはないが、もし必要ならば声をかけてほしいとも頼む。

アリシアの為でもあるが、私達にしてみればお父様の為でもあるのだ。

それに、上級の魔術式を入れるような宝石はとても高価で私達では然う然う買うことはできない。形見の品であれば特に何も言われはしないだろうけれど……後ろ盾のない側妃の子が高価な宝石を持っていたら何かと噂が立ってしまう。侯爵は自分が用意してもいいと言ってくれたけれど、それもなんだか申し訳ない。だって返せる当てがないのだから。

それに下手に侯爵に用意してもらって、ファーマン侯爵家が私たちに付いた……と穿ち過ぎた考えの人たちに命を狙われるような事態だけは避けたい。今はまだ、目立つ行動さえしなければ正妃であるリュージュ様も特に気にかけることはないだろう。

王位に興味がなくとも、継承権があるというだけで命というのは狙われる可能性が出てくるから厄介で困る。みんな仲良くできれば一番いいのに。

「ねえ、お兄様……お父様が視察に行かれる場所はご存じ？」

二人が帰った後、私の部屋に移動し、お父様が視察に行かれる場所を聞いてみる。

「ルティア、その視察に行くの……僕じゃダメなのかい？　君が危険な目に遭うのは賛同できないよ」

困ったように眉を顰めて私を止めようとしているが、私的には私だからこそ、だと思うのだ。

兄様は継承二位といえども、第一王子。王立アカデミーの下にあるカレッジに通い始めるところだし、その為の勉強もしている。

つまりは私みたいに暇ではない。

「お兄様、私は女の子です」

「そう、だね？」

「女の子とはお父様にワガママを言うものなのです」

「そうかなあ？」

「それに侍女達が言ってました。男親は娘に甘いと」

「父上は、甘いだろうか……？」

甘いか？　と問われると確かに疑問ではある。お父様は忙しくて、もうずいぶんと長いこと会っていないから。

「視察場所に私が気になるものがあれば……一番良いのですけど」

「ルティアの気になるもの……ああ、花がたくさん咲いているよ」

「お花ですか？」

「そう、確かその地方でしか咲かない花もあったはずだから……」

と言いながら段々と兄様の声が萎んでいく。私を危険な場所に行かせることになるのでやはり戸惑いがあるのだろう。

「お兄様は……アリシアのお話、信じます？」

「もし本当に起こるのなら、信じるよ」

「偶然かもしれなくても？」

「偶然でも、それで助かるならいいよ。それに、病気のこともあるしね。病気の原因がわかれば対策が取れるかもしれない」

確かにその通りだ。兄様が病気になるのは嫌だし、それに病気で死ぬかもしれないとわかっているのに、何も対策をせず国中の人を見捨てる行為は人として恥ずべき行為だろう。

事故から五年後に病が流行るのなら、今から準備しても早すぎることはない。

「ライルが変わるきっかけではあると思うんだけど……アリシアのお話ではライルはとても立派になっているようだったし」

「今のライルからは想像できないなあ……でも素質があるなら、あとはきっかけなんて関係なく自分の心次第じゃないかい？」

もっともな意見だ。もしかしたらライルの人生をも変えてしまうかもしれないが、本人に王として立つ気概があるのであれば、きっかけなんてなくとも立派に育つだろう。今は難しそうだけど。

「それなら善は急げ！　ですね。アリシアをお友達にする報告と、視察に連れて行ってもらえないかねだってみます!!」

そう言って笑えば兄様はやはり複雑な表情を浮かべるのであった。

＊＊＊

私の部屋のある離宮から出て、王城のお父様の執務室に向かう。本当は一人で出歩くなんて王女らしくないと諌められてしまうところだが、今日はお父様にワガママを言いに来たのだ。

私のワガママを諌める侍女がいては言うに言えない。

執務室の大きな扉の前に立ち、何度か深呼吸をする。大丈夫、私ならできる。できる。ちゃんとついて行かなければ、お父様の生死に関わるのだから。

扉の前に立つ騎士たちににこりと笑いかける。彼らは私を見て少しだけ不思議そうな表情をした。

「こんにちは、お父様にお会いしたいのだけど……よろしいかしら？」

「これは姫殿下。少々お待ちください」

普通は親子といえども事前に予定を伺ってから訪ねるのがマナーだ。だが私は一人娘で、お父様にワガママを言いに来たのだからきっと大丈夫。普段と違う行動もワガママの内容を聞けば、ああ……と思ってもらえるだろう。

少しだけ待たされ、直ぐに扉が開き中へ案内される。部屋の中でお父様と宰相様が何か難しいお顔で話をしていた。そして私の姿を見つけて顔をあげる。

「ああ、ルティア久しぶりだな」

「お久しぶりです。お父様、お元気そうで何よりですわ」

ニコリと笑えばお父様の目元も少し綻ぶ。私は執務机に近づくと、予定を伺わずに訪ねた事を先に詫びた。

「ごめんなさい、お父様。どうしても早く知らせたくて……」

「いや、大丈夫だ。それで何があったんだ？」

「私、お友達ができましたの！　少し体が弱い子ですけど、とても良い子なんですよ」

「ほう、どこのお嬢さんだい？」

既に報告は受けているだろうけど、お父様はちゃんと私の話に耳を傾けてくれる。私はアリシア・ファーマン侯爵令嬢だと告げ、とても仲良くなったと話す。

また今度、離宮に招いて良いかと確認すると大丈夫だと言われた。

アリシアにとってみればちょっと嫌な場所かもしれないが、ライルが私の離宮へ来ることはまずないので少し我慢してもらうしかない。それにこれで色々と対策が練れるというものだ。

ニンマリと笑いながらお父様を見上げる。するとお父様もニンマリと笑った。

「それで、うちのお姫様はそれだけじゃないんだろう？」

「まあ！　わかりまして？」

大げさに驚いてみせれば、お父様は軽く肩をすくめる。

「それだけならきちんと予定を聞いてから来るだろうからね」

「お父様に隠し事はできませんわね。実は……お兄様に伺ったのですけど、お父様が視察に行かれる先にそこでしか咲いていないお花があると」

「お土産が欲しいのかい？」

私の住む離宮は他の場所よりも花が多く育てられている。私が手ずから育てている花たち。それを知っているお父様はお土産をねだりに来たと思ったらしい。確かに何も起こらないのであれば、それだけで済んだのだけど……今回はそうではない。私はお父様の言葉に首を振った。

「いいえ、私、直接見てみたいのです！」

お父様と宰相様は私の言葉に二人揃って顔を見合わせる。普段の私ならきっと言わない言葉。でも今回はワガママを言いに来たのだ。絶対に連れて行ってもらう！

私はもう一度、連れて行ってほしいと重ねてお願いした。


私という存在は王城にある離宮ぐらいしか出歩いたことがない。いや、少し嘘をついた。王城内のちょっとした所にも出没している。でも王城の外の世界に行くのはカレッジやアカデミーに通う時ぐらいだろう。それだって王都の中限定で、国の中を見て回ることなんて絶対にない。

もし有るとしたら……それは、私が外の国に嫁ぐ時だけだ。

だからこそ、このおねだりはお父様に受け入れてもらえる可能性が高いと思う。

「ねえ、お父様……ダメかしら？」

精一杯の甘えっ子ポーズでおねだりを繰り返す。しかし視察は遊びではない。お父様は困ったように眉を顰めた。

「ルティア、視察は遊びに行くわけではないんだよ？」

「もちろん存じていますわ。人々の暮らしを見て、困っている事がないか確認するんですよね？」

「その通りだ。滞りなくその地域が諸侯によって治められているか、その確認をする為にお父様は行くんだよ？」

「私、お仕事の邪魔はしませんわ」

「お土産に花を持って帰ってくるのじゃダメなのかい？」

「そこでしか根付かないお花もありますもの……それに、土地によっても花の色は変わるんですのよ？　同じお花でも王宮で育ったお花と、その土地に合ったお花では違うんです」

できるだけその土地にある花を見たいアピールをする。

もちろん魔法石を使えば、鮮度を保ったまま王城に花を持って帰ってこれることは知っているけど、それだけじゃない事を知ってもらわなければいけない。花の手入れ方法なんかもそのうちの一つだろう。

王城の庭師が知らない、その土地の花師――花を専門に育てている人たちならではの育て方が知りたいのだ、と言い募る。

「お父様、お願いします。ちゃんということも聞くし、良い子にしていますわ」

「しかしな……」

両手を組んでお願い！　とアピールするもお父様は渋い顔をするばかり。アリシアの話を伝えられれば良いけれど、そんな事はただの世迷言。下手すると謀反の企みありと思われても困る。

自力でお父様の視察に付いていくにはお願いするより他はない。

「──陛下、連れて行って差し上げたらどうです？」

「ハウンド、ルティアはまだ幼い。長旅に耐えられるか……」

「そうはおっしゃいますが、姫殿下は大変健康にお育ちです。ロイ殿下も同じ頃に視察にお連れになっているではありませんか」

「ロイは男だ」

男と女で一緒にするな、とお父様が宰相様に文句を言う。しかし宰相様は少し呆れた顔でお父様を見た。

「姫殿下も継承三位のお方です。国の事を知るのに早いに越したことはありません」

継承三位なら多分、確実に、どこかにやられてしまう気はするけれど……と内心で思っていると、宰相様が私を見る。その目の奥に何か嫌なものを感じた。

氷の宰相、カルバ・ハウンド
大変頭の切れる方だが、不要だと思えばバッサリと切り捨てる。だからこその氷の宰相。アイスグレーの瞳が余計に冷たそうに見える。だからだろうか？　何となく、近寄りがたく嫌みを言われそうな気がしてしまうのだ。でも今はたとえ嫌な感じがしても彼を味方につけるしかない。私が行くことで変わる未来があるかもしれないのだ。

「お父様……視察までにもっと体力をつけますわ。侍従長にお願いして、体力をつけるための練習をさせてくださいい。それなら心配いらないでしょう？」

子供が長旅に耐えられないと言うのなら、耐えられるだけの体力をつけると言えば折れてくれるのではなかろうか？　そんな考えから提案してみる。

「……女の子が体を鍛えるのは大変だぞ？」

「女性騎士も、その、ごくわずかですが……いるではありませんか」

「彼女達は……いや、そうだな。ルティアは離宮の庭園も手伝っているのだったな」

「はい。ちゃんと私自身がお世話をしております。最近は庭師の方にも怒られることが少なくなりましたのよ」

庭園を管理する庭師に自分もやりたい！　と頼み込んだ時、ダメなことはダメと言うが大丈夫かと確認された。お姫様に肉体労働は無理だと思われたからだ。花の手入れは剪定だけをしていればいいわけではない。見た目はキレイな仕事に見えるかもしれないが、とても重労働なのだと。変に我を通されると、逆に庭師である彼らの仕事を邪魔することになる。

それを理解したうえで、私は自分の花は自分で手入れします！　と伝え、その為の手を貸してほしいとお願いした。その為に怒られるのなら自分が悪いのだから仕方ない。不敬とは思いませんと紙に書いてちゃんと渡してある。口約束って後から言った言わないがあるしね。

それはお父様もちゃんとご存じだ。お父様はジッと私を見ると、仕方ないと言う風にため息を吐かれる。私がお父様との交渉に勝った瞬間だった。

「わかった。連れて行こう。ただし、みんなに迷惑をかけるような事があれば途中で王城に帰すからな？」

「ありがとうございます！　お父様!!」

第一関門が突破できたことが嬉しくてその場で跳び上がってしまう。そんな私の姿を見て宰相様が姫殿下、と諫めてきた。

私は慌ててドレスを整えると、淑女らしく裾を摘みお父様にお礼を述べる。

「ありがとうございます。お父様。視察までにきちんと体力をつけて、みんなを困らせないようにいたしますわ」

「行く場所の資料を渡すからきちんと読んでおきなさい。それも王族の務めだ」

「承りました」

後で部屋に持ってきてくれると言うので私はそのまま執務室を出て急いで自室に戻った。

「ロイ兄様聞いて！　視察についていけることになったわ！」

「本当に⁉」

兄様に駆け寄ると兄様は驚いた顔になる。多分断られる可能性の方が高いと思っていたのだろう。

「ええ、ちゃんと体力もつけて迷惑もかけませんとお伝えしたら、ハウンド宰相が口添えしてくださったの」

「そうか……でも、本当に大丈夫？」

「大丈夫よ！　でも、もしも……私もお父様と一緒に何かあった時にはお兄様がアリシアを助けてあげてね？」

「……わかった」

まだ不安そうな表情の兄様にギュッと抱きつく。

「きっと大丈夫」

「そうだね。ルティアは機転が利くから……きっと父上の助けになる」

兄様が優しく抱きしめ返してくれた。

子供の私達にはできることは少ない。アリシアの話が現実に起こらない事を願いながら、私達は私達にできることをするだけだ。

悪役令嬢とお茶会

ひとまず、お父様の視察に付いていける事になった私はアリシアと話をすべくお茶会の招待状を送った。そしてそれまでの間にお父様から頂いた視察地域の資料を読んでみる。

「……難しい言葉がいっぱいあるわ」

資料は一応子供向けに作られてはいるけれど、まだ意味のわからない言葉も多い。視察地域は二箇所、それぞれの土地の風土、特産品、長所、短所などが書き連ねてある。

それぞれ移動含めて一週間ずつ、合計二週間の予定のようだ。

私はわからない所に印を付けて専属の家庭教師に聞いてみることにした。

家庭教師の名はアイシャ・ランドール
彼女は伯爵家の令嬢で、アカデミーを大変優秀な成績で卒業した事で私の家庭教師をしている。

本当ならもうお嫁に行ってもおかしくない年齢だとは思うけれど、彼女は家庭教師になれて良かったと言っていた。どうやらお嫁に行くのが嫌らしい。

しかし私としては大変助かっている。彼女の授業はとてもわかりやすく、楽しいからだ。

「ランドール先生に聞けばきっと教えてくれるわね」

それまでわかる所を読んでおこう、と何度も資料に目を通した。

ランドール先生が来る時間になり、私はいつものように裾をちょっと持ち上げてカーテシーをして見せる。普段の私よりも少しだけすまして挨拶をしてみせれば、先生も同じように私に挨拶をかえしてくれた。

もちろん先生のカーテシーの方がずっと、ずっと、キレイ。先生のようなキレイなカーテシーができるようになるにはまだまだ時間が必要なようだ。内心で小さなため息を吐きつつ、今後の伸びしろがあると思おうと自分に言い聞かせた。

「ごきげんよう、ランドール先生」

「ごきげんよう、姫殿下。特訓の成果が出ていますね」

「ありがとうございます」

実の所、側妃の子だからか最近まで放って置かれていた私は椅子に座って授業を受けるよりも、庭に出て駆け回る方が性に合っている。生まれた時から私をみてくれている、侍女のユリアナが裾を捲《まく》り上げながら私を追いかけまわしていた日々がとても懐かしい。と言ってても本当についこの間まで走り回っていたのだけど。

それを諌めて家庭教師をつけるようお父様に進言してくれたのはロイ兄様だ。

兄様は私と同じぐらいの歳には家庭教師も付いていたようだけど、私の運の悪いところはライルと一年違いで生まれたところだろうか？　みんなが正妃の子であるライルに関心がいってしまい、私はほとんど放置状態。こっそりと兄様の授業風景を見たり、後は兄様の従者のロビンやユリアナに読み書きを教えてもらって覚えはしたけれど、それでも同じ年頃の貴族令嬢と比べれば失格の部類だろう。

だから褒められると俄然やる気が出てくる。

「ランドール先生、実は先生にお伺いしたい事があるんです」

「まあ、何でしょう？」

「今度、お父様と一緒に視察に行くんです。それで資料を頂いて読んでおきなさいと言われたのですが、意味のわからない言葉が多くて……」

そう言って彼女に資料を見せて意味のわからない言葉を示していく。彼女はジッと資料を眺め、それに何か書き込み始めた。その様子を眺めていると彼女はニコリと笑う。

「姫殿下でもわかるように言葉を変えてみました。今日はこれを使って授業してみましょうか」

「はい！　お願いいたします」

私は彼女の言葉に頷き、早速色々と教わる事にした。

＊＊＊

ランドール先生のおかげで視察場所の事がだいぶわかってきた。一箇所目は商業都市、二箇所目に行くところが花を中心に育てている農業都市、といったところだろうか。

その後も日々、先生に教わりつつ頭の中に入れていく。視察について行くといった手前、お父様に何か聞かれても答えられるようにしなければいけないからだ。ちゃんと遊びにきたわけじゃありませんよ？　とアピールしておかなければ、きっと呆れられてしまう。


そしてお茶会の日になり、離宮にアリシアが訪ねてきた。

「お久しぶりです、姫殿下」

「こんにちはアリシア」

私よりも何倍も綺麗なカーテシーを見せてくれた彼女は心なしか顔色があまり良くない。

「アリシア、具合でも悪いの？」

「い、いえ……そうでなく、その……」

彼女が口ごもり辺りをキョロキョロと見回す。ここは私の部屋でライルが入ってくることはないと伝えると少しだけホッとした表情になった。

「そんなにライルが怖い？」

部屋のテラスにお茶の準備をさせると侍女達を下がらせる。とは言っても見えないだけでどこかにいるのだろうけど……私は兄様から借りた魔法石を机の上に置くと、そこに少しだけ魔力を流した。

花の模様のような小さな魔術式が広がる。アリシアはそれを見て軽く首を傾げた。

「これはね、ナイショの話をする時に使う魔法石なの」

「ナイショの話……？」

「だって聞かれたくない話でしょう？　一応、私も王位継承権を持っているから、色々あるのよ」

「い、色々……」

「そう、色々」

ふふっと笑えばアリシアの顔色が悪くなってしまう。ちょっとした冗談のつもりだったのだけど、アリシアにしてみれば死亡フラグ？　というのが近づいたと感じてしまったのかもしれない。

「姫殿下はその……王位に興味があるんですか？」

「個人的にいうなら、全くないわね。それにライルよりはロイお兄様が継いだ方が良いとも思っている。ライルは乱暴だし、横柄だし、ちょっと向いてないわね」

「……一〇年後のライル王子はとても真面目な方ですよ？」

「でも真面目なのに貴女という婚約者を放置して、別の女の子に目が眩んでしまうのでしょう？」

「そう、ですけど……でもそれには理由があって」

「どんな理由があっても許されないわ。王族なら特に。うちの国は正妃の他に側妃を持つことが許されている。だから貴女を正妃に、その女の子を側妃にしても別に良いのよ。もしくはちゃんとお父様やリュージュ様にお願いして正式な手続きを踏めばいい」

いきなり卒業パーティーで婚約破棄だ！　と言い出すのはただのお馬鹿さんだ。十七歳ぐらいなら王家と侯爵家の令嬢の婚姻がどんな意味を持つかわからないわけがない。

それでも男爵家の令嬢を選ぶのならそれでも良いが、手続きをすっ飛ばしていい理由にはならないのだ。手続きをして粛々と婚約を解消すればいい。その時に仮に相手がごねたとしても、正式な手続きの上でなら黙るしかないだろう。解消を言い渡しているのが王族なわけだし。

しかしアリシアはシュンと肩を落とす。

「その話の中の私は、ライル王子に嫌われているので……」

「嫌いだから何を言っても良いわけじゃないでしょう？」

清濁併せ呑み込んでこその王族である。綺麗事だけでは何もできない。

それに聞いている限りでは、言い方は別として特に酷いことをしているようにも思えないし……

いや、殺人未遂？　殺人計画？　を企てたのならちょっと問題だけど。

「まあ、でも……そのお話の貴女と今の貴女は別物と考えなさい」

「え？」

「だってそうでしょう？　モブ王女と友達になんてなっていなかったのだから」

「それは、そうですが……」

「物語の中の貴女、現実の貴女、変えていけばきっと未来は変わるわ」

そう言って笑えばアリシアは小さく微笑む。

「姫殿下はお強いですね」

「そうかしら？　だって、シナリオとかの強制力っていうけどアリシアは虐める予定はないのでしょう？　だったら怯えすぎもよくないわ」

「怯えすぎ、ですか？」

「そうよ。まだあと一〇年あるのよ？　今からそんなんじゃ疲れちゃう」

ニッと笑えばつられるようにアリシアも微笑んだ。

いざ行かん視察へ！

視察までの間に、三回ほどアリシアとお茶会をする機会があった。それまでの間に私のバレッタはファーマン侯爵の手によって魔術式が入ったものになる。その魔術式をアリシアが試してみせてくれたが、ちょっと面白いものになっていた。これが普通にお披露目できるなら……きっとみんな笑ってくれるだろう。面白いことを考えたね、と。

できることなら何も起こらなければ良いけれど、と考えながらお父様と同じ馬車に乗るとそこにはもう一人同乗者がいた。優しい笑みを浮かべた嫋《たお》やかな淑女。にこりと笑って彼女に挨拶をする。

「マリアベル様。ごきげんよう！」

「ごきげんよう姫殿下」

「マリアベル様もご一緒に視察に行かれるのね」

「ええ、陛下からお誘いを受けましたの」

マリアベル様は側妃の一人で、お父様のお気に入りだ。

ファティシア王国は王族の一夫多妻が許されていて、お父様も正妃であるリュージュ様の他に側妃が数人いる。私とロイ兄様のお母様もその一人だった。

そして大まかに離宮は二つあり、一つは正妃や側妃が住む後宮と呼ばれる場所と、王位継承権を持つ子供達が住む小離宮とで分かれている。とは言ってもそれなりに広いので、会おうと思わなければ会う事はできない。なので私がマリアベル様に会おうとするなら、後宮に行く前に事前に訪れる約束を取り付ける必要があった。側妃の一人でもあるし、気にはなるけれど、そう頻繁に会うことのできない方。それがマリアベル様だ。

因みに私と兄様はお母様がすでに亡くなっていることもあり、小離宮に別々に住んでいるがライルはまだ正妃であるリュージュ様と同じ後宮の部屋で生活をしている。その方が目が行き届くから、と言うのが理由らしい。ライルもそろそろ親離れの時期ではなかろうか？　とも思っているけど、それを決めるのはリュージュ様なので私たちからは何も言えない。

それにしても、とお父様を見る。側妃を伴って視察に行くなんてとても珍しい。

リュージュ様ならまあ、あるかもしれないけれど。

失礼にならない程度にマリアベル様を見ていると、お腹をさする仕草をした。どうしたんだろう？　と考えているとお父様が馬車に乗り込んでくる。

「やあ、ルティア。ちゃんと起きられたみたいだね」

「イヤだわお父様。私一人でもちゃんと起きられますよ？」

「それは良いことを聞いた。視察中は侍女達も少ないから自分で起きてもらおうかな？」

「望むところですわ」

「陛下ったら……」

私達の会話をおかしそうにクスクスと笑うマリアベル様。側妃の中でもおっとりした彼女はいるだけで場を和ませてくれる。

普段も何かと声をかけて気にかけてくれるとても良い人だ。

そうしているうちにゆっくりと馬車が動きだす。

ここから二週間の視察が始まった。

＊＊＊

視察の過程は比較的順調に来ているようだ。

天候にも恵まれて、アリシアの言うような雨に降られる気配もない。やはり杞憂だったのだろうか？　それとも私とアリシアが友達になった事で何かが変わったのだろうか？

「姫殿下は大変利発な方なのですね」

「え？」

「市井の者たちの話もちゃんと聞いて素晴らしいと思います」

「そうでしょうか？　私はわからない事が多いので質問ばかりして困らせていないかちょっと心配

です」

「わからない事をそのままにせず、きちんと聞くのは良い事ですよ」

「そうだな。王族とはいえ、知らなかったでは済まないこともある。よく学びなさい」

「はい、お父様」

褒められるのはやはり嬉しい。ランドール先生にお猿姫と呼ばれたくなければ、マナーと勉強はしっかりやってください！　と怒られながらやった甲斐があったと言うものだ。

そう考えていると、マリアベル様がお腹をそっと撫でる。視察中、何度も見かけた姿に首を傾げた。お腹が痛いのだろうか？　そう言えば今日は顔色も少し悪いように見える。

「マリアベル様……どこか具合が悪いのですか？」

「え？」

「お腹を何度もさすっていますし……それに、少し顔色も悪いですわ」

私の言葉にお父様がマリアベル様を見て小さく頷いた。するとマリアベル様も同じように頷く。

「姫殿下、実はお腹に子がいるのです」

「こ……？」

「ややこがお腹にいるんですよ」

「ややこって赤ちゃん？」

「はい」

彼女は優しい笑みを浮かべて頷く。つまりは私に弟か妹ができると言うことだ。私は思わず自分の頬をつねってしまう。

「い、痛い……ということは夢ではないのですね？」

「夢の方が良かったか？」

お父様の言葉に私は勢いよく首を振る。

「いいえ、いいえお父様！　とても嬉しいわ!!　私、お姉様になるのね!?」

「今でもお姉様だろう？　ライルがいるのだから」

「だってライルは……リュージュ様が遊ばせてくれなかったのだもの」

そう言って口を少し尖らせると、お父様は困ったようにそうか、と頷く。私はマリアベル様に向き直り、彼女の両手を取った。

「マリアベル様、おめでとうございます！　あの、赤ちゃんが生まれたら私、マリアベル様の所に遊びに行っても良いかしら？」

「ええ、是非いらしてください」

きっと優しい彼女なら私や兄様と赤ちゃんが遊ぶのを許してくれるだろう。その日がとても待ち遠しい。

「嬉しい！　どっちかしら？　でもきっとどちらでも可愛いわ。今から楽しみ」

「ええ、私も楽しみです」

「今度私がお庭で育てたお花も持って行くわね。もっとお腹が大きくなると歩き辛くなるのでしょう？　お花を見て少しでも気分転換になるように、色々なお花を持っていくわ」

「楽しみにしていますね」

「はい！　ランドール先生が妊娠中の気分転換はとても大事だって仰ってましたもの」

「ランドール先生は未婚ではなかったか？」

「先生のお姉様がご結婚されているのよ。その時に、そう……確か妊娠している方に渡してはダメなお花もあるって聞いたから、庭師と先生に相談してから持って行くわね」

「妊婦に、ダメな花？」

お父様は私の言葉に目を瞬かせる。

「ええ、そうよ……？　匂いがよくないって」

「ルティア、詳しくわかるか？」

「ごめんなさい、お父様……今図鑑を持っていないから詳しくは……でも匂いのキツイものは妊娠している方によくないから避けた方がいいかも」

「……そうか」

そう言うとお父様は何か考え込む仕草をした。マリアベル様を見ると彼女も少し不安げだ。

私は何か余計な事を言ってしまったのだろうか？

視察の日程は二週間。その半分の過程が過ぎた。

お父様について各領地の領主に挨拶をして、パーティーに参加して、お茶会に参加して、さらに街の様子を見たり……それはもう！　目まぐるしい忙しさだ。

側妃のマリアベル様は安定期に入っているとはいえ子供の私が大忙しなのだから、もっと大変だったと思う。妊娠中なのだから、本当は視察についてくるだけでも大変なのではなかろうかと思うのだけど、それでも王の側妃としてお父様の隣で優雅に微笑んでいるのだから凄い。

私は途中から顔に笑顔を張り付けて過ごしていたし、うまく受け答えができていたか若干記憶がなかったりする。一日の終わりには顔の筋肉がひきつってしまうほどだ。顔を両手で揉んでいたらマリアベル様に笑われてしまった。

馬車に乗って領地から領地へ移動する間が唯一の休憩時間。それ以外は誰に見られても王族の一人として恥ずかしくない姿を見せなければいけない。

お父様が私には無理ではないかと言っていた理由がよくわかった。付け焼刃のマナーでは確かに大変だ。

「ルティア、色々な領地を見て回ったがどう思う？」

お父様の問いかけに私は少しだけ首を傾げた。

どう答えれば正解なのかわからない。わからないが……

「見せてもらった場所は綺麗な場所だけだったと思います」

「どうしてそう思うんだい？」

「向こうの案内の方にここから先は行ってはいけない、と言われた場所が何箇所かありました。つまりは見せたくないということです」

「そうだね」

「見せたくない、ということは見せられないものがあるということですよね？」

「そうなるね。多分、ルティアが行こうとしていた場所は貧民街になるのだろう。そして我々が見せられたのは、領地の中でも富裕層が住む場所だ」

「それって視察と言っていいのでしょうか？」

貧富の差のない世界なんてそんなのは綺麗事だ。子供の私でもわかる。でも見せたくない場所を見せないでいたらいつまで経っても変わらない。

「彼らの中ではそうなのだろう。綺麗な場所だけ見せて、我々の領地には問題はありません、といいたいんだ」

「それって……なんだか変だわ」

「そうだね。ありのままを見せて、援助が必要なら申請する。そうすれば貧富の差は無くならなくても、貧民街と呼ばれる場所はなくなるだろう」

「お父様は貧民街を無くしたいのですか？」

「全部は無理でも、なるべくなら無くしてあげたい。貧民街の人達の多くは職にあぶれている。そんな人達を必要な場所へ送ってあげれば、少なくとも仕事がなくて困るということはない」

「……それに領主の方々が協力してくれないのですか？」

私がそう聞くとお父様は困ったように笑った。貧民が増えれば領主だって困るだろうにどうして協力しないのだろうか？　大人って謎だ。

「さ、次は最後の視察場所だよ。ルティアが見たがっていた花がたくさんある場所だ」

「お父様！　私、お花を買って帰っても良いですか？」

私がそう言うとお父様は構わないよ、と頷き一緒にマリアベル様も行くことになった。

花と薬草の栽培が盛んな領地はどこか牧歌的な雰囲気でのんびりとしている。

魔法石を使って鮮度を保ったまま出荷ができる様になったので、特に目立った農産物のなかったこの地域は前の前の代の領主が花と薬草を売りにしようと頑張った結果一大産地になったのだ。

お父様が領主の方に取りなしてくれて、私とマリアベル様は花畑と薬草畑を先に観に行くことになった。

たくさんの畝に色とりどりの花。離宮の庭にもたくさんの草木が植えてあるけれど、見たことのない花もたくさんある。

「わあ！　すごい!!　見たことのないお花ばっかり！」

「姫殿下は花がお好きですか？」

「はい！　離宮でも自分で育てているの……でもここ程多くはないわ」

たくさんの花が咲いていて匂いもとても良い。ふと、匂いで思い出す。私は側で案内をしてくれている花師に問いかけた。

「ねえ、妊娠している方に良くない香りがあるのでしょう？　それってどんなものがあるのかしら？」

「妊婦に悪い香り……ですか？」

「ええ、お友達のお母様に贈り物をする時に悪い香りを贈ってしまったら困るもの」

流石にマリアベル様が妊娠していると言う話はおおっぴらに言うものではないと思い、友達のお母様、と言う体で聞いてみた。

花師はそうですね、と考え込み幾つか花の名前を挙げた。

「ジャスミン・ラベンダー・カモミール・ローズマリー・フェンネル・ペパーミントなどでしょうか？」

「そんなにたくさんあるのね。逆に良い香りもあって？」

「ええもちろん。レモンやベルガモット・ネロリなどさっぱりとした香りがいいと思いますよ」

「ありがとう。それじゃあ、その香りのする花と王都でも育てられるお花を頂けるかしら？　頑張って育ててみるわ」

「承りました」

花師が私のお願いした花の鉢を探しに行く。チラリとマリアベル様を見ると少しだけ顔色が悪かった。視察も終盤とはいえ移動続きだ。妊娠中のマリアベル様にはやはりキツかったのだろう。

「マリアベル様、あちらのベンチで休みましょう？」

そう言って手を引いてベンチにハンカチを置いてあげると、マリアベル様はお礼を言われて座られる。

「マリアベル様、ご気分が悪いのですか？」

「姫殿下……いいえ、少し……でももう大丈夫ですわ」

子供の私を心配させまいと優しい笑みを浮かべているが、妊娠中なのだから無理はしてほしくないと私はお願いした。

「姫殿下はお優しい方ですね」

「いいえ、私は自分がワガママな方だと自覚しています」

「あら、そうなのですか？」

「ええ。本当はお父様と水入らずでの視察だったのに、知らなかったこととはいえ、私ついてきてしまいましたもの」

そう言うとマリアベル様は笑いだす。少しだけホッとしていると、花師が頼んでいた花を持ってきてくれた。

「姫殿下、こちらで宜しいですか？」

「はい！　ありがとうございます。あと良ければ薬草の方も見せていただいても宜しいですか？」

薬草畑も見たいと言うと花師は不思議そうな表情をする。普通は綺麗な花だけを見て帰る人が多いのだろう。しかし薬草もとても大事だ。

アリシアの話からすれば五年後には病が流行する。その病に効果のある薬草栽培があまり盛んではなく、なかなか薬を手に入れることができなかったらしいのだ。

とは言え、彼女の言う通りなら雨が降ってもおかしくないはずなのに……最後の視察に訪れた場所はずっと天気のままだった。

薬草畑の畝にマリアベル様と一緒に向かう。花畑と違ってこちらの畝はやはり地味だ。もちろん小さい花を咲かせているものもあるけれど、どちらかと言えば青々としている。

「これが全部薬草、ですか？」

「ええ、うちの畑ではこの一面が薬草ですね」

花師の答えに私は首を傾げた。花畑はかなり広大な土地を使って育てているのに、薬草は目で見える範囲だけとは随分と少ない。

「もしかして、他の薬草を育てている方もこのぐらいなのでしょうか？」

「そうですねえ。薬草はそこまで大量に育てる者はいないんですよ」

「それはどうしてですか？」

「需要が少ないので」

「需要が少ない……？」

「花は綺麗ですからね。それに飾るなら屋敷中に飾りたいと言う方が多いのでたくさん必要です。日によって替えたりする方もいますし……でも薬草は病気にならないと使わないでしょう？」

「でも……病気になる人はいるでしょう？」

「医者にかかって薬を買えるのはお金に余裕のある人だけですからね」

花師は困ったように笑う。

たとえ王城内での立場が弱かろうとも私は王族の一人。病にかかれば医者が診てくれるし、薬だって飲ませてくれる。

でも普通の人はそうではないのだ。特に貧困層の人達の多くは医者にかかることはできない。薬なんて高すぎて買うこともできないだろう。

そしてこれが原因なのだな、と感じた。

アリシアが流行病で薬が足りなくて困ったのだと言っていたが、そもそも薬を買える層は富裕層や王侯貴族ぐらい。国民全体のほんの少しの人達の為にそこまで薬草を育てる事をしてこなかったのだろう。

需要がなければ、育てたりしない。生産するのであれば人手がいる。人手がいるということはそこに給金が発生するのだ。無償で育てるなんて馬鹿なことはできるはずもなく、悲しいけれどこれが現実なのだ。

それをどうして育てないの？　なんて責めてしまうことは簡単だが、生活がある以上、彼らだって無理はできない。私は少し項垂れて教えてくれた花師に謝る。

「……ごめんなさい。私、失礼なことを聞いたのね」

「いえ、姫殿下が謝られる話では……我々も生活があるからこそ、需要のあるものしか育てられないという歯痒さはあります。薬があれば助かる命があるのなら、もっと育てたいとも思うんですよ」

花師の言葉に私はさらに落ち込んでしまう。私が全部買い取ってあげる！　と言えればいいのだけど、生憎とそんな権力も財力もない、王族といえどただの子供だ。

このままで良いとはとても思えないけど、今の私にできるのはひとまずここで育てている薬草の種と苗を買って帰ることぐらい。

薬の有用性を示すことができなければ、五年後に起こる病の問題をどうすることもできないのだ。

もっとたくさん育ててもらうためにも、花師に頼んで私は薬草を全種類用意してもらうことにした。

＊＊＊

視察は恙無く終わり、私たちは王都へと帰ることになった。

馬車に揺られながら、薬草の事を考える。どうすれば薬草をたくさん育ててもらえるだろうか？

買い手がいないのが問題であって、薬自体は必要なのだ。病が広がった時、みんなが平等に治療を受けられるようにならなければきっと国力だって下がってしまう。

王侯貴族だけでなく、広くみんなが助かる方法があれば……

「ルティア、何か考え事かい？」

「お父様……ええ、はい。少し疑問に思っていますの」

「疑問というのは薬草のことかな？」

「はい……」

きっとマリアベル様から聞いていたのだろう。私がたくさんの薬草の種や苗を買い付けた事を。

そしてそれで悩んでいることも。

チラリとお父様の隣に座っているマリアベル様を見ると、柔らかく微笑んでいる。

「お父様、花師の方が薬草はあまり需要がないから育てられないといっていたの」

「商売人として売れるものを作るのは当然のことだね」

「はい。でも、でもですよ？　もしも人にうつるような病が流行ったら……薬がなかったら大変なことになると思うの」

「確かに、そうだね」

「薬はお金のある人しか買えないといっていたけれど、一番最初に病気で命を落とすのは貧困層の人達だわ。そしてその次はその上の層の人、さらにその上となるでしょう？」

「その時に薬の供給量が少なければ王侯貴族だけで薬を独占する可能性が出てくるね。いや、絶対量が少なければ貴族でも買えない者が出てくるだろう」

お父様は私の言いたいことがわかったのか、そういった事態に陥った時の事を考え始めた。

絶対量が少なければ、薬の価値は飛躍的に上がる。あまり裕福でない貴族はもちろん買えないだろう。商人の中には貴族よりもお金を持っている人たちだっている。そんな人たちが薬を手に入れるために値段を吊り上げたら？　下手をするとどれだけお金を積んでも買えない可能性も出てくるのだ。そうなれば国全体に広がった病によって国力は弱まり、この国は他の国から狙われてしまうだろうとお父様は言った。

お父様の考えに私はたった一つの病からそこまでなるのか、と驚いてしまう。私はただ単純にロイ兄様の病が治せればいいな。そして他の人達の病も治せたらもっといいな、ぐらいしか考えていなかった。

人から人にうつる病とはそれほどに恐ろしいものなのだそうだ。病はわかりやすく目に見えるわけでもない。もちろん、病にかかったとわかる病もあるそうだけど。

「今から薬草を育てて、溜めておくことはできないのですか？」

「溜めておく、か……ルティアは面白い事を考えるね」

「だってお花は魔法石で鮮度が保てるのでしょう？　薬草は乾燥させたりして使うから、その状態で保存して溜めておけば良いのではないですか？」

溜めておいて薬が必要になったら薬を扱う店に卸せば良いのではなかろうか？　とお父様に提案してみる。

「つまりそれまでの間は、税金を使って国が買い上げるということかな？」

「でも必要な時にお店に卸せばみんなに行き渡ると思うんです。だって急には用意できないでしょう？」

ドレスや宝石を買うよりも余程、国民の為になると思う。もちろんドレスを作ることも宝石を買うことも職人達の仕事になるのだからダメというわけではないけれど。高価なものを身に着けることも王侯貴族の役割的なところもあるだろうけど、私はそんなものよりも何かあった時に備えておきたい。

「しかし急に薬草を作りなさい、といっても畑を増やすことは難しいはずだ。需要と供給のバランスから言えば薬草よりも花の方が良い値段で売れるからね」

「そしたら、貧困層のお仕事がない方達に手伝ってもらうのはダメでしょうか？　薬草は確実に国が買い取るのなら急に仕事がなくなることもないわ」

「国の事業の一環として薬草を育てる、か……」

お父様は顎に手を当てて考え出した。

もしもこれが上手くいけば、貧困層の人達は仕事ができるし流行病が広がっても薬を直ぐに用意できると思う。病が流行るまでは国で買い上げるしかないから、税金で貧困層の人達の面倒を見ることになるだろうけど……しかし全ての決定権はお父様にある。税金をそこまで投入してやる必要があるのか？　むしろそこまで必要ないと言われればそれまでかもしれない。

力のない自分が恨めしい、と思った次の瞬間――

体がふわりと浮いた。

すらいむの奇跡

本当に驚きすぎると悲鳴は出ないものなのだとその時思った。

ふわりと浮いた体は、馬車が崖を転がる衝撃で椅子に叩きつけられる。

お父様とマリアベル様が何か魔術式を発動させようとしていたけれど、何故か発動しなかった。

慌てたお父様に私は腕を引かれ体の中に抱きしめられる。なんで⁉　どうして⁉　疑問符が頭の中をグルグルと回り始めたが、それどころではない。

「ルティアッ‼」

「姫殿下‼」

お父様とマリアベル様の叫ぶ声がどこか遠くに聞こえる。

一瞬のうちに死を覚悟した。これは死ぬ。確実に死ぬ。でも私は約束したのだ。お父様を助ける為にここにいるのだから!!

お父様の腕の中で身をよじり、急いで髪留めを外すとそれにありったけの魔力を込める。

そして――――

私の魔力に反応して魔術式が展開された。丸い花のような魔術式。一瞬のうちに馬車の中が水で満たされる。しかしその水は魔力を込めすぎたせいか馬車だけに留まらず、落下の衝撃で壊れた窓の外にまで及び馬車全体を包み込んだ。

底まで落ちた衝撃はボヨン、ボヨン、とすらいむに吸収され、最終的にコロコロコロコロと転がり、何かにぶつかった。幸いなことに衝撃はあれども痛みはない。

馬車の中いっぱいの水に、水！　息が!!　と焦ったものの水の中でも息ができる事を思い出し、お父様とマリアベル様に息は出来ます！　と二人の服を引っ張り手でバタバタと伝えるので精一杯。

むしろちゃんと伝えられただけ偉いと思う。

そして程なく、転がった馬車の動きがピタリと止まり、状況を確認するために窓から外に出ようとしたのだが馬車の上に土が被さっているせいで、どっちが上なのかも分からない。真っ暗な土の中、魔術式のふわふわとした明かりが間近にいるお父様とマリアベル様の顔を浮かび上がらせていた。

『ルティア、光を出せるかい？』

優しいお父様の声が耳に伝わる。光の魔法は生活魔法の一つで誰もが一番最初に教わる、一番簡単な魔術式。私は言われた通りに光の魔術式を思い浮かべて明かりを作った。ぼんやりと照らし出された馬車の中はボロボロになっている。確か、ロイ兄様が「馬車には強化魔法の入った魔法石が取り付けられているはず」と言っていたけれど、その割にボロボロになりすぎではなかろうか？

そんな違和感を覚えながらも、今はお父様たちの無事を確認する方が先だ。

私はお父様とマリアベル様の姿を確認する。うん。怪我をしているように見えない。お腹の子の様子も気にはなるが、マリアベル様の顔色は悪くなさそうだから平気だろうか？

そのことに少しだけ安堵しているとお父様が私に問いかけてきた。

『ルティア、この魔術式はどれぐらい持たせられる？』

『こんなにたくさんの魔力を入れて使ったのは初めてで……ちょっとわかりません』

今も魔術式の維持に私の魔力は持っていかれている。光を出すことはできたが更に別の魔法を発動させるのは難しいだろう。というよりも、そこまで高度な魔力操作を教わっていない。今、私が二つの魔術式を展開させられているのは奇跡に近いのだ。

何となく生あったかいすらいむのおかげで体が冷えることもないし、呼吸も全く問題はないが、生活に使うタイプの魔術式と違ってこの魔術式はそこまで長時間の使用を考えているものではないはず。

侯爵から危険な時はありったけの魔力を込めてください、としか言われていなかったので何とも困ってしまった。

もう少し詳しく話を聞いておくべきだったと今になって反省する。

しかし……アリシアの話では、数日前からの雨で地盤が緩んで崖崩れが起きたと言っていた。

だが現実には雨なんて全く降っていなかったし、何故かお父様とマリアベル様の魔術が発動しなかったのだ。

今も魔術を発動させようと手に魔力を集中させているようだけど、全く何も起こらない。多分、いや確実に魔力封じの魔法石がこの馬車の中にある。それもお父様とマリアベル様に対しての。特定の人間に対して魔術を使えなくする魔術式が存在するのは何かの本で読んだ気がするけど、実際に使われているところを見るのは初めてだ。

普通なら、こういった物が存在しないようにチェックする人がいるはずなのに何をしていたのだろう？　それとも気が付かれないほど巧妙に隠されていたとか？　考えれば考えるほどおかしい。

きっと私に対してなかったのは、私が魔術を使えると思っていなかったからだ。それに使えたとしても八歳の子供にできる魔術なんてたかが知れている。

アリシアと侯爵に頼んで魔法石を準備していたなんて夢にも思わないだろう。それが功を奏したとも言えるけど……これは明らかにお父様を殺害する為に事故を装って仕掛けられたものだ。

誰かがお父様とマリアベル様の魔力を封じ、崖に細工をした。もしかしたら護衛の中に手引きした者がいたかもしれない。そうでなければ地盤も緩んでいない場所で事故なんて起きないだろう。

『お父様、これからどうすれば良いでしょうか？』

『魔力封じの魔法石が私達の身につけている宝石に紛れているとして、その宝石を離さなければ魔術が使えない。しかしどうやって魔法石を離すかが問題だな』

『私が外に持っていきましょうか？　窓は壊れていますし、私ならそこから出られます』

『姫殿下、それは危険です。陛下、助けが来るまで待つべきでは？』

お父様もマリアベル様の意見に頷く。きっと直ぐに助けが来てくれるだろう、と。でも私はあまり期待していなかった。アリシアの話では馬車が崖の下に落ちて助からなかったと言っていたけれど、お父様を殺す為に事故に見せかけているのならわざわざ助けに来るはずがないのだ。

すらいむがどんな風に展開したかはわからないけど、上に泥が被る程の土砂崩れならどう見ても助かったとは見えないだろう。それにこの土砂崩れに巻き込まれた騎士達もいるはず。逆に巻き込まれなかった騎士は敵、かもしれない。

やはり、私が外に出てすらいむが展開しているギリギリの場所まで宝石を置いてくるしかないのでは？　と考えていた時、馬車の扉がコンコンと叩かれた。

『陛下！　アイザック陛下!!』

『その声は、ヒュース騎士団長か？』

一瞬敵だったらどうしよう？　と考えたけど、普通に考えて敵側の人間が土砂崩れに巻き込まれるのはなんか間抜けすぎる。だってすらいむが助けてくれるなんて知らないわけだし。

お父様に指示されて窓の方へ明かりを照らしてみると、額に古傷のあるヒュース騎士団長の顔が見えた。お父様に昔から仕えている人だと聞いたことがある。

『アイザック陛下、皆様ご無事ですか⁉』

『ああ、皆無事だ。それよりもお前も巻き込まれたのか？』

『……ええ、一瞬の出来事で。それに何故か魔術が使えず』

『お前もか……』

『では陛下も？』

『私とマリアベルも使えなかった。ルティアが魔法石を持っていたおかげで助かったがな』

『これはその……どんな魔術式なのでしょう？　土砂が迫ってきた時、私以外の者もこの水のようなものに巻き込まれて無事だったのですが、なんとも不思議なものでして』

ヒュース騎士団長の言葉で私に視線が集まる。どんな魔術式と言われても、アリシアと侯爵が考えたとしか言いようがないのだが、あえて言うのであればこれしかないだろう。

『その、すらいむの魔術式です』

みんながみんな微妙な表情をしたのを見ないふりをした。


みんなに微妙な視線を向けられたけど仕方がないじゃない？　アリシアがすらいむという謎の生物っぽく作ってみました！　と言っていたんだもの。私のせいではない。多分。

それに土砂崩れに巻き込まれた他の人達も助かったようだし、終わりよければ良いのよ！　と自分を納得させる。なるべくなら死者はいない方がいい。みんな帰りを待ってくれている人がいるのだろうし。

『陛下、どういたしますか？』

『いつまでも土の中にいるわけにはいかない。身につけている宝石類を全てこの水の塊の端に持って行ってくれないか』

お父様は自分の魔術を使えるようにする為にそうヒュース騎士団長に頼んだ。しかし騎士団長は何故か私を見る。

『姫殿下は土系の魔術式は……？』

『私、まだ簡単な生活魔法しか使えません。それに魔法石に魔力をずっと注いでいる状態なので、これ以上は無理です』

ここでババーン！　とかっこよく魔術が使えたら良かったのだけど、今の私にできるのは簡単な魔術式を展開させる事ぐらい。上に覆い被さっている土砂を退けるほどの土系の魔術式は使えないのだ。

将来的にはできればいいな、って思うけれど!!　今の私に出来ることは現状を維持させることだけだろう。

『……ルティア、魔法石に魔力を注いだままなのか？』

『はい。ずっと注いだままです』

そう答えると、お父様はなら土砂も退けられるかもしれないと言い出した。そんなに高度な魔術式はまだ使えないのだけれど……と思っていると、すらいむを動かせないか？　と言うのだ。

『これ、ですか？』

『そう、これ』

『う、動かすとはどんな感じなんでしょう？』

魔法石に魔力を注ぎ続ける事は普段しない。魔法石はそもそも生活魔法中心だし、注ぎ続ける必要がないからだ。ほんの少しの魔力でも使える。だからこその魔法石。

動かしてご覧と言われて私はパニックになる。

動かす？　動かすってどうするの⁉　土砂を退けるぐらい動かすのはどのぐらい動かせば良いのだろう？　まるで分からなくて、私の心の動揺が馬車を照らしている光に表れ始めた。

チカチカと点滅し始める光。どうしよう！　これで消えてしまったらもう一度光を出す事ができるだろうか？　不味い。不味いぞ⁉

『姫殿下、落ち着いてください』

優しい声が耳元で囁く。そしてそっと目を手で覆われ、落ち着いて、ともう一度囁かれる。

『姫殿下、上に伸ばすイメージをしてください』

『うえ……？』

『ええ、すらいむを上に上に伸ばしてみましょう？』

不意に初めてアリシアからすらいむの魔術式を見せてもらった時のことを思い出した。あの時の小さなすらいむの形！　本来のすらいむはぽっちゃりとした円錐状の形なのだ。あれが上に上に伸びるところを想像してみる。

きっと円錐状から上に真っ直ぐ伸びたら壁のようになるだろう。ぐーんと伸びて、伸びて、水の壁が出来上がるのだ。

『姫殿下、とてもお上手ですよ』

『ああ、良くやった』

お父様とマリアベル様の声がする。そしてそっと目を覆っていた手が外れた。

馬車は横転しているけれど、その窓から空が見える。夕暮れの色。土砂は横転した馬車の上の方にあった。周りをすらいむの壁が覆っている。なんとも不思議な光景だけれど、私は上手くできたようだ。

＊＊＊

ヒュース騎士団長に壊れた馬車の中から出してもらい、マリアベル様とお父様もそれに続く。

『これは、姫殿下が魔力を注ぎ続ける限りこのままでしょうか？』

『……多分。魔力を注ぐのをやめたらすらいむは消えると思います』

『ならば、このまま少し離れた場所まで行かないとダメですね。馬車がこの状態なので歩くことになりますがよろしいですね？』

私は騎士団長の言葉に頷く。でも私よりもマリアベル様の方が心配だ。お腹に赤ちゃんがいるのにそんなに歩かせるわけにはいかない。チラリと見上げるとマリアベル様は大丈夫ですよ、と小さく笑う。

そしてお父様を見るとマリアベル様とご自分が身に着けていた宝石類を袋にまとめていた。あの宝石の中に魔力を封じる魔法石があるのだろうか？　鑑定魔法が使えれば直ぐにわかるのだけれど、生憎とそんな高度な魔法を私は使えない。

土砂崩れに巻き込まれた騎士達と侍女、それと馬数頭と合流し、土砂の影響のない場所まで移動する。生あったかい水の中を移動するという何とも貴重な経験をした。

「この辺なら大丈夫ですか？」

「ああ、大丈夫そうだね」

落ちた場所から少し上がり、その場所から未だ壁のようにみょーんと聳《そび》え立つすらいむを見ていると何とも言えない微妙な気分だ。いや、アレのおかげで助かったんだから!! 私よくやったよね!? ちょっと見た目はアレだけども。それは仕方がない。かっこよく助けられたらなんて、今の私には不可能に近いだろう。

私は周りに誰もいない事を確認すると、魔力を注ぐのを止める。するとすらいむが徐々に消えていき、軽い地鳴りと共に土砂がその場に残った。

暫くすると先行して崖が崩れた場所を見に行っていた騎士達が戻ってくる。彼らも土砂崩れに巻き込まれて驚いただろうに、それでも直ぐに動けるのだからすごい。

「団長！ 申し上げます!! 巻き込まれなかった他の者達は姿が見えません」

「何だと!? 我々を捜していないのか？」

「丁度、陛下が乗られた馬車の辺りで前と後ろに分断されたようですが……」

その言葉にやっぱりそうなのか、と納得してしまった。この事故はわざと起こされたのだ。お父様達を殺す為に。私たちが乗っていた馬車はちょうど隊列の真ん中にいた。そこから前全部と私達の乗っていた馬車、すぐ後ろにいた騎士たちが巻き込まれたという。

「土砂に埋もれたのを見て、パニックになったのでしょうか？」

マリアベル様の言葉に騎士団長は首を振る。そんな鍛え方はしていない、と。

つまりは誰かが指示を出したのだ。捜すよりも先に城へ帰還することを。最も、この惨状では仕方ないかもしれない。お父様が魔術を使えたのなら、直ぐに土砂の中から出てきただろうし。たぶんだが、崖から落ちて出てくるまでにそれなりに時間がかかっている。

暫く様子を見て何も起こらなかったから、城に連絡を入れるために戻ったとしても一応は不自然ではない。

「しかし、だいぶ土砂に埋もれましたから……残ったとしても数名でしょう。そのうちの数名が城へ早駆けして、残り数名が捜している可能性もあるかと」

確かに土砂に飲み込まれた人数は全体の三分の二ぐらいになる。その三分の二が今ここに居るのだ。運良く死者は出なかったけれど、それでも全員が無事ではない。怪我を負っている人もいる。

誰かがお父様達を殺す為に手引きした可能性もあるが、それとは関係なく捜してくれている可能性もある。それに巻き込まれなかったからと言って怪我をしていないとは言い切れない。

お父様は少し考えてから、騎士達を待つ事に決めた。

「さっきの壁を見て、捜しているのなら気がつくだろう。暫く待ってみよう」

「しかし……」

「ひとまず騎士達の怪我を確認しなければいけない。侍女たちも怯えているようだし、少し落ち着こう」

「畏まりました」

騎士団長はお父様の提案に頷くと巻き込まれた騎士達の怪我の具合を確認し始めた。私とマリアベル様は別の馬車に乗っていた侍女達の元へ行く。

彼女達も急にすらいむの中に入って驚いた事だろう。

水死すると思った可能性もある。助かったとは言え申し訳ない事をしてしまった。

モブ王女覚醒す？

ヒュース騎士団長が騎士達の怪我の確認を終えて戻ってくる。

流石に馬に乗っていた事もあり、巻き込まれた殆どの騎士達が怪我をしていた。とはいえ、命にかかわるような怪我はなく、殆どが軽傷だという。

私達も別の馬車に乗っていた侍女達に怪我はないかと確認したのだが、不思議な事に誰も怪我をしていなかった。

不幸中の幸いとはこういう事を言うのだろう。

正直なところ、私はすらいむの魔術式が展開された時に体が浮いて馬車の中でそれなりにぶつかった。だから他のみんなはだいぶ怪我をしているのではないかと思っていたのだ。なんせ起点となったのは私達が乗っていた馬車だし。遠くにいた人ほど怪我をしている可能性があると。だからこそみんな怪我をしても軽傷で済んだのでホッとしている。

妊娠中のマリアベル様も体調に問題はないと言う事だし、あとは少し戻ってそこで馬車を用意するか何かすれば王都に戻れるだろう。そう、思っていた。もちろん、多少歩くのは仕方ないと思っていたけれど……それなのに何やらお父様と騎士団長が話し込んでいる。

何か困った事でも起こったのだろうか？　崖崩れに巻き込まれると聞いていたけど、助かった者達がいなくなっているとは思わなかった。

無事に土砂の中から出てくれれば何とかなると多少楽観的に思っていたので、これ以上の装備を持ち合わせてはいない。私のマジックボックスの中は視察先で買った花や薬草、あとロイ兄様とアリシア、離宮の侍女達、リュージュ様に捨てられそうだけどライルのお土産ぐらいだろうか？

因みにマジックボックスとは魔術師が作っている特別な鞄のことだ。見た目は普通の鞄だけど、中身の容量はかなり入る。どういう作りになっているかはわからないが、この中に入れると鮮度も保たれるのだ。これはかなり高価なもので私は亡くなったお母様から小さなポーチ状の物を譲り受けていた。

マジックボックスを持ってきているのだから、もっと役立つものも入れておけばよかったと今更ながらに思う。食料とか、野宿できる装備とか？　考えればきっともっと持ってくる物はあったはずだ。この中に入っていれば、壊れることもないのだし。

兄様にもっと確認しておくべきだった、と考えているとお父様が私を手招きして呼ぶ。

「お父様？　どうされました」

「ルティア、先程の魔術式を展開した魔法石を見せてくれないか」

「え、ええ。構いませんよ」

私は手に持っていた花のバレッタをお父様に手渡す。するとお父様は「鑑定」と小さく呟いた。すらいむの魔術式がそんなに気になるのだろうか？　首を傾げているとお父様がこれを誰にもらったのかと聞いてくる。

「このバレッタ自体は私のものです。でも魔術式はファーマン侯爵に入れていただきました」

「ファーマン侯爵に？」

「お友達になったアリシア嬢のお父様です。私が庭園を庭師達と管理していて、夏場は直ぐに水がなくなってしまうと伝えたところ、アリシア嬢と考えてくれました」

まさかアリシアの話をそのまますするわけにもいかないので、そういうことにしてあるのだ。でも最初に見せてもらったすらいむを見て、これなら夏場の水仕事が楽になるかな？　と思ったのも事実である。ちっちゃいすらいむを木々の根元に置いておけば水やりが楽にならないだろうか？　と。できれば冷たい水をそのまま維持して、給水できると一番いいのだけど、現実には魔力を注ぐのを止めるとすらいむ自体が消えてしまうので、もっと改良が必要なのだ。

「そうか……侯爵が……だからこれには救難の魔術式も入れてあるんだね」

「え？」

それは初耳だ。救難の魔術式と言うことは、何か一大事が起こったら相手にも伝わると言うこと。

つまり今の状態が侯爵にも伝わったと言うことだ。

「姫殿下、これは元々あんなに大きなものを作り出すつもりで作ったわけではないのですよね？」

「え、ええ。もちろんです。だってそんなことしたらお庭が潰れちゃうわ」

私はそう言うと、本当はこのぐらいのサイズと手で示してみる。

「ということは、侯爵が姫殿下が使い方を間違えた時の為に入れたということですかね？　作った手前、何かあったら……と」

「そうだろうね。新しい魔術式だから念の為、ということだろう」

「お父様、救難ということは、ここにいればファーマン侯爵が助けに来てくれるということでしょうか？」

「可能性は高いでしょう。多分、助かった一団の早駆けがそろそろ王都に着いていてもおかしくない頃ですからね」

では動かない方が良いのだろうか？　それを話し合っていたと言うことなのか？　お父様と騎士団長の顔を交互に見ると、お父様が私の頭をそっと撫でてくれた。

「お父様？」

「ルティア、私はね……この魔法石の中に治癒の魔術式が入っていると思ったんだ。あれだけの崖崩れに巻き込まれたにしては怪我人が少なかったからね」

「はあ……」

侯爵はそこまで手厚くしてくれたのか、と心の中で感謝をする。お陰で怪我人は少なくて済んだし、誰も死ななかった。でも治癒の魔術式を入れられるような宝石だっただろうか？　それにそんな高度な魔術式、石が壊れてもおかしくない。

でもお父様の手にある私のバレッタは特に問題ないように見えた。

「姫殿下、魔力測定はされましたか？」

「いいえ。まだです」

騎士団長の言葉に私は首を振る。魔力測定は一〇歳になると神殿に行ってやるものだ。アリシアはすでにやっているようだが、アリシアが早かったのであって私が遅いわけではない。

「では属性測定も？」

「もちろんです。だってそれは魔力測定と一緒にするものでしょう？　小さい子供のうちは属性が安定しないから……」

そう言うとお父様と騎士団長はお互い顔を見合わせる。そしてお父様が私に向かって小さく「鑑定」と呟いた。ふわりと何かに包まれるような感覚。お父様は暫くジッと私を見て、騎士団長に視線を向けた。

「やはりそうだな」

「そうでしたか……おめでとうございます、陛下」

「きっと普通に生きていたら目覚めなかっただろう。命の危機に瀕したからこそ、目覚めた力だな」

「お父様……？」

一体何を言っているのだろうか？　私はお父様と騎士団長を交互に見る。まったく話の見えない私をよそに、お父様は私を抱き上げると、今回みんなが助かったのは私のお陰だと言ったのだ。

「いえ、どちらかというと侯爵の魔術式のお陰です。私はちょっとその、お父様に見ていただこうと悪戯心で持ち込んだものですし」

「確かに侯爵の魔術式があればこそ、ではあるんだが……それだけじゃないんだ」

「それだけじゃない？」

「ルティア、君は聖属性の適合者だ」

「聖属性……というとあの⁉」

「そう、あの聖属性だ！　ルティアは聖なる乙女の資格がある‼」

私は喜ぶお父様に抱き抱えられながらアリシアの語った物語を必死で思い出していた。

聖なる乙女、それは――ヒロインと呼ばれる女の子のことではなかったのか、と。


私達の世界には魔力がある。そしてそれは幾つかの属性に分かれていた。

土・水・風・火・闇・聖と。

この中で攻撃に特化しているのは火と風、防御が闇、治癒が聖となる。土と水はその特性上、農業従事者が多いだろう。

しかし大半の人は無属性だったりする。これは魔力量とは関係なく、貴族でも平民でもあったりなかったりする。属性持ち、というだけで結構すごいのだ。もっとも魔法石に魔力が流せるだけあれば十分なので属性がなくとも問題ない。

属性持ちは多少、職業的な縛りがあったりするが使える事で就職に多少有利に働くぐらいのものだ。でも唯一聖属性だけは違う。

聖属性の治癒は怪我や病はもちろん、スタンピードと言って魔物が大量発生した時に汚染され痩せ細った土地も浄化できてしまうのだ！

簡単に言うと何でも治せる能力と言えるだろう。

一般の人だと神殿に召し抱えられ、神官となる人が多い。そして神官は寄付と引き換えに怪我や病を治してくれるのだ。一応、小さな怪我を治せる魔術式もあるにはあるが、高価な魔法石が必要なので実用的ではない。

そのせいか神殿の治療は、まあ……高い。寄付と引き換えなので、払えないと治してもらえないのだ。悲しいことに。特に症状が重篤であればあるほど高くなる。貴重な聖属性。しかも一般の人から神官になっているので魔力量はそこまで多くない。そうなると治せる人数も限られてくる。魔力が枯渇したら休む以外に戻す方法がないので仕方ないとも言えるけど。

なので一般の人は神殿で治してもらうより薬に頼る方が格段に多い。これも薬を買える人限定とはなるが。だからこそ、薬を普及させることは急務だ。聖属性持ちの人を探し育てて一人前の神官にするよりも、薬なら畑と苗があれば誰でも作ることができる。とはいえ、まだまだ難しい部分もおおいけれど。

そして、これはまた別の話になるのだが……王侯貴族で聖属性持ちだと判明すると、一般の人とは扱いが変わってくる。

女性なら聖なる乙女、男性なら聖なる守護者と呼ばれスタンピードで魔物が大量発生した時に騎士団と一緒にその地へ赴き、浄化の任務にあたるのだ。最近は魔物が大量発生する事もなく平和な世の中が続いているので名誉職のようなものだけど。ただし、いつ起こるともわからないスタンピードが発生したらその限りではないが……

そんなわけで私に聖属性があった事を喜んでいるのはシンボル的な存在として有用だからだと思う。ただ聖属性が私以外にもいる可能性は多分にあるので、聖なる乙女の候補となるのだ。

聖なる乙女または聖なる守護者としてシンボル的な存在になるのは、当人の聖属性の能力の高さ、そして人格、生活態度等々……色々と必要なものがある。

私は王族として他の貴族の規範となるべき存在なのだから、魔力量と聖属性があればシンボル的な存在として第一候補になるだろう。

私の現状の境遇を考えれば、聖なる乙女の候補になることはかなり有益といえる。ただの王位継承権三位の後ろ盾もない王女よりも、ずっと。

しかし、しかし、だ――

アリシアの話を聞く限り、聖なる乙女の第一候補は私ではなくヒロインと呼ばれる少女だったはず。男爵家の令嬢が王族と繋がりを持つ一番の切っ掛けがコレなのだ。

ただの男爵家の令嬢を咎めたりなんだりしたぐらいで死刑にはならない。殺害を企てれば別だけど、ただ咎めただけであるなら悪くてもどこか僻地の神殿に送られるとか、そんなものだろう。

でもそれが覆る事態が発生するのだと思う。あまり裕福でない、男爵家の令嬢がアカデミーに入った理由。それが魔力量の多さと聖属性であるならば……身分的にはアリシアの方が上だけれど、聖なる乙女の第一候補者を害して破滅した、ということになる。

虐めた内容が内容なので、その程度で破滅させられたら貴族社会の常識が覆りかねないけれど。聖なる乙女を虐めたという理由に託けて、ライルやその周りが自分たちに不都合な人間＝アリシアを排除したと言うのが正しいだろう。

たとえ聖属性持ちでなくとも、最初に婚約していたのはアリシアだし。それにアリシアの魔力量も多い。その程度のことで、とファーマン侯爵が王家に対して異議を申し立てることだって十分考えられる。むしろ公衆の面前で婚約破棄したことで傷物にされたと言われてもおかしくない。

だが、私が聖属性持ちとなった事で前提が変わってしまうのではなかろうか？　そもそも彼女の話の中では私は聖属性を持っているなんて一言も言われていない。

これは一体どういう事なのか？　お父様を助けた事で未来が変わったからか、それとも何か別の原因があるのか？　私にはさっぱりわからなかった。

ただ一つ言えることは、面倒な事になったということ。

私の王位継承権は第三位ではあるけれど、聖属性があるならば……ライルを抑えて継承一位になる可能性がある。国を護るのにうってつけの能力だし、聖なる乙女や守護者の話は民衆にとても人気がある。私がこの先、とても愚かな振る舞いをしない限りはライルよりも私が王位につく可能性が出てくるのではなかろうか？

それを……ライルの母であり正妃であるリュージュ様はどう思う？

お父様とヒュース騎士団長は単純に聖属性持ちである事を喜んでいる様だが、今まで私やロイ兄様が王位継承権持ちでも放置されていたのは、いざと言う時の後ろ盾がなかったからだ。

リュージュ様の実家はアリシアと同じく侯爵家。そして私達のお母様の実家は伯爵家。それもあまり権力に興味のないタイプの家柄である。

崖崩れが故意なら、お父様の殺害が一番有力な理由だ。お父様が亡くなったら、リュージュ様とハウンド宰相様の二人が王位継承者第一位が成人するまで政務を執る事になるだろう。余程おかしな政策を打ち出さない限りは、貴族達から反発もない。そのまま慣例にしたがって王位継承第一位のライルが王位につく。

兄様は臣籍に降り公爵家として土地と位を貰い、私はどこかの家に降嫁。もしくは他国へ嫁ぐことになるだろう。でも私が聖属性持ちである事がわかったらこれが変化する。

貴族達の間で聖なる乙女を王位につけた方がいいのでは？　となるだろう。私の意思にかかわらず。今のライルの状態が周りの貴族たちに知られるようなことがあれば、その機運は更に高まるだろう。ライルの派閥に属していない貴族たちに担ぎ上げられる可能性もある。

現状はお父様が生きているのだから、もう少し違ってくるだろうけど……それでも聖属性持ちである事を他の人が知るのは不味い気がする。私の命的な問題で！

私は喜んでいる二人に水を差すのは悪いな、と思いながらもお父様に進言してみた。

「お父様、今聖属性があるとわかっても二年後にはない可能性もあるのではないですか？」

「ルティアの魔力量は多いから、そう属性が変わる事もないと思うよ？」

「でも聖属性は特殊なのでしょう？」

「確かに特殊だが、他の属性と同じく学ぶことはできるから問題ない」

浮かれているお父様にはどうやら上手く伝わらないようだ。これはお父様に崖崩れが自然発生的なものなのか問いかけるべきか？

このままでは下手するとアリシアよりも先に私が死にかねない。権力争いって結構怖いのだ。図書室の本に書いてあったし！　暗殺者とかきたら離宮の近衛兵たちじゃどうしようもない。

「お父様！　その……ですね、崖崩れは事故……でいいんですよね？」

私はいかにも怯えています、と言った風にお父様の服をギューッと握りしめる。その意味にお父様が気がつき騎士団長の顔を見た。

「騎士団長、事故現場を確認させたか？」

「は、申し訳ございません。見てきた騎士に確認してみます」

「ルティアは……これが事故でないと思っているのかな？」

「わかりません。でも雨も降っていないのに崖崩れって起こるものですか？」

「確かに……ここのところ、雨は降っていないな。だからこそ帰りも予定通り順調に進んでいたし」

そう言うとお父様は少し考えこむ仕草を見せる。そしてチラリとマリアベル様を見た。

「……ルティア、ルティアはマリアベルの事をどう思う？」

「とても優しい方です。まるでお母様みたいで……私、この視察でマリアベル様の事がもっと大好きになりました！」

何故そんな事を聞くのだろうか？　と思ったが正直な感想をお父様に伝える。お母様が生きていたらこんな感じかな、と思える温もりや優しさがマリアベル様にはあるのだ。

私の中のお母様の記憶は薄らぼんやりとしていて定かではないけれど、それでも温かな手のぬくもりだけは覚えている。

「そうか。もし、マリアベルがルティアの離宮で生活する事になったら嬉しいかい？」

「はい！　それはもちろん‼」

そう答えるとお父様は私の頭を優しく撫でてくださった。

「陛下、現場を見てきた騎士からですが……かなり酷い崩れ方だったようです。それが人為的か、それとも自然発生的なものなのかはわからないと」

「そうか……」

騎士団長の言葉にお父様はまた考え込む。そして騎士団長と私にこう告げた。

「騎士団長、ルティアの聖属性は秘匿するように。ルティアも誰かに聞かれても答えてはいけないよ？」

「陛下、何故です？」

「この崖崩れが故意だった場合、ルティアが聖属性持ちとわかると命を狙われる可能性があるからだ」

その一言に騎士団長はハッとした表情を浮かべ、私を見た。そしてお父様と騎士団長は私とマリアベル様を除いた全員に記憶封じの魔術をかける。これで少しは身の安全が図れただろうか？

悪役令嬢は心配する（アリシア視点）

私の名前はアリシア・ファーマン。ファーマン侯爵家の一人娘として生まれた。

遅くできた初めての子供であったことから、蝶よ花よとお父様とお母様にとても可愛がられていた。そのせいで自分で言うのも何だがワガママ放題の嫌な子に育っていたのだ。甘やかされてばかりで、叱られることのない子供は自分を特別な者だと勘違いした。それはもう盛大に。

そして私が五歳になった頃、相変わらずワガママ放題していた私は侍女の一人をちょっと気に入らないからと言う理由で虐め、その侍女を泣かせてしまう。五歳児に泣かされる大人。普通ならありえないけれど、侯爵家ではあり得てしまう。だって、私が一番偉いと思っていたのだもの。

ただその時の私は、少しやり過ぎたか？　とちょっとだけ良心が痛んだらしく、その侍女に触ろうとした。そんな良心があるくらいなら、最初から虐めなければいいのに！　と今の私なら思うのだけど、子供の頃の私には理解できていなかったのだ。

私が触れた次の瞬間、また私に何かされると思った侍女に手を振り払われ、そのままステン！と後ろに転んだ。そして転んだ拍子に頭を打ちつけて思い出した。

過去の自分の事を――

周りでは慌てる人々の声。遠くからお父様とお母様の声も聞こえる。しかし私の頭の中では過去の記憶がグルグルと台風のように暴れていてそれどころではなかった。これはなんだ！　私の頭の中を回る景色は、人々は、そして……思い出す。

私は、私は、日本という国で推しに貢ぐために頑張って仕事をしていたはず。それが唯一の楽しみだったのに!!　それなのにいつ死んだよ私。そんなのありかよ!!　まだ推しに全然貢ぎ終わってない……!!　予約した商品だってあんなにあったのに!!　舞台だってチケット取れたのに!!

グルグルと目まぐるしく回る記憶の中で、私はとうとう高熱を出して寝込んでしまった。いわゆる知恵熱だ。それも仕方ない。今まで生きてきた三〇うん年分の情報量が幼い私の頭に投下されたのだから……そしてその記憶の中で、とても重要なものを発見した。今後の私の一生を左右するとても重要な情報。


『聖なる乙女の煌めきを』


この物語は貧乏な男爵家の令嬢がヒロイン。本来なら一〇歳の頃に行われる神殿での測定をある事情で受けておらず、たまたま王都に来た時に受けることになった。その結果、ファティシア王国では珍しい聖属性と魔力量の持ち主だと発覚。王立アカデミーに通いながら、ヒロインは恋に謎解きに奮闘するのだ。

普通の乙女ゲーとはちょっと切り口の違う、ゲームだったと記憶している。

その中でヒロインを虐める悪役令嬢の名前がアリシア・ファーマン。ファーマン侯爵家の一人娘で、婚約者のライル王子が大好きな美少女だ。

残念ながらライル王子本人には嫌われているのだけど……それでも王子の婚約者の座を射止めるために、礼儀作法、勉強、魔術の知識等を努力して、それはもう努力して身につけた子である。単純に家の家格だけで勝ち取った地位ではない。

それがポッとでの、自分よりも身分の低い男爵家の令嬢に婚約者を奪われたら普通に発狂するだろう。しかも努力では身につかない、聖属性を持っていると言うただそれだけの理由で。私だったら確実にふざけんな！　と怒鳴りつけている。元々、悪役令嬢のキャラ付けとして傲慢だったり、自己中心的な部分もあるけれど、それって王子本人がアリシアを顧みなかったからではないか？と思わなくもない。アリシアに向き合うことなく、アリシアを嫌い続けたライル王子。そんな人に全く咎はないとはいえないだろう。

だって、アリシアはライル王子が大好きだったのだから……彼の言葉ならきっと素直に聞いたはずなのだ。もっと模範となる令嬢の振る舞いを、とか色々言えただろうに。彼はアリシアを一切顧みることはなかった。

正直なところ、私はこの『聖女』の悪役令嬢アリシアが嫌いではない。彼女がやった虐めと呼ばれるものは、貴族社会では当たり前のマナーであったり、ルールだからだ。もちろん言い方とか、教え方なんかに問題はあっただろうけど、侯爵家の令嬢と男爵家の令嬢はそもそもの身分差がある。懇切丁寧に教えたりとか、普通はないんじゃなかろうか？

それなのにライル王子はヒロインやアリシアを貶めたい人達の言葉だけを信じ、卒業パーティーでアリシアを断罪する。

ご都合主義だなあと思わなくもないが、悪役令嬢のポジションなんてそんなものだろう。しかも聖なる乙女を害したと言う理由でどのキャラのルートも処刑エンドが大半である。一応、破滅エンドもあるが、それだって処刑されなかっただけマシ、みたいなルートだった。つまり救いはない。

酷い。酷いな。これはもう酷すぎだ。

映像が綺麗だったから全キャラコンプまでは辿り着いたけど、謎解きだって何だか中途半端な感じではなかっただろうか？　しかもアリシアがやっていない事まで押しつけられた気がする。

そんな悪役令嬢に私は転生してしまった。

「死亡エンドも破滅エンドもお断りだ――――!!」

目が覚めて、思わず叫んでしまったのは仕方がないと思う。

＊＊＊

頭を打って発狂してから数日、私はすっかり大人しくなった。今まで虐めていた侍女達にも、もう理不尽なワガママは言いませんと頭を下げて謝り、両親から家の者達まで頭は大丈夫かと物凄く心配される始末。

もちろんアリシアとして生きた五年間の記憶はきちんとある。むしろ此方の方が鮮明な記憶と言えるだろう。しかし日本でＯＬとして生きてきた三〇うん年分の記憶は、たった五年ぽっちの記憶よりも勝るわけで！　今世は貴族令嬢かもしれないが、前世はしがない一般人。理不尽なクレーマー対応だってした事もある。アレは結構心にクるのだ。自分が悪いわけでもないのに責め立てられ、謝らねばならない。

思い出された記憶と、今までの私がやってきた行為。いくら五歳児とはいえ、理不尽なワガママはダメだろう。小心者な私には貴族令嬢とか荷が重すぎる。どうしてその辺のモブとかに生まれなかったのか……いや、その辺のモブだと今後起こるイベントを見ることはできないから、中流くらいの貴族、もしくは商家でもよかったかもしれない。

高望みなんてしないから、ちょこっと覗き見るくらいのポジションが良かった。

「いやいや。これからすべきは死亡エンドと破滅エンドをどうやって避けるかってことだよね」

このまま成長すればシナリオ通りにライル王子の婚約者になる可能性がある。婚約者になってしまえば死亡か破滅のどちらか。別の攻略対象でも処刑・破滅エンドは免れない。

シナリオ的に悪役令嬢がいなければいけないのはわかるけど!! 普通に婚約者いる相手にベタベタする女の子ってどうなのよ!! 聖なる乙女の候補者だからって、許されることではないと思うのだ。貴族社会的に! 貴族社会的にっっ!!

「……理不尽だ」

はあ、と深いため息をつき、私はなるべく目立たない侯爵令嬢になろうと努力した。

誕生日を盛大に祝おうとする両親を諫め、破滅エンドを迎えた時の為に市井の生活を勉強し、もちろん貴族社会で必要な礼儀作法、勉強、魔術の練習諸々を頑張ってきたのだ。

ライル王子の誕生パーティーに呼ばれた時は全力で仮病を使い、ゲーム本来の出会いイベントを回避することに成功した。これさえ出なければ、きっとライル王子と出会うこともないはず。

しかしそれがいけなかったのか、それともここ数年を見ての判断か……お父様から不審がられてしまった。私は迷いに迷い、お父様に正直に話すことにした。だってこのままでは大好きなお父様とお母様、それに仲良くなった屋敷のみんなまでも巻き込んでしまう可能性があるからだ。たとえ私がライル王子との婚約を望まなくても、侯爵家の令嬢である限りはいつかどこかで出会う可能性がある。その時にシナリオの強制力が働かないとも限らない。私が処刑又は破滅エンドになったら、我が家もその巻き添えを食らうだろう。それはとても申し訳ない気持ちになる。こんなに優しい人達をシナリオとはいえ、巻き込むことになるのだから。

最初こそ普通に話せていたが、徐々に涙が出てきて……泣きながら荒唐無稽な話をする私はさぞや頭のおかしな子供だっただろう。そんな私の話をお父様は真剣に聞いてくれた。もっとも、信じてくれたかはわからない。それでも私がライル王子の婚約者になりたくないと言う言葉には頷いてくれたのだ。これなら私、侯爵家の領地に引きこもっていれば何とかなるのでは⁉　と期待した。

期待したが、それはあっさりと砕け散る。


ある日、第一王女のお友達を決めるお茶会に私を含めた年の近い貴族令嬢が集められたのだ。私は『聖女』の王女様を殆ど覚えていない。そんな人いたっけ？　ってぐらいに印象は薄く、最後の方にちょろっと他国に嫁ぐ、とかそんな説明文がはいっただけなような？　そんな感じのキャラだった。

言うなれば彼女はモブ。スチルも大してない、モブ王女なのだ。

しかしいくらモブ王女とはいえ、うっかりお友達になった暁にはライル王子と出会う可能性が高くなる。それだけはお断りしたい！　そんな願いから、端っこにいればきっと目に入ることもなく、直ぐに帰れるだろう。そう踏んでいたのだが、私の目の前に金髪に蒼い瞳の男の子が飛び出してきたのだ。

何故茂みの中から男の子が飛び出してくるのか!!　驚いて小さな悲鳴を上げてしまう。彼はマジマジと私の顔を見て、ちょこんと首を傾げる。その仕草はとても可愛らしい。少し生意気そうな表情で……その顔立ちには見覚えがあった。大人になると苦悩と憂いを帯びた瞳で王位に就く事への重責に悩んでいた彼。そしてアリシアを断罪した張本人。

ライル王子、その人だった。

せっかく出会いイベントをぶっちぎったのに何故ここで出てくる!!　シナリオの強制力なのか!?　頭の中では過去に見たスチルが走馬灯のように流れ始める。私の頭はオーバーヒートし、そのまま気絶して倒れたのは言うまでもない。


その後、目が覚めると王城内の客室のベッドで寝かされていた。どうやら物凄くうなされていたらしく、そんな私を王女様がわざわざ起こしてくれたのだ。

一緒にいたのは第一王子のロイ殿下。モブ王女と同母のお兄様だ。もちろん彼も攻略対象の一人である。攻略対象とモブ王女。アレ？　もしかしてこれヤバくない？　私、もう死ぬのでは？　そう考えたらダバーッと涙が溢れてきた。せっかく魔法が使える世界に生まれ変わったのに、十八で死ぬなんてあんまりだ。破滅エンドも処刑エンドも嫌だと泣き始めると、王女様は何故そんな事を言うのかと問いかけてきた。

モブだなんて失礼なことを言ったのに、この王女様はとても優しい。でも申し訳ないけど、貴女と一緒にいると私の死期が近づくんです！　と内心思いながら、ボロボロ涙をこぼす。そんな私に根気よく話しかけ、私の不安を話してくれないかと王女様は言った。

いっそのこと、頭のおかしな女だと思われて、王家から遠ざけてもらえるんじゃなかろうか？　そんな淡い期待を持って私は王女様に前世の話を話す。私の話を王女様はそれはそれは真剣に聞いてくれた。しかも対策まで練ってくれたのだ。

きっと私の話を全部信じているわけではないだろう。それでも構わない。聞いてくれた王女様に、私はこれからこの国で起こるであろう出来事も話した。王女様達の父である国王陛下が視察の途中で崖崩れにあって亡くなること。あとロイ殿下が病気になる話もした。

すると彼女は国王陛下を助けられないかと言い出したのだ。

私は自分のことしか考えていなかった。破滅するのも処刑されるのも嫌だ。屋敷に引きこもっていれば、ライル王子に出会わなければきっと助かる。そう思っていたけど……それは私だけの話で、彼女達にとってみれば家族が亡くなるかもしれないのだ。これから先、国民の多くが病に倒れるかもしれないのだ。

私は自分の浅慮を恥じた。前世から数えればもう四〇にもなろうと言うのに、私は逃げてばかり。

それなのにまだ八歳の王女様は助けられるなら助けたいと言うのだ。

シナリオという運命に立ち向かうと。もしかしたら彼女なら、運命を変えられるかもしれない。

その為の努力を彼女としようと心に決めた。


「アリシア！　救難信号が……!!」

お父様が慌てた様子で私の部屋に入ってくる。

姫殿下に魔術式を入れて渡した髪留めから、お父様の元へ救難信号が入ったと言う。私はサッと血の気が引く。恐れていた事態が起こってしまった。

「お、お父様……姫殿下は……国王陛下は……？」

「まだわからん。急いで救援を送ろう」

崖崩れに遭う場所は王都からさほど離れていない場所。騎士達を連れて様子を見に行く分には一日とかからないだろう。その為の準備も念の為してある。

「お父様……」

「アリシア、きっと姫殿下も国王陛下も無事だ。姫殿下は大変聡い方だし、陛下も大変な魔力量を持っている」

だからきっと無事だ、とお父様は言った。私は小さく頷き、お父様と侯爵家で雇っている騎士達を見送る。

「きっと、きっと無事でいて……」

大事な友達なのだ。どうか私から奪わないでほしい。

王都への帰還に思うこと

お父様とヒュース騎士団長は私の聖属性発覚を秘匿した後、崖崩れが起きた現場から少し離れた場所で待機する事にした。

城へ早駆けしたであろう騎士達や、残って私達を捜している騎士達がいるのなら、崖崩れが起きた現場へきっと戻ってくる。そう考えてのことだった。流石に何度も崖崩れが起きたら困るので、騎士団長の指示で周辺の安全確認はしたけれど。待っている間に魔物が出てきたらちょっと嫌だなあと思ってしまう。

騎士達やお父様もいるからそう危険なことにはならないだろうけど、段々と辺りが暗くなってくると嫌な想像をしてしまうものだ。子供の想像力がこう言う時に限って最大限に発揮されてしまう。怖い想像はなるべくしないようにして、お父様達から離れないように、でも邪魔にもならないようにしていよう。そう考えていると、マリアベル様と目があった。マリアベル様は優しく微笑むと私に向かって手招きをする。

「姫殿下、こちらへいらしてください」

呼ばれて側に行くとお父様がやったのか、木の丸太が椅子っぽくなっていて、そこにハンカチが置かれていた。私は誘われるまま座り、マリアベル様にピトリと寄り添う。マリアベル様は少し目を丸くしたが、嬉しそうに私の頭を撫でてくれる。

「色々あって疲れてしまいましたね」

「最後にこんな凄いことが起こるなんて思わなかったもの。マリアベル様は体調は悪くないですか？」

「ええ、大丈夫ですよ」

ふわりと微笑む姿に少しだけ安堵する。するとお腹がグーと鳴ってしまった。マリアベル様はキョトンとした顔をするとクスクスと笑いだす。

「今頃はもう王城についているはずでしたものね」

「そうなんです。あ、でも食べるもの……私のマジックボックスに入っていますよ！　みんなで分けて食べましょう？」

そう提案するとどなたかへのお土産に買われたのでは？　とマリアベル様に心配された。私は首を振り、マリアベル様の耳にそっと囁く。

「実は珍しいお菓子がたくさんあって……目移りしてしまったのでたくさん買ってしまいました」

「あらあら」

「内緒ですよ？　うちの離宮の侍女長に見つかったら、ぷくぷくのブタさんになるおつもりですか？　って怒られちゃいます」

そう言って侍女長のモノマネをして見せると、周りの侍女達も一緒になって笑う。

私はマジックボックスになっている鞄を開き、中から日持ちしなさそうなケーキを幾つか取り出した。ドライフルーツの入ったバターケーキで、これは子供用にアルコールが入っていないのだ。お試しに食べさせてもらったらとても美味しくて、ついつい色んな種類を買い込んでしまった。お城の中ではこんなに色々な種類を食べることなんてできない。お城の料理は見た目重視だったり、伝統的な物が多くてそこまでたくさんの種類はないのだ。逆に一般の人たちが食べている料理の方が種類は多い。城のように供給が安定していない分、創意工夫して種類が増えやすいのだろう。

このバターケーキ達もそんな創意工夫のたまもの。でもこれを全部持ち帰ったら……やっぱり侍女長に怒られる気がする。それなら今皆で食べてしまえば侍女長にも見つからないし！　みんなのお腹も満たせるし丁度いいだろう。一緒に小さなケーキナイフも取り出し、同行している侍女に頼んで切ってもらう。

「これで紅茶があったらちょうど良いんですけどね。茶葉とお水はあってもポットがないんです」

「でもこのような時でないとできない食べ方ですね」

手掴みで食べるなんて王侯貴族の淑女は普通はしない。でもこんな時だからちょっとお行儀が悪くても許される。悪い事をしているみたいでドキドキしてしまうけど、これもこんな時だからできる食べ方なのだ。

侍女や騎士達とテーブルを囲む事だって普段はないし……不謹慎かもだが、ちょっとだけ楽しく感じる。因みに、お父様には予想以上に私の鞄の中にケーキやお菓子が入っていた事を知って「ルティアは食いしん坊だったんだね」と笑われてしまった。

＊＊＊

お父様が熾《おこ》してくれた火魔法でパチパチと木が燃えている。その火を眺めながらあったまっているると、徐々に睡魔がやってきた。なんせ今日はたくさん魔力を使ったわけだし。それにお父様達が助かってホッとしたのもあると思う。

とろりとした睡魔に身を任せそのまま眠り込んでしまった。

暫くすると、何処かで誰かが呼んでいる声がする。まだ眠い目を擦りながら顔を上げると私はマリアベル様の膝を枕にして眠っていたようだ。

「姫殿下、誰か……来たようです」

ヒソリと耳元に囁かれ、私は鞄をギュッと胸に抱き寄せるとマリアベル様の側にピタリとくっつく。お腹の中には私の弟か妹も一緒にいる。何かあったら一番にマリアベル様を守らなければ！

「おーい！　誰かいないかー!!」

「姫殿下ー！」

「おーい!!」

崖崩れが起きた辺りだろうか？　松明の明かりがチラホラ見え始める。そして私を呼ぶ声も。私は思わずお父様を見た。

「ファーマン侯爵、かな？」

王城から助けが来るよりも先にどうやら侯爵の助けの方が早く来たらしい。お父様は騎士団長に指示を出すと、侯爵達を迎えに行かせる。

なんと侯爵本人も捜しに来ていたようで、私とお父様を見てブワッと泣き出した。その泣き方はなんだかとってもアリシアに似ていた。いや、この場合、アリシアが侯爵に似ているのだろうけど。

「へ、陛下あああ!! 姫殿下あああ!! ご無事でよかったです!!」

「ファーマン侯爵、ルティアの髪留めの救難信号で見に来てくれたんだね?」

「はい。はい……ご無事で、本当に良かった……!!」

侯爵はお父様の手を握り上下に激しく振る。お父様は目を丸くしたけれど、生きていて良かった、良かった、と何度も繰り返す侯爵に何も言えないみたいだ。侯爵にしてみれば、これでアリシアの話に真実味が増し、その上でアリシアの身に起こるかもしれない悲しい未来を回避できるかもしれないのだ。

パチリと侯爵と目が合うと、小さく頷かれた。私も同じように小さく頷く。

「それにしても助かりましたよ。ファーマン侯爵、その……すらいむ? の魔術式ですか? お陰で崖崩れに飲み込まれた者が皆助かりました」

「いえ、私は……娘にせがまれて姫殿下と楽しく庭いじりができればと……ですが皆様の命が助かったのでしたら作った甲斐がありました」

ようやく泣き止んだ侯爵は騎士団長の言葉に嬉しそうに笑うと、予め用意していた言葉をお父様達に告げた。侯爵とアリシアのおかげでお父様は助かった。次は私がアリシアの為にできることをしなければいけない。

現状はこれから起こるであろう、アリシアとライルの婚約阻止。

もしも今回のことで本当にお父様が亡くなっていたら、王代行であるリュージュ様とハウンド宰相様が決めたことには私は勿論、ロイ兄様や侯爵も口出しできない。でも、お父様は生きている。そして私とアリシアは友達で、私からお父様に婚約はやめた方がいいと進言もできる。

アリシアの生存率はグッと上がるわけだ。アリシアを一番大事だと可愛がっている侯爵にとってみれば、お父様の生存は一筋の光のようなもの。お父様の命を助けてもらった恩もあるし、何が何でも頑張らなくてはいけない。

「陛下、我々は急ぎ来たものですから、まだ馬車は到着しておりません。暫しお待ちいただけますでしょうか？」

「構わない。王都からここまでは馬車だと時間がかかるのはわかっているからね」

「ところで侯爵、途中で王城の騎士達に会わなかったか？」

「いいえ、我々は姫殿下からの救難信号を受けて直ぐに王都を出ましたが、道中は特に誰ともすれ違いませんでしたよ？」

侯爵の言葉にお父様と騎士団長は顔を見合わせる。やはり、生き残った騎士達に何かあるのだろうか？　この崖崩れはわざと引き起こされ、お父様を狙ったものなのだろうか？

でも不思議なのはお父様を狙った理由だ。私の知る限り、周辺諸国とは友好な関係を築けているはずだし、お父様の治世に不満を持つ者は全くいないとは言わないが、それでも少ないはず。

お父様がいなくなって物凄く得をする人も、現状はいない。

後継となる私達はまだまだ子供。たとえ寵愛されているマリアベル様が産んだ子供が男の子だったとしても、王城内の派閥争いはほぼ無いに等しい。なんせリュージュ様の一人勝ち、と誰もが思っている。侯爵家の後ろ盾。正妃の産んだ男の子。リュージュ様ご本人も大変聡明な方だと思う。

今はワガママ放題のライルだって、もう少ししたら王族としての責任感に目覚めるかもしれない。それこそアリシアが話したように。

私は聖属性持ちであることが決まったが、ライルが王族として真っ当な人間に育てば、わざわざ私を王に担ぎ上げる必要も……多分、無い。いや、今の時点で私が聖属性持ちであるなんて知っている人間はお父様とマリアベル様、騎士団長のみ。知られることがなければ、私を王に担ぎ上げるなんて発想すらないだろう。

だから不思議なのだ。一体何の為に殺そうとしたのか。事故なら仕方がないと言えるけど、それにしては魔法石を仕込んで魔力を封じるなんて手の込んだこともしている。つまりは故意。故意に起こった出来事ならば、それに見合う理由があるはず。なんの意味もなく王を弑するなんて、そんな馬鹿なこと起こるわけがない。

うーん。謎が多すぎてさっぱりわからない。一生懸命考えていると、徐々に頭が痛くなってきた。それに何となく地面が揺れている気もする。どうしてだろう？　と不思議に思っていると、誰かが呼んでいる気がした。

「……か、……姫殿下？」

ああ、マリアベル様が呼んでいる。ちゃんと返事をしなきゃ……そう考えた時には私の意識は何処かへと飛んでしまっていた。

＊＊＊

誰かがボソボソと枕元で話をしている。

私はもう起きる時間なのか、嫌だなあと思いながら侍女が起こすまでは意地でも目を開けないぞ！　と無駄に頑張っていた。しかしいつまで経っても誰も起こさない。おかしいな？　もう起きる時間じゃないのかな？　でもまだ眠っていて良いのならもう少し寝ていたいな。そんなことを考えていると、誰かが私の頭を優しく撫でてくれた。

まるでお母様の手のようで、幸せな気分になる。でもその手は直ぐに離れてしまって、もう少し撫でてもらいたかったのに……と思わず目を開けてしまった。

「……姫殿下？」

「……マリアベルさま？」

「ええ、ええ……そうですよ」

そう言うとマリアベル様は部屋にいた侍女達に声をかけて何か指示を出している。

私はそれをぼんやりと眺めながら、さっきまで頭を撫でてくれていたのはマリアベル様の手だったことに気がついた。

お母様はもういない。亡くなった人が頭を撫でてくれることはもう、ないのだ。

「姫殿下、もう少しお休みください」

「……眠るまで側にいてくれる？」

「ええ、もちろんです」

「あのね、頭を撫でてもらうの……お母様の手みたいで嬉しいの」

「私の手で良ければいくらでも」

そう言って微笑むとマリアベル様は私の頭を優しく撫でてくれた。私は優しい匂いに包まれてもう一度眠りに落ちる。優しい、優しい眠りだった。


その日の目覚めはとても快適で、侍女が起こしに来るよりも前に目が覚める。ただ淑女的には侍女が起こすまでベッドの中にいなければいけない。目が覚めたからと、勝手にベッドから抜け出すと侍女長が怒るのだもの。前は平気だったんだけど……

辺りを見回し、まだ誰もいないのを確認するとゆっくりと体を起こして、グッと伸びをする。

何だか体の節々が怠い。茶色い髪は少しベタついていて、まるで熱でも出した後のようだ。

私が目覚めた場所は小離宮と呼ばれている離宮の一つ。そこにある私の部屋だ。確か侯爵が見つけに来てくれて、何か話していたような？　その後のことはさっぱり覚えていない。あの後、無事に城に帰り着いたということだろうか？

お父様もマリアベル様も無事なのかな？　やっぱりベッドを抜け出して見に行こうか？　そんなことを考えていると、日頃私の世話をしてくれている侍女のユリアナが部屋に入ってきた。

「る、ルティア様!?　お目覚めになられたのですね!!」

彼女の驚き加減に私の方が驚いてしまう。目を何度か瞬かせると、私はとりあえずおはようと声をかけた。

「おはようございます、ルティア様！　今回は大変な目に遭われましたね……お体の具合は大丈夫ですか？」

「ちょっと怠いような気はするけど、頭はハッキリしてるし大丈夫よ」

「ああ、それは七日ほど寝込まれていたせいですね」

「え？」

「覚えてらっしゃいませんか？　崖崩れに遭われて……ファーマン侯爵様に助けられた後、倒れられたのですよ」

そう言えば何となく頭がぐらぐらして、地面も揺れていたような気がする。それにしても七日も寝込んでいたとは……？　そんなに寝込むほど何かしただろうか？　軽く首を傾げると、ユリアナが苦笑いを浮かべた。

「陛下からは魔力を使いすぎたのだろう、といわれたのですがルティア様が目を覚まされないのでロイ様も大変ご心配されています」

「ロイ兄様も……」

それはそうだ。七日も寝込んでいたら事情を知っている兄様はかなり心配しただろう。私は直ぐに兄様に会えるか確認する。しかしユリアナに止められてしまった。

「どうしてもダメ？　もう平気なのだけど」

「目を覚まされても数日は安静に、とお医者様からもいわれております。お会いになるのは元気になってからにしましょう？」

気分的にはかなり元気なのだが……魔力の消費量がやはり多かったのか、体の怠さは否めない。

少しだけ口を尖らせて、それでもユリアナにワガママを言っても仕方ないので今度はお風呂に入りたいと言ってみる。

「お風呂……ですか？」

「流石に七日も入ってないもの……それぐらいは良いでしょう？」

「そうですね。ではもう一人呼んできますので、大人しくベッドの中にいてください！　良いですね？」

「はあい」

いつもはユリアナだけで入れてくれるが、流石に私が途中で気を失ったら一人では運べないと思ったのかもしれない。ユリアナは人手を呼びに部屋から出て行ってしまった。

そこまで体力は落ちていないはずなんだけどな、と思いながらもう一度ベッドの上で伸びをする。

ひとまずは、お風呂に入ってご飯を食べて動き回れることを証明しなければ。

＊＊＊

お風呂に入ってさっぱりした後は、ベッドの上で食事となった。

食事が終わった後は診察を受けて、もう一日～二日はベッドで大人しくしているように言われてしまう。どうやら魔力が安定する前にたくさん使ったせいで熱暴走のようなものを起こしているらしい。安定する前に魔力を大量に使うとそんなことが起こるのか、と自分の両手をマジマジと見てしまった。

その後は物凄くにがーい薬を飲まされ、その味に顔をしかめているとマリアベル様がお見舞いに来てくれた。

「姫殿下、お目覚めと聞いて少しお顔を拝見させていただきにまいりました」

「マリアベル様！　もうね、気持ち的には元気なの。でもまだベッドの上にいなさいっていわれてしまったわ」

「元気になられたようで安心しました。私から陛下へもお伝えしておきますね」

「お父様に心配かけてごめんなさい、と伝えてもらえますか？」

「ええ、もちろん」

そう言うとマリアベル様は私の頬を挟むように両手で触れる。優しくて、温かい手だ。マリアベル様は私の体調を確認するかのように少しの間触れていると、顔色も良くなりましたねと言って手を離された。

お母様みたいで何だかくすぐったい気分になる。そう言えば……マリアベル様が離宮で暮らすかもしれないとお父様が言っていた。その話はどうなったのだろうか？　気になって尋ねてみると、もう少ししたらこちらに引っ越してくるそうだ。

「私はこちらに越してきましたら、姫殿下の魔術の先生となるようですよ」

「魔術の先生？」

「ええ、そろそろ姫殿下にも付けなければとお考えだったようです」

多分、私が聖属性を持っている事で下手に教師をつけられなくなったのだろう。でもマリアベル様のことが大好きなので私としてはとても嬉しい。

ふと、マリアベル様のお腹の赤ちゃんのことが気になった。私の先生になってくれるのは良いのだが、体に負担はかからないのだろうか？

「マリアベル様……その、私、マリアベル様が先生でとっても嬉しいのですけど、お体に障りませんか？」

「実は……それもあって離宮に来るのです」

その答えに私は首を傾げる。別に妊娠したからと言って後宮にいてはいけないわけではない。寧ろ後宮の方が侍女の数もそうだし、お医者様の診察を受けるのに楽ではなかろうか？　後宮ってそもそもそういう場所だし。

「……いずれ、陛下からお話があるかもしれません」

「お父様から？」

「ええ、今回の件で……色々ありましたの」

色々と言われるととても気になるが、ベッドから出てはならないとユリアナからストップがかかっているので流石に聞きに行くこともできない。

中途半端な情報はベッドの上にいることに飽きた私の好奇心を刺激する。知りたい。でもベッドから抜け出すと怒られる。どうしたものかと考えていると、部屋の扉が勢いよく開く。

「ルティア！　大変だ‼」

「ルティアさまあぁぁぁぁっっ‼」

ロイ兄様と一緒に入ってきたのは泣きべそをかいたアリシアだった。

二人してマナー的に問題があるのだが……それよりも、突然のことにマリアベル様がポカンとした表情をしている。どう言い訳したら良いのだろう？

兄様とアリシアは私以外にも人がいたとは思わなかったのか、二人して固まってしまっている。

その姿は驚いて固まる猫ちゃんの様だ。その様子を見ていたユリアナがコホン、とわざとらしい咳をした。

私は慌ててマリアベル様に謝る。

「マリアベル様……その、ごめんなさい」

「え、ああ……いえ。驚きましたが……ロイ殿下と、ファーマン侯爵家のご令嬢、アリシア様ですね？」

「ごめんなさい、マリアベル様。色々問題のある入り方でした」

「も、申し訳ございません‼」

二人はマリアベル様に向かって頭をさげ、自分達の行動の非礼を詫びた。

素直に謝ったことでマリアベル様からは次からはご注意ください、と言われるだけに止まる。少しホッとしていると、また泣きだしそうなアリシアが私を見ていた。

一体何があったのだろう？

「ええっと……アリシア嬢、どうされたの？」

「ルティア様、その……私……私……ライル殿下の婚約者になれとお話が……」

「えっ⁉」

思わず大きな声を出してしまい、ユリアナがまたしてもコホンと咳をしたので慌てて両手で口を押さえる。確か、ライルの婚約者として名前が挙がるのは二年後の話ではなかっただろうか？　貴族令嬢の中で飛び抜けて魔力量が多かったアリシア。身分的にも丁度釣り合う事から選ばれたと言っていたはず。

それなのに、何故こんなにも早く話が来たのか――

私は困惑の表情を浮かべ、アリシアと兄様を見てしまった。

続・王女、おねだりをする。

悪役令嬢アリシア・ファーマン
彼女がファティシア王国第二王子ライル・フィル・ファティシアの婚約者として名前が挙がったのは一〇歳の時に行われる神殿での魔力測定を受けてから。同時期に測定を受けた貴族令嬢の中でも飛び抜けて魔力量が多く、家柄も申し分ないとしてライルの婚約者となったのだ。その陰にはファーマン侯爵家からの要望もあったという。

アリシアが教えてくれた話では、元々ライルの七歳の誕生日に一度会っていてその時に一目惚れしたのだとか。継承一位の王子であるライルの婚約者として相応しい人物になる為に、ワガママを一切やめて厳しい淑女教育を受け、血のにじむような努力を繰り返し測定を受けたと言う。その結果、彼女は見事婚約者の座を射止めたのだ。

アリシアはその事に喜び、早速ライルに挨拶に行ったそうだがその場で彼が放ったのは「お前なんか嫌いだ！」と言う言葉。アシリアはショックを受けたが、きっと自分に足りないものがあるのだと妃教育を含め更に努力を続けた。そこで一度でもきちんとした対話がなされていたら、何かが変わったかもしれない。

しかしライルはアリシアに向き合うことはなかった。それをアリシアはまだ足りないのだ、と努力し続けることで自分を保ち続ける。

それから八年の月日を彼女はライルに好かれる為に努力し続けた。見た目の美しさも、正妃として王を支えるだけの知識も、完璧な淑女としての振る舞いも、ただただライルから好かれる為に

……

しかし王立アカデミーに進んで一年後、ライルはある女性と出会う。

アリシアがどう努力しても持てない属性である聖属性を持った女の子。ピンクブロンドにピンク色の瞳。愛らしい容姿の女の子は、完璧と評されるアリシアとは正反対の女の子であった。

下位の男爵家の令嬢だからか、それとも本人の気質か、自由奔放、天真爛漫、そんな言葉が似合

う女の子。ライルは自分の側では見ないタイプの女の子に心惹かれる。彼は王立アカデミーを卒業すればアリシアと婚姻をなし、王位を継ぐ立場。元々好きでなかったアリシアは今や完璧な令嬢として婚約者の位置にいる。

かたや自分は王位を継ぐ者として未熟であった。そんなジレンマといつも温かい笑みを浮かべて自分のままでいて良いのだと言ってくれる女の子。

恋に落ちない方が難しかった。

二人の仲睦まじい様にアリシアは不安を覚える。しかし彼女は淑女として、ライルの婚約者として最初のうちこそ男爵令嬢を虐めるようなことはしなかった。ただそう、彼女は普通の令嬢なら出来るであろうことが全く出来ない彼女の行動に眉を顰めてはいたけれど……

しかしそれもいよいよ目に余り、アリシアはその男爵令嬢に度々苦言を呈する様になる。

「婚約者のいる男性とそんなにベタベタするべきではないわ」

「淑女として恥ずかしくない行動を」

「聖属性を持っているならもっと勉強をしなければ」

それは貴族の令嬢として正しい意見であったし、アリシアにしてみれば己を磨かずに聖属性を持っている。ただそれだけで、婚約者のいる男性に寄り添う彼女は何の為にアカデミーに来ているのかわからなかった。

アカデミーとは最高学府。その最高学府に通うのであれば、それにふさわしい身の置き方があるはずだと。たとえマナーに不安があろうとも、それは学べばいいだけのこと。最初からできる人間はいないのだから。できなければ、できるまで学びなさい。それはアリシアにとってみれば当たり前のことだった。

しかし、男爵令嬢にとってはたまたま聖属性持ちであることが判明し、たまたまアカデミーに通うことになったに過ぎない。そして彼女にとってみれば好きになった相手を支えたいと思うのは当然であり、完璧な令嬢と言われるアリシアからの苦言は不出来な自分への嫌みと感じたのだ。

暗い表情の彼女にライルは問いかける。

「何故そんな暗い顔をしている？」

「アリシア様から不出来な自分を責められているのです。もちろん聖属性を持っているのですから、学ぶべきことはたくさんあるでしょう。でも……」

「ああ、そんな顔をしないでおくれ。俺が君を守るから。君は俺の……この国の聖なる乙女。何も心配することはない」

元々アリシアの存在を苦々しく思っていたライルは貴族令嬢として本来やるべき事をやっていない彼女の言葉をそのまま信じた。自分が彼女に構うから嫌がらせをしているのだと。それに追随するように、アリシアを疎ましく思っている者達が告げ口をする。

こんなことをしていた、あんなことをしていた、アリシアに言われて仕方なく男爵令嬢を虐めてしまった。ライルはその言葉全てを信じてしまう。完璧な令嬢であるアリシアは、実はそうではないのだと。嫉妬に狂い、こんな醜い行動をしていたのだと。

斯くして――――断罪の時は訪れ、アリシアは卒業パーティーで婚約破棄を言い渡される。

お前は国母として相応しくない、と。

＊＊＊

これが私がアリシアから聞いていた、今後一〇年の間に起こる話である。神殿で行われる魔力測定は二年後。つまり彼女の話とは二年の開きがあった。二年の余裕があるはずなのに、魔力測定をされていない現時点でライルの婚約者として名前が挙がるとは意味がわからない。

マリアベル様のいる場所では詳しい話もできず、猶且つ私はまだベッドから出ることのできない身。二人は侍女のユリアナに部屋から追い出され、今日のところは帰る事になった。

「……マリアベル様、ライルの婚約者を決める話はもう聞いていらっしゃいますか？」

二人が部屋から追い出された後、私はマリアベル様に聞いてみる。マリアベル様はゆるく首を振り、何も聞いていないと仰った。

「ライル殿下はまだ七歳でしたよね。それなのにもう婚約者をお決めになるなんて……随分と早いですね」

「そうですよね。ロイ兄様にだってまだいないのに」

まあ私達の場合は立場的な問題もあるのだろうけど、それにしたって決めるのが早い。何か決め手になるようなことでもあったのだろうか？

「ですが……アリシア様はライル殿下の婚約者にはなりたくないご様子ですね」

「ええ。その……彼女はとてもお父様、侯爵様が大好きなので……将来はお父様と結婚するのよ！

と言っていましたから」

「あらまあ」

私が咄嗟についた嘘にマリアベル様はクスクスと笑いだす。侯爵のアリシアの溺愛っぷりからも多分、この嘘は真実味があるだろう。心の中でアリシアに謝りながら、私はマリアベル様にアリシアとライルは婚約すべきでないと話してみる。

「それにライルにアリシアは……多分、合わないと思うの」

「合わない、ですか？」

「ライルは体を動かすのは好きだけど、お勉強とかマナーとか嫌いでしょう？　アリシアはあの歳でしっかりとできるの。一つしか変わらないのに、自分よりも完璧にこなす女の子って好きになれる？」

マリアベル様は私の言葉に困った表情を浮かべた。王族との婚姻は普通に考えて断ることはできない。たとえ本人同士の相性が悪いとしても、だ。ライルが自由奔放に振る舞っていても、アリシアが妻としてきっちりと仕事をこなしていれば良いだけのこと、と判断されるだろう。

それでも子供をつくらなければならないとなると、相性が悪いのは問題がある気がする。いや側妃を置けばいいんだけど……でも聖属性持ちの男爵令嬢を側妃にするのもきっと難しい。聖属性がそもそも貴重なのだし。そのまま聖なる乙女になったら、アリシアではなく、男爵令嬢が正妃になるかも？

アリシア的には正妃になる気はないのだからそれで良いかもしれないけど、男爵令嬢に正妃としての仕事をこなせるか？　という話になるとアリシアを側妃に、って話がでてくるかもしれない。それも現時点で婚約したらのはなしだけど。現状は婚約しない方向で持って行かなければ！

私はアリシアとライルを婚約させたくないな、とわざとらしく呟いてみる。

「そうですね……どちらかというと、ロイ殿下とアリシア様の方が良いようには見えますね」

兄様とアリシアは侯爵様が大好きだからどうかしら？　でもそうなったら楽しそう」

アリシアが一緒になるなんて考えたこともなかったけど、マリアベル様の言葉にその未来も捨てがたいなと思う。アリシアと姉妹になれたらきっと楽しそうだ。

「大きくなればすぐ近くにいる素敵な殿方に気がつくものですよ」

「そうだと良いわ。アリシアはとても良いお友達なの。彼女にはいつも笑っていてもらいたいもの」

「姫殿下はお友達思いなのですね」

「だって何でも相談できる相手って貴重でしょう？　特に私はこう、だし」

三番目の、特に期待もされていないお姫様。

私の世界はこの離宮と嫁ぎ先だけで終わるかと思っていたけど、実は外に出ることは案外簡単に叶うとわかった。アリシアがいれば私の世界はもっと広がるかもしれない。

それを考えたらライルにアリシアを取られるのはもの凄く嫌な感じがする。たとえ本人にその気はなかったとしても、だ。

「私、ライルにぜーったいアリシアを渡さない」

「あらあら」

「だってアリシアとなら色々なことができる気がするの」

「色々なこと……ですか？」

「そう！　まず手始めにすらいむの魔術式を手直しして、庭にもちゃんと使えるようにするの‼　そうすれば夏場に水を撒く手間が減るでしょう？」

それ以外にもやりたいことはたくさんあるのだと言えば、マリアベル様は微笑みながら聞いてくださった。

「では姫殿下の野望の為にもたくさん魔術式のお勉強をしなければいけませんね？」

「そうね。私、頑張るわ。マリアベル様、どうかよろしくお願いします」

「承りましたわ」

そう言うとマリアベル様は今日のところは、と言って帰っていく。

私はユリアナにベッドの中に押し込まれるとそのまま目を閉じ、元気になったらまずお父様に真相を確かめに行かなくては！　と決意を固めた。

＊＊＊

アリシアとロイ兄様と話ができないまま次の日になった。

私は今日もユリアナ監視の下、ベッドの上にいる。本当にもう元気なんだけどなあと思いながらも、七日も寝込んで心配をかけたので大人しくしているしかない。本を読むことだけは許してもらえたけど、どうせなら新しい本を読みたい。

もう三度目になる本を読み返しながらベッドの上で暇を持て余していると、部屋の扉がノックされた。それにユリアナが素早く対応する。誰が来たのかと扉を見ていると、お父様とマリアベル様が揃って来てくださった。

「お父様！」

「やあ、ルティア。目が覚めたと聞いてね……もう、大丈夫かい？」

お父様はそう言うと私の側に寄り、そっと頭を撫でてくれる。

「本当はね、もう元気なの。でもユリアナが心配するからベッドの中にいるのよ？」

「おや、そうなのかい？」

「恐れながら、姫殿下はそう言われて急に倒れられることがありますから」

「今より小さい頃の話よ！　あの時は熱があるのわからなかったんだもの」

小さい頃の話を引き合いに出されてユリアナに抗議すると、お父様とマリアベル様はクスクスと笑い出した。

「それだけ元気なら大丈夫そうだね。まあ、魔力を使いすぎると倒れてしまう事もある。今回は特殊な事態だったが、普段は気をつけなさい」

「はあい」

少しだけ不服そうに返事をすると、ユリアナがジトリとした目で私を見る。それに口を尖らせると、またお父様は笑った。

「そうだ。ルティアにはご褒美をあげないとね」

「ご褒美、ですか？」

「みんなを助けてくれたご褒美。何がいいかな？」

まさかご褒美がもらえるとは思わず、チラリとマリアベル様を見るとマリアベル様はニコリと微笑んだ。もしかしたらマリアベル様がお父様に言ってくれたのかもしれない。

これはもしやチャンスでは!?　アリシアとライルの婚約を撤回してもらえるかもしれない!!

「お父様、私……昨日、ロイ兄様とアリシア嬢から、アリシア嬢がライルの婚約者に名前が挙がっているると聞いたの。アリシア嬢はライルの婚約者で決まりなんですか？」

「ああ、その話か……リュージュがファーマン侯爵とアリシア嬢が考えた魔術式で我々が助かった事を聞いたようでね。幼い頃から聡明な子であればライルの婚約者に相応しいと言っているんだ」

少し困ったように話すお父様を見て、これはいけるかもしれないと私は確信した。お父様的にアリシアとライルを婚約させるにはまだ早いと思っている可能性がある。ならば私へのご褒美で二人の婚約話をなしにしてもらえるかもしれない。

「お父様、私へのご褒美はアリシア嬢をライルと婚約させないというのではダメでしょうか？」

「それはルティアへのご褒美にはならないだろ？」

お父様は軽く首を傾げ、何故そんなことを？　といった風に私を見た。

きっとお父様的には、新しいドレスや宝石といった物をご褒美とするつもりだったのだろう。それなのにアリシアとライルの婚約を認めないでくれとは驚くに決まっている。

でも私は諦めるわけにはいかないのだ。何とか理由を捻り出してお父様に二人の婚約を無かったことにしてもらわなければ、アリシアと侯爵との約束が守れなくなってしまう。

「でも、その……私、ライルにアリシア嬢を取られたくありません！　せっかくできたお友達なのに……お妃教育が始まったら遊べなくなってしまうわ」

「ルティアのお願いだから聞いてあげたいんだが……リュージュがどうしてもと言っていてね？」

「リュージュ様が……ど、どうしてですか!?　だって、アリシア嬢に会ったこともないんですよ

「王族や貴族の婚姻は必ずしも幼いころから顔を合わせるわけではない。将来有望な令嬢がいるのであれば、向こうに婚約者が決まる前に、と思ったのだろう」

「そんな……!!」

きっとリュージュ様はライルの立場を強めたいのだ。第一王位継承者であり、侯爵家の令嬢が婚約者に納まればその立場はより一層強固なものになる。後ろ盾のない私と兄様を担ぎ上げる者がいないように、完璧な状態にしたいのだろう。特に兄様に身分の高い令嬢との婚約が決まれば、今のライルでは立場が悪くなるかもしれない。

だからこそ、リュージュ様はアリシアを望んでいる。王と側妃、そして王女の命を助けた侯爵の娘。その恩に報いるため、と理由をつければ侯爵側から断るのは難しいだろう。

こうなってくると何かしらの特別な理由がない限り、お父様もアリシアをライルの婚約者から外すのは難しくなる。最終決定権はお父様にあると言っても、リュージュ様はアリシアを推しまくるだろうし。

どうしよう。何かないだろうか？　うーんと困っていると、いきなり部屋の扉が開いた。

一瞬、またロイ兄様とアリシアが入ってきたのかと思ったら、普段私の所へは来たこともないライルが入ってきたのだ。

「父上！　俺はあんな女と結婚なんてしませんからね!!」

ふん！　と鼻を鳴らし、自分の方が偉いとでも言うように腰に手を当てて威張っている。お父様もマリアベル様もユリアナもライルの態度に目を丸くしていた。もちろん、私も、だが。

「ライル……」

「あ、何だお前、生きてるじゃん」

「え？」

「もう直ぐ死ぬんじゃなかったのか？」

ライルは私を指差し、そう言ってのけた。私が死ぬ？　一体誰がそんなことを言ったのだろうか？　私が驚いて固まっていると、お父様がライルを咎めた。

「ライル、言って良いことと悪いことがある。ルティアに謝りなさい」

「な、何だよ！　だって母上や従者達が言ったんだぞ!!　そいつが死ぬって!!」

「リュージュが……!?　だがライル、たとえそうだとしても「死ぬんじゃないのか」といわれて相手がどんな気持ちになるかわからないのか？　それも自分の姉に対していっているのだぞ？」

「そ、それは……」

「王族として人の上に立つ者が他者を思いやれなくてどうする！」

お父様に叱責されてライルは目に涙を浮かべている。残念ながらこの場にライルに助け舟を出す人はいない。私だって死ぬんじゃないかなんて言われたら腹が立つ。ライルはうつむき、服の裾をいじりながら誰か助けてくれないか待っているようだった。

そんなライルを見て、お父様はもう一度ライルを叱責する。

「ライル、ルティアに謝りなさい」

厳しい声色に、ライルはグッと口を引き結ぶとそのまま部屋から走って逃げてしまった。たった一言、ごめんなさい。と言うだけなのに、ライルにはそれができない。その後ろ姿を見て、絶対にアリシアをライルの婚約者にするわけにはいかないと心に決める。

アリシアはとても良い子なのだ。

ライルと一緒にいたらきっと胃に穴が開いてしまうに違いない！

「お父様……私、私……絶対にアリシア嬢をライルの婚約者にしたくありません！」

「ルティア……」

「だって！　アリシア嬢は私のお友達を探すお茶会の時に倒れたことがあるんですよ!?　ライルに振り回されて心労で倒れる未来しか見えません!!」

泣きそうになりながらお父様に抗議をすると、お父様も深いため息を吐いた。リュージュ様はライルの地位を固めたいからアリシアを選んだのであって、アリシアを気に入ったからではない。ライルの地位が盤石になるのであれば誰でも良いのだ。将来的に現れるであろう聖属性持ちの男爵令嬢だってきっと構わないはず。でもその時にアリシアが婚約者であっては、たとえアリシアが男爵令嬢を虐めなくてもひと騒動起きるはず。

そんな苦労をするのが目に見えてわかっていてアリシアを渡すなんて冗談ではない。

一歩も引かないぞ！　と言う決意を込めて、ジトッとした目でお父様を見る。お父様は困ったように笑うとマリアベル様を見た。

「どう、思う？」

「婚約者候補、という事にはできないのでしょうか？」

「候補？　しかし……」

「実際に婚約する、しない、の取り決めは陛下と侯爵様との間でされることですよね？　その席にリュージュ様は立ち会われない」

「そうだな」

「では侯爵様をお呼びになって、二人だけでお話をされたらリュージュ様は婚約が決まったと思われるのでは？」

マリアベル様の提案は婚約者としてではなく候補の一人としておけば良いのでは？　と言うことだった。その話を侯爵様にするだけ。リュージュ様がそれを知って婚約したと思い込んだだけ。私達兄妹の誰にも婚約者はいないのだから、早々決める必要はない。もう少し大人になってから決めても、候補を見繕っておけば言い訳はできる。

「しかし、それではデビュタントの時に困るだろう？　アリシア嬢が婚約者でないとバレるのでは？」

「婚約者候補の一人ですし、一緒にいても問題はないのでは？　それに……昨日、アリシア嬢をお見かけしましたが、ライル殿下同様に婚約はしたくないと泣きながら姫殿下に訴えてらっしゃいましたもの。お互いに嫌がっているのに無理矢理婚約させては可哀想ですわ」

マリアベル様の言葉にお父様は私を見る。私はその通りだと力強く頷いた。王族との婚約は、普通の貴族の婚約よりも解消するのが難しい。お互いに気に入りません、では済まないのだ。勿論、貴族同士の婚約解消も色々とあるけれど……それでも王族と貴族よりはマシである。

「アリシア嬢もライルが嫌なのか……」

「アリシア嬢はお父上の侯爵様が大好きなんだそうですよ？　将来はお父様と結婚するのだと仰ってるとか」

「そんなことを言われていたら、侯爵もアリシア嬢をライルの婚約者にすることに難色を示すだろうね」

「お父様も私がそう言ったら嬉しいですか？」

少し羨ましそうな声色に私が尋ねてみると、お父様は私の頭を撫でてくれる。

「男親というのは娘にそう思われたいものなんだよ。だが……候補、ということにしても妃教育はどうする？」

「陛下、それこそ姫殿下の出番ですわ」

マリアベル様は私を見てにっこりと微笑む。

王女である私は、他国の王族に嫁ぐ可能性がある。であればやはり同じように妃教育は必要だ。

つまりそれを隠れ蓑にして一緒に学んでいればリュージュ様にバレないのでは？　とマリアベル様が提案してくれた。

「そうか。確かに友人同士一緒に学べばお互いに良い刺激になる。そう言えばリュージュも納得するだろうね」

「ええ、ライル殿下とアリシア嬢のお話は、お二人がもう少し大人になられてから考えてはいかがでしょう？」

いずれ自分の父親と結婚することはできず、どこかに嫁ぐか婿を貰わねばならないことは本人もわかるだろう。それまではもう少し自由にさせてあげても良いのではないか、とマリアベル様はお父様に話をする。お父様はその言葉に私をチラリと見た。

「確かに、ロイにもまだ婚約者がいないのに……ライルに先に婚約者をあてがうのはな……しかしそうなると、これをご褒美にするとリュージュにバレる可能性がある」

「どうしてですか？」

私は首を傾げた。アリシアがライルと婚約しなければそれで良いのだ。それ以上は特に望んでいない。私が不思議そうな顔をしていると、お父様は欲のない子だね、と仰った。

欲がない、だろうか？

「私……ワガママを言ったつもりですわ」

「うん。でも目に見えるご褒美ではないだろ？」

「ご褒美は目に見えないといけないんですか？」

ますますわからない。マリアベル様はにこにこ笑っているだけで何も言わないし、ユリアナもすまして立っているだけだ。

「これはここだけの話だからね。他のみんなにもわかりやすいご褒美をあげないと何かあったのか、と思われてしまうだろ?」

そういうものなのか、と私は更に首を傾げた。しかし欲しいもの。急に欲しいものと言われてもドレスや宝石にはそこまで興味はない。宝石はまあ、あれば何かの時に使えるかもしれないけど。どちらかと言えば新しい植物が……とそこまで考えて私はお父様に欲しいものを伝えた。

「お父様! 私、薬草が育てられる畑が欲しいです!!」

私の言葉にお父様が笑い出したのは言うまでもない。

悪役令嬢、婚約者候補になる

「と、いうわけで……アリシアはライルの婚約者候補になるわ」

ようやくベッドから出る許可が下り、ファーマン侯爵とアリシアが登城した日に私とアリシアでお茶会の運びとなった。侯爵が呼ばれた理由がわからず、ソワソワと扉の方を見ているアリシアに告げると彼女は真っ青な顔になる。

それも仕方のない事だろう。

アリシアにとってみればライルは自分を殺すかもしれない相手なのだ。素直に受け入れられるわけがない。可哀想なほどに怯えているアリシアの手を取って握ってあげる。

「ひ、姫殿下！　それはもう決定ですか⁉　もう覆せないんですか‼」

アリシアは紫水晶のような瞳に涙をいっぱい溜めて何とかならないかと言う。残念ながら私にできるのはここまでで、これ以上は難しいと彼女に話す。どうあがいても候補から外れることは、現状のライルと歳の近い令嬢の数を考えても難しいのだ。

あとリュージュ様の希望もあるけれど。

「詰んだ……私の未来詰んだ……処刑……それとも破滅ルート？」

ブツブツと呟くアリシアは残念ながら貴族令嬢には見えない。しかしそこまでショックを受ける話だったただろうか？　彼女の言う話とはだいぶ変わったように思うのだが……

それを踏まえて、私はアリシアに宣言する。

「何を言っているの？　貴女は絶対に死なないわ」

「だ、だって！　婚約者候補ですよ⁉　絶対に死亡フラグじゃないですか‼」

「婚約者候補なんだから婚約破棄はされないでしょう？」

「え……？」

「リュージュ様は貴女の才能というよりも、侯爵がお父様を助けられた事に重きをおいたのよ。別に貴女でなければいけない、というわけではないの。貴女の魔力量の高さで決まったわけではない」

「でも、候補なんですよね？」

「お父様の考える候補なんて他にもいるわ」

リュージュ様としてはお父様の覚えめでたい侯爵を自分の派閥に入れておきたいのだ。そして侯爵家の娘であれば自分の息子とも釣り合いが取れると考えたに違いない。どうしてそこまで地盤固めに拘るのかわからないが、リュージュ妃はライルを絶対に王位につけたいのだろう。

馬鹿な子ほど可愛いと言うものかもしれない。

「リュージュ様は、今日侯爵と貴女が呼び出され、お父様とお話をしたことで貴女がライルの婚約者になったと思っている。そこまでは良いわね？」

「……はい」

「でもお父様は貴女達がお互いに結婚したくないことを知っている。だから候補ということにしようとお父様と侯爵様は話し合った。婚約は確定ではない。そしてそれをリュージュ様に報告する必要もない」

そう言うとアリシアは頷く。

「つまりはね？　そのまま勘違いさせておくの」

「勘違い、ですか？」

リュージュ様はお父様と侯爵の二人で話し合ったと聞けば、婚約がほぼ成立したと思うだろう。それをハッキリとお父様に確認したりはたぶん、しない。どうなりましたか？　と聞くぐらいはあるだろうけど、その時に話はしたとでも言っておけばいいのだ。婚約の話を出したからといってすぐすぐ決まる話ではないことをリュージュ様だって知っているはず。

そのままズルズルと婚約者候補の一人、となっているなんて思いもしないだろうけど。

「だって貴女はライルの婚約者じゃないんだから、ライルがどんなにお馬鹿さんでも注意をする必要はないでしょう？　そもそもアカデミーでだって学年が違うもの」

「そうですけど……妃教育はどうなりますか？　普通は婚約者になれば受けますよね？」

「それは私と一緒にすればいいわ」

「ルティア様と？」

「ええ。私だっていつかはお嫁に行くかもしれないでしょう？　それが他国の王族かもしれない。妃教育は必須だわ。私と貴女はお友達なのだから一緒に受けてもおかしくないでしょう？」

ニコリと笑うと、アリシアの顔色は少しだけ良くなる。たまのリュージュ様からの呼び出しは仕方ないと受けてもらうしかないが、それ以外は私と一緒にいるのだからライルと会うこともない。

これはなかなか良いアイデアではなかろうか？　まあ、全部マリアベル様が提案したことだけども。私はちょっと、いや、かなり嫌だと駄々をこねただけだ。

「デビュタントの時は仕方ないのだけど……それ以外は極力ライルに近づかない。あの子が何かしでかしても注意しない。もちろん貴女の言うヒロインが現れて、シナリオ通りの展開になっても放置する。これを徹底すればいいわ」

「それって……良いんでしょうか？」

アリシアは不安げに聞いてくるが、別に婚約者でも何でもないのだ。ライルが一人の女の子を好きになったとして、側に置いていても問題ない。婚約者がいるにもかかわらず、別の女の子を側に置いたから問題になるのだ。

婚約者がいる。その一点が問題をややこしくしている。でも婚約してないなら、その問題も解消されるだろう。

「そもそも話の中の貴女はライルが好きだったのよね？」

「ええ、そうです」

「婚約者で好きな相手。そんな相手が別の女性と一緒にいたら嫌よね？」

「それはそうですね」

「じゃあ婚約者でもなく、嫌いな相手が別の女性といたら？」

「そっちで好きにやってくれって感じですね！」

「もちろん、何か言ってくる人もいるでしょうけど……その時は殿下のなさることですから、ご自分で責任を取られるでしょう。とでも言っておけば良いのよ」

この国の成人は十五歳である。

成人しているのならば、何をしようと自己責任だ。もちろん家門が一緒になってやったのであれば、家門にも責任はあるだろうけど。

アリシアが話したように、お父様が亡くなっていた場合……ライルはきっと継承一位という自分の立場をきちんと自覚できたのだろう。現状はただの甘えたな、ワガママ放題の王子である。これから継承一位としての自覚ができるかは本人次第。そこだけが未来を変える事で起きてしまう弊害ではあるが、責任感なんて王族なのだから自分で身に付けるもの。だったら別にお父様が生きていても身に付くはず。

ライルに、もっと自覚をもってもらいたいけど……こればかりは周りに言われたからと、直ぐに身に付くものでもない。自覚を持たせるって実は物凄く大変なことなのだ。私だって王女としての自覚がちゃんとあるか？　と問われると悩むところだし。

簡単に身に付くものなら誰も苦労はしないだろう。

「……ねえ、アリシア。私って、貴女の知る未来の中では生きているのよね？」

不意に、この間のライルの言葉が気になって聞いてみた。死んだんじゃないのか？　なんて言われたらやっぱり気になるもの。

「ええ。生きていますよ？　確か……他国に嫁ぐ予定が決まっていたような？」

「それは初耳だわ」

他国に嫁ぐ予定が既に決まっているとは……!!　ということは、私はアカデミー卒業までに婚約者ができるのね。一体どこの国だろう？　今から学んでおくべきか、それとも嫁がなくて済むように国内で降嫁できる家を探すべきかと考えてしまう。どうせなら自分の国にいたいと思うのは、私がまだ子供だからだろうか？

そんな私にアリシアはキョトンとした表情を見せてから、あーっ！　あーっっ!!　と小さな声で叫び、まだ話してないことがたくさんあります！　と言い出した。

「すみません……自分のことしか話していなくて。今までお伝えしていた話は、メインルートの話なんです！」

「メインルート？　なら他にもあるのね。アリシア、お父様や病のことだけでなく、全体的な流れをもっと詳しく知りたいのだけど……」

「ええっと……紙に、書き出しますか？」

「ぜひ」

そう言うとユリアナに書くものを持ってきてもらう。そこに書き出されたのは、攻略対象と書かれた人物の名前とこれから起こり得る出来事。

あとヒロインと呼ばれる女の子の名前。

「この……攻略対象、ってなあに？　お兄様の名前もあるのね」

「攻略対象とは、ヒロインが結ばれる相手です」

「ヒロインはライルと結ばれるのではないの？」

私が首を傾げると、アリシアは詳しく教えてくれた。

攻略対象はライルの他にロイ兄様、ハウンド宰相様の息子、ヒュース騎士団長の息子、ロックウエル魔術師団長の息子がいるそうだ。

他に隠しキャラという人がいるらしいが、彼女はそこに辿り着く前に亡くなったらしくわからないと言う。

「何故こんなに攻略対象がいるの？」

「乙女ゲームですから」

「おとめ、げーむ？」

「ヒロインが攻略対象と恋愛を楽しみつつ、謎を解きつつ、この国を助けるお話だったんですよ」

「でも……複数の男性と恋愛を楽しむなんてフシダラな女性だわ」

それに……好みも性格も違う男性がたった一人の女性に夢中になるのだろうか？　それなりに高位の貴族であれば婚約者ぐらいいるだろうし。そうなると、ヒロインは婚約者のいる男性複数と恋愛関係になることになる。それってどうなのだろうか……

「ねえ、アリシア。他の攻略対象には婚約者はいないの？」

「いません。そしてどの攻略対象の時にも私が、邪魔をします」

「それは……何故？」

「ご都合主義的な話だからでしょうか？」

「ご都合主義……？」

「私が悪役令嬢であるということが大事なんです。何かにつけてそれはダメ、あれはダメとヒロインを虐めるので」

アリシアの言う言葉がよく理解できず、私は首を傾げる。

何故アリシアだけがそんな理不尽な目に遭わなければならないのだろう？　ご都合主義にしては短絡的ではなかろうか？　ライルの時はアリシアが婚約者だからわかるけど、それ以外の人達とアリシアの関係とは？

さっぱり理解できなくて思わず唸ってしまう。そんな私にアリシアが苦笑いを浮かべた。

「仕方ないんです……聖女……『聖なる乙女の煌めきを』はそんな世界だったので」

「ふうん……でも、その話とこの世界は別になるわね」

「別、ですか……？」

「だって既に変わっているもの。お父様は生きている。侯爵と貴女のおかげでね」

「それは、そうですが……将来的なシナリオの強制力はわかりません」

「いいえ。変えるわ。だって起こり得ることが事前にわかっているなら対策が練れるもの！」

私の言葉にアリシアは目を丸くする。

「ルティア様は本当に八歳ですか？　年齢偽っていません？」

「私は正真正銘の八歳よ？　でもそうね……貴女の話す世界の話の私より、私の方が行動力はありそうだわ」

「それは、確かに……」

アリシアの話の中の私はきっと特別な役割などなかったのだろう。だから彼女も最初はモブ王女なんて言ったのだ。

モブ、端役、そんな人生は平凡できっとつまらない。

でも王女としての役目をまっとうするならとてもありふれた生き方だろう。予想もつかないことが起きることは滅多にない。

それこそ物語の中での話だ。

だからこそ私は色々してみたいと思う。

「――――まずは、畑を作らないとね！」

「畑？」

「薬草畑よ!!」

そう言って前のめりに立ち上がると、遠くで見ていたユリアナがコホンとわざとらしい咳をした。

＊＊＊

アリシアがライルの婚約者候補に挙がってしまったのはもう仕方がない、と割り切る事にした。

彼女にはとても悪いとは思うし、個人的にもライルの婚約者候補にすらしたくないけど、リュージュ様の思惑から外すのはお父様でも至難の業なのだ。

だって……他にいないんだもの。

歳のわりにしっかりしていて、マナーも良くて、お父様の覚えもめでたく、王太子の婚約者として見劣りしないだけの家柄の令嬢が！

勿論、他の家にも年頃の女の子達はいる。私のお友達をつくるという名目で集められたお茶会にはそれなりの数の令嬢がいたし。でもアリシアほどしっかりした子はいなかった。

多少体が弱くとも、側妃を持てるこの国では正妃の体が弱い事イコール正妃には相応しくないと言うことにはならない。

しかも王女にも王位継承権がある。

本人がベッドから起き上がれない程、体が弱いと言うのでもない限り……リュージュ様はアリシアを諦めないだろう。現状のライルの結婚相手の第一候補なのは間違いない。

ただ今回の話に限っては、お父様もライルとアリシアが結婚したくないと知っているし、直ぐに婚約者にするよりは様子を見ようと思ってくださったのでなんとかなっているとも言える。

お父様が生きているだけでアリシアにとっては防波堤になっているのだ。

もしも、亡くなっていたら……予定通り二年後の魔力測定で、魔力量の多さからアリシアはライルの婚約者になっていただろう。それを考えればアリシアの言うシナリオの強制力？　とやらもそこまでではないのではなかろうか？

私はアリシアから書き出してもらった今後起こり得る出来事の一覧を見る。

「まずは、五年後の流行病よね……」

それまでにお父様から頂いた薬草畑で薬草を育てなければいけない。それも国中に行き渡るぐらいに。現時点ではちょっと難しいけど、それでも塵も積もれば山となるって言うし！　コツコツと地道に育てるしかない。

「問題は、その為の労働力……あとお金、かしら？」

お父様からご褒美に王城から近い土地を頂いたけれど、できればもっと広くできないだろうか？と考えている。でも拡大するには薬草を育てることは国にとっても有益だとわかってもらわなければいけない。お父様を納得させられるだけの理由。それがあればいいのだけど、今のところ五年後に疫病が流行るから今から薬草を育てましょう、と言ってもそれを証明する手立てがない。薬草を育てるのは、私が植物を育てるのが好きだから、その延長線上だと思われている。

一応、お父様にチラリと話はしたけれど、税金を投入しなければならないなら議会にも判断を仰ぐことになるだろう。今のままでは確実に拒否される。きっとハウンド宰相様が提案書を見ただけで、不可のハンコを押されてしまうに違いない。薬は必要だから、みんなで育てましょうだけでは認証はもらえないのだ。

「貧困層の人達の仕事になると言っても、働いてもらった人達に払うお金を私は持っていないのよね。私が動かせるお金なんて無いに等しいし」

だからと言ってファーマン侯爵とアリシアに丸投げするわけにもいかない。私は腕を組みながらうーんと唸ってしまう。

疫病に有用とされている薬草は二種類。

ハスラ草とカテラの実。

ハスラ草は多年草で、カテラの実は秋口に収穫するものだ。その二つを合わせて有益な薬となる。両方とも視察に行った場所から買ってきているが、どうせなら他の薬草もたくさん育てて何か万能な薬が作れれば良いのにな、と思う。

それ一つあれば怪我にも病気にも効く。そんな夢みたいな薬があれば良いのに！

無い物ねだりとわかっていても、そういう薬があれば神殿まで行くのに時間がかかる時でも応急処置できたりするんじゃないかなって……神殿治療はとても高額なのだ。怪我や病が酷ければ酷いほど、その値段は上がる。万能薬で怪我や病を七〇%ぐらい治して連れて行くのと、瀕死の状態で連れて行くのとでは生存率だって変わるはず。

「でもそんな薬、あったら既に作られているわよね」

私はアリシアから書き出してもらった紙を見ながら何度目かわからないため息を吐いた。

＊＊＊

アリシアがライルの婚約者候補として決まってから数日。

リュージュ様はお披露目をしたいとお父様にお願いしていたようだけど、アリシアの体が弱いことを理由に引き延ばされていた。

「体の弱いアリシア嬢に何かあったら困るだろう？」

と言われては流石のリュージュ様も折れるしかなかったみたい。体が弱い、倒れるかもしれない、となれば婚約者としてどうなのか？　と他の家から言われる可能性の方が高いし。それに当日倒れでもしたら、決まったばかりなら直ぐに解消してもアリシアの傷にはならないと考える人の方が多いはず。いろんな思惑が絡んだとはいえ、お披露目がなくなって当人達はきっと喜んだことだろう。

そして今日からマリアベル様が私の住む離宮に移って来られる。

私はユリアナと一緒にまだかまだかとマリアベル様が離宮に来られるのを待っていた。朝からソワソワが止まらなくて、本当に楽しみなのだ。待ちきれなくて離宮の入り口まで様子を見に行くと、マリアベル様は数人の侍女達と一緒に離宮に姿を見せる。私はユリアナが止めるのも聞かず、マリアベル様に駆け寄った。

流石に抱きつく寸前で赤ちゃんのことを思い出し止まったけれど、行き場のない手がマリアベル様の前で彷徨う。ワタワタとした私の手をマリアベル様はそっと握ってくれた。

「姫殿下、今日からよろしくお願いいたしますね」

「はい！　マリアベル様。こちらこそよろしくお願いいたします」

私とマリアベル様が話をしていると、マリアベル様の侍女長と私の侍女長が打ち合わせを始める。

ふと、マリアベル様が後宮から連れられた侍女の数が少ない事に気がついた。

「……マリアベル様、後宮からお連れになった侍女達は彼女達だけですか？」

「ええ、私の実家から付いてきてくれている者達だけです。後宮の侍女達は後宮で仕事をすることが義務付けられていますから」

マリアベル様がお連れになった侍女達は、侍女長を含めて六人だけ。妊娠中のマリアベル様のお世話をするのには少ないように感じる。当然ながら私の侍女長も同じように感じたのだろう。マリアベル様に侍女の増員をするが良いかと確認しに来た。

「いいえ、私の侍女達は皆とても良く働きます。ですのでこれ以上の増員は必要ありません。そして姫殿下の侍女を私に割く必要もありません」

「マリアベル様、私は陛下よりご事情を伺っております。信の置ける者を推薦させていただけないでしょうか？」

「でしたらその方達は姫殿下のお側に。私は大丈夫です」

私は本当に大丈夫だろうかとマリアベル様を見上げると、マリアベル様は優しく微笑み心配いりませんよと仰る。侍女長は少し困った顔をしたけれど、側妃であるマリアベル様にそれ以上言うわけにもいかず、必要な時はどうぞ自分達を使ってくださいと言うに止めた。

マリアベル様は侍女長の言葉にありがとうと笑顔で頷く。

本当はもう少しいた方が良いのでは？　と私も思うけど、何か事情があるのなら私にできることは自分のことは自分でやる！　ということだけだ。

私にそんなに手がかからなければ、私の侍女達もマリアベル様の侍女達をお手伝いすることができるだろう。


侍女達が引越しの準備をしている間、私とマリアベル様は私の部屋で魔法に関する様々なことを勉強することになった。

「姫殿下は魔力測定と属性の判定をまだ受けてはいらっしゃいませんよね？」

「はい。この間、お父様が鑑定してくださいましたけど……細かいことは伺っていません」

「ではこちらを……この石盤は魔力の大まかな数値と属性を教えてくれます」

そう言って机の上に置かれた石盤は、六角形の台に丸い球が埋め込まれている。

「中央の大きい球が魔力を感じ取り、小さな球が属性を現します。そっと中央の球に魔力を流してみてください」

私は言われるままに台の中央にある球に魔力を流してみた。玉は私の魔力に反応してふわりと光りだす。そして台の周りにある小さな球も幾つか光りだした。

マリアベル様はその様子を見て驚きの声をあげる。

「素晴らしいです、姫殿下!!　聖属性以外にも風と水と土、闇も少し適性がありますね」

「そんなに？」

　一つあるだけでも凄いと言われる属性がそんなにあるとは！　それに土と水の属性があるならば、畑仕事にも役立つかもしれない。そんなことを考えていると、マリアベル様はもう一つ別の道具を取り出した。

「今度はこちらに魔力を注いでいただいても？」

「はい！」

　細長い筒状の中に丸い石が入っている。そして筒にはメモリが記されていた。その道具に魔力を注ぎ込むと、丸い石がグングンと上がっていく。

「姫殿下の、現時点での魔力量は十九……ですね。これから訓練をしていけばもっと上がると思います」

「そんなに私の魔力量はあるの？　兄様よりも多いわ」

「ロイ殿下もまだ発展途上ですから、きっと二〇は直ぐに超えてしまいますわ。魔力量の上昇が止まるのは二〇歳ぐらいまでですから」

「じゃあ私ももっと伸びる？」

「ええ。もちろんです。それに五つも属性を持っている方は大変珍しいですよ。流石は陛下のお子様ですね」

　マリアベル様はお父様が聖属性以外の五属性を全て持っていると教えてくれた。あと魔術師団長も持っているそうだ。現状の王宮では聖属性を持っている魔術師はおらず、神殿から派遣されている神官のみ。しかし魔力のコントロールに関してはどの属性も基礎が同じなので問題ないと言う。

「……本当に聖属性って少ないのね」

「そうですね。ですが学べない訳ではありません。しっかり学んでいきましょうね」

「ええ、それに水と土の属性があるってわかったもの！　お庭と薬草畑仕事の役に立つからいっぱい勉強するわ!!」

そう言うとマリアベル様は楽しそうに笑った。

王女、畑に出没する

体が弱い、という設定のアリシアを頻繁に王城に呼びつけるわけにもいかず……それならば！と私達は畑の一角に作った四阿《あずまや》で落ち合うことにした。

とは言え、週に一回ぐらいの割合で王城にきて妃教育を受けてはいるのだけど。それはそれ、だ。

今日のようにマナーなど気にせず、おしゃべりするのは他の人にはちょっと見せられないのだ。一緒に来ている侍女のユリアナは渋い顔をしているけれど、王城の外の畑なのだから少しぐらい大目に見てほしい。

「一応ね、アリシアが言っていた薬草の種と苗は買ってきたの」

「ハスラ草とカテラの実ですね」

「そう。これをたくさん育てて、今のうちから取っておけないかしらと思っているのよね」

「備蓄するってことですか？」

「びちく？」

「ええっと……倉庫とかに保管しておくことです」

アリシアが私にもわかるように言葉を言い換えてくれる。私はそれに頷き、大きなマジックボックスがあれば良いのに、と呟いた。

「大きなマジックボックス……でもアレって作るの大変なんですよね？」

「そうみたいね。作り上げるのに魔力が沢山いるって聞いたわ」

作り方はわからないけど、消費する魔力量がとても多いので王侯貴族か物凄く稼ぎの良い商人しか持っていないそうだ。アレも沢山の人が持てるようになれば、作った生産物を保管しておくのに便利だと思う。ケーキとかお菓子も腐らないし！　いつでも好きな時に好きなものが食べられるのは夢の様ではなかろうか？

「みんながマジックボックス持てたら良いのに……」

「うーん……でもそれをすると、税申告が曖昧になりそうですね」

「どうして？」

「マジックボックスの中身って契約した本人しか取り出せませんよね？　そうすると本当は沢山農作物が採れたのに、少なく申告して税金を納めるのをごまかそうとする人が出るかもしれませんよ？」

「……単純にみんなが楽になれば良いというのではダメなのね」

そう言うとアリシアは困ったように笑った。その笑い方がマリアベル様のようで、なんとなくだけど子供扱いされた気分になる。

「ルティア様？」

「なんでもないの。なんとなく、その……子供扱いされた気分なだけ」

「ああ、それは……仕方ないかと。私、前世の記憶を含めればもうアラフォーですし」

「あらふぉー？」

「……四〇代ってことです」

言いづらそうに自分の年齢を自己申告してきた。

四〇代であるのなら、マリアベル様よりも上だ。おばあ様よりは若いかもしれないけど、それでもいい歳である。それなら子供扱いされても仕方ないなと諦めた。年の功には逆立ちしたって勝てないのだから。

「私も、早く大人になりたいなあ」

「ルティア様……私も今はルティア様と同じ八歳です……」

「そうだけど……」

「そんなに焦って大人になっても良いことないですよ？」

「そうかしら？」

「そうですよ。できれば時間は長くある方が良いです。だって色々できるでしょう？」

アリシアの色々は断罪されない為の準備的な意味合いが強いのだけど、その中に私と一緒に過ごす時間も入っているといいな、と思う。

＊＊＊

話もそこそこに、私達は畑に向かった。

今日のメインは畑仕事だからだ。アリシアと一緒に土と水の魔法を使って畑をキレイに地ならしをし、それから買ってきたタネや苗木を植える。

庭仕事をするのと同じ動きやすい格好をしているのだけど、今の私はきっと王女には見えないだろう。でもそれで良いのかもしれない。その方が畑の管理人ぽい気がする。

まあ普段世話をしてくれる管理人は別にいるが。だって流石に毎日毎日お世話するのは難しい。花の手入れも、畑の仕事もそんなに直ぐに終わるわけではないからだ。でも毎日お世話しないとちゃんと育たないわけで……

少し離れた場所で私達を見ている本物の管理人を視界の隅に捉えつつ、私はアリシアと一緒に畑の真ん中に立つとその場に腰を下ろした。私達の様子を見て、その管理人もちょこちょこっと近寄ってくる。流石に取って食うわけではないので怯えなくてもいいのだけど、やっぱり王女と侯爵家令嬢の二人が揃うと威圧感みたいなものがあるのだろうか？

そんなことを考えていると、アリシアが準備は大丈夫かと尋ねてくる。それに小さく頷き、目の前のことに集中しようとした。

「では、ルティア様よろしいですか？」

「え、ええ。大丈夫よ……多分」

マリアベル様に教えてもらった簡単な土と水の複合魔法。何度も練習して、何とか使えるようにはなった。ただ、目の前に広がる畑のように広い場所で使うのは初めてなのだけど。

私はアリシアの合図で魔術式を展開する。

その魔術式は三角形の形が重なり合いふわりと周りに広がって、徐々に畑全体を埋め尽くした。

これってどのぐらいやれば地ならしされるのだろう？　素朴な疑問を思い浮かべつつ、アリシアがまだ地面から手を離さないので同じように手をついていた。

「ひ、姫殿下！」

「はいっ!!」

後ろで見ていた畑の管理人が悲鳴のような声をあげる。その声に反応して私は思わず地面から手を離した。後ろを見れば、足を縺《もつ》れさせながら私に駆け寄る管理人。何か失敗してしまったのだろうか？　と辺りを見回してしまう。

「姫殿下！　た、体調は悪くありませんか!?」

「え？」

思いもよらない言葉に私は首を傾げた。体調は一切悪くない。思わず顔に手を当てたが、アリシアは軽く首を振った。つまりは顔色も悪くない。理由がわからず私達はお互いの顔を見合った。管理人は若干青い顔で尋ねてきたけど、本当になんともない。元気そのものだ。

「姫殿下、本当になんともありませんか？」

再度同じように問われ、私はなんともないわよ？　と言ってその場に立ち上がるとぴょんぴょん跳ねてみせた。体のふらつきも何もない。うん。大丈夫だ。なんなら走っても問題ないだろう。

「一体どうしたの？　私、何かおかしなことをした？」

「本当に……なんともないんですね？」

念を押すように聞かれ、私は頷く。すると畑の管理人――ベルはホッとした表情を浮かべ、地面に腰を下ろした。

そして私に地面の土を掬って見せる。ふわふわっとした土だ。これなら根が張りやすいかもしれない。そんなことを考えていると、ベルは物凄く真面目な顔をした。

「大変立派な土です」

「立派な土……？」

「ええ。こんなにふかふかで良質な土地は滅多にありませんよ！」

「ということは私とアリシアの魔術式はきちんと作用したのね？」

そう言うとベルは満面の笑みを浮かべた。

「大変素晴らしいです！」

「それなら良かったわ」

ホッとしてアリシアを見ると同じように頷く。

どうやら立って見ていたベルには、アリシアよりも私の魔術式の方が広い範囲に一気に展開して見えたようで……一度に広範囲に魔術式を展開したことを心配してくれたようだ。

普通は広範囲に素早く魔術式を展開するのはとても魔力がいる。私が勝手がわからず魔力を使いすぎたのではなかろうかと驚いたらしい。

自分達だけではさっぱりわからなかったが、小さな子供が初めて使う魔術式を土地一杯に広げていたら驚くだろう。なんだか申し訳ないことをしてしまった。

「姫殿下は初めてこの魔術式を使われるのですよね？」

「離宮の庭で何度か試してみたわ。でもこんなに広い場所ではないけれど」

「離宮の庭ですか？」

「ええ、シートの上にある土を軟らかくしたの」

その時は庭師達に上手だと褒められたのだけど……と言うと、彼は軽く首を傾げ唸っている。

「何かマズイことをしたかしら？　貴方の方が詳しいのだから、間違っていたら正直に言ってちょうだい？」

「いいえ、大変立派な土です。畑の土としては最上級に良いと思います」

「それじゃあ、何か問題があるんですか？」

アリシアがベルに問いかけた。

「正直に申し上げまして……本当に体調は悪くないのですね？　魔力切れは起こされていない？」

「ええ。全然平気よ？」

「……魔力量はまだ測られてないですよね？」

「いいえ、この間測ったわ」

「殿下の数値を私などが聞くのは失礼なので、その……平均より多いか少ないかでお伺いしても？」

「マリアベル様からは多いといわれました。ただ、私の年代の平均が分からないのでなんともいえませんけど」

「そうですかあ」

私の魔力量が多いと聞いて彼はなるほど、なるほど。と感嘆の声をあげる。

「魔力量が多いと何か問題がある？　畑を作るのに適さないとか？」

「いいえ、まさか!!　殿下がいらしたら、その日のうちに見渡す限りの土地が畑になってしまいますよ！」

「それは……ちょっと困る、かしら？」

「いえ、広い土地なら全く。ここまで良質な土を作るのは魔力量が多くても実は大変なので」

そう言われて私はしゃがみ込むと土を手に取ってみた。ふかふかの土。ベルが良い土だと言ってくれるから、離宮の庭で普段使っているのよりも上等で軟らかい気がする。

「この土なら、薬草は元気に育つ……？」

「薬草だけでなく、花も野菜も全部元気に育ちますよ。きっと収穫量もいいでしょう」

土がふかふかになるだけでそこまで変わるのかと驚いてしまう。

もしかして離宮の庭の土もこっそりふかふかにしたら、沢山花が咲くのかしら？　とそんなことを考えてしまった。

アリシアと一緒に作った土は管理人のベルから太鼓判を捺してもらえた。次は苗木や、種を蒔くことになり畝を作ると言う。

「うね？」

「こう、高い所と低い所を作るんですよ」

「どうして？」

素朴な疑問にアリシアはその方が作業しやすいのだと教えてくれた。深さは三〇ｃｍ、畝の高さは二〇ｃｍ、畝の幅は肩幅ぐらいで調節するらしい。

最初に畑の幅と畝の数を計算して、ベルがこのぐらい、と畑に作れる畝を教えてくれる。指示された幅に、私とアリシアで土魔法を使って畝を作るのだ。なんだかとっても面白そう。

「姫殿下、そーっと魔力を注いでみてください。先ほどと同じようにやると多分、使いすぎです」

「使いすぎたらダメなの？」

「育ち方が変わってしまいますからね。姫殿下は畑を広げたいんですよね？」

ベルの言葉に頷くと、なら尚更、使いすぎてはいけないと言われた。場所によって生育が変わると、収穫時期がズレるそうだ。

「収穫時期がズレるとどうなるのかしら？」

「うーん……旬がズレるってことですよね？」

「その通りです。早く大量に収穫できてしまうと、その後収穫されたものの市場価値が下がってしまいます」

「市場価値が下がる……？」

「お金の単位は習いましたか？」

ベルの言葉に私は首を振った。視察に行った時は一緒にいた侍女達がお金を払ってくれたので私自身は払っていない。

お金自体を見ることも少ないので、多分……私は城下に出て買い物をすることもできないだろう。

アリシアを見ると知っているようで、わかります、と頷いていた。

ベルは私に向き直りポケットの中から袋を取り出すと、中から丸いコインを取り出して見せてくれる。

「こちらが銅貨と大銀貨と小銀貨。その上に金貨と白金硬貨があります。銅貨一〇枚で小銀貨一枚と同じ価値があり、小銀貨一〇枚で大銀貨一枚と同じ価値があります」

「じゃあ、大銀貨一〇枚で金貨一枚？」

「その通りです。白金硬貨はそれだけで特別なので、こちらは金貨一〇〇枚と同じになります。一般的な庶民が見るのは最大で金貨までですね。ちなみに私も白金硬貨は見たことありません」

「私もないわね。金貨までだわ」

「アリシアも見たことないの？」

「白金硬貨は市場に出回る数が決められていますからねえ……余程の大豪商か、もしくは陛下ならご覧になられたことがあるのでは？」

つまりは物凄く価値がある、と言うことだろう。私は見せてもらっている銅貨と小銀貨、大銀貨を手に取り眺める。この丸いコインで色々な物が買えると言うのは何だか不思議な感じだ。

「銅貨二枚でパン一個ですね。庶民の平均的な賃金ですと……一ヶ月で大体金貨五枚から六枚くらいでしょうか？　稼ぐ人はもっと稼ぎますけど」

「それでみんなちゃんと生活ができているの？」

「ええ、夫婦共働きも多いですし、独身でもそれだけあればたまのご褒美にちょっと良い食事処で食べられますよ」

「そうなのね……私、ランドール先生に色々教えてもらっているけど、城下で暮らしている人達の生活って全く知らないわ」

なんとなく自分が情けなくなってくる。薬草畑を作って、貧民街の人達の仕事になれば良いなとぼんやりと考えていたけど、私は彼らに月々それだけのお給料を渡すだけの資産がない。現物支給するだけの物も持っていないし、どうしたらお給料を渡せるだけの資産が増やせるだろうか？

薬草を育てて卸すだけでは到底賄えそうにない。手の中のコインをベルに返し、何もない自分の手をじっと見る。

「ルティア様、ルティア様はまだ八歳ですよ？　そんなにたくさんのことをいっぺんになんてできませんよ」

アリシアの言葉に私は顔をあげた。

「私は……色々あって領地の街を歩く機会もありますけど、ルティア様は今まで王城から出たこともなかったのでしょう？」

「そうね。出たのはこの間の視察が初めてだわ」

「ならこれからもっと知る機会はたくさんありますよ」

「そうですね。姫殿下に庶民の暮らし方に興味を持っていただけるのは、とても良いことだと私も思います」

「そうなの……？」

「知っているのと、知らないのとでは見方が変わるでしょう？」

ベルの言葉に首を傾げると、王族は周りの国から国と民を護る、その為に国の人々から税金を集めていると教えてくれた。もちろん私もそれは知っている。私達が着飾ったり、美味しいものを食べられるのは税金で買えるからだ。その税金だって無限にあるわけではない。

「例えば、税金を取りすぎる。そうするとどうなります？」

「みんなの生活が立ち行かなくなるわ」

「当たりです。では税金を取らないでいるとどうなります？」

「みんなの生活が……豊かになるのではないかしら？」

「そうですね。でも、逆に国を護る騎士達に支払うお金は無くなってしまいます。彼らの給金もまた税金ですからね。その時に他の国に攻められたらどうします？」

「どう、って……もしかして、護ってもらえない？」

そう答えるとベルはよくできました、と頷いた。

実際問題として、お給料が払えないイコール国を護らない、というわけではないと思う。彼らもお金の為だけに騎士をしているわけではないからだ。まあ中にはそんな人もいるかもしれないけど、名誉とか名声とかそっちの方が大事な人もいるだろう。それでも何かがあった時、国を護ってくれた騎士達に褒賞を出さないようでは士気に関わるのだそうだ。

「取りすぎても、取らなさすぎてもダメなの？」

「ええ。難しい話ではあるんですが、ほどほどのバランスが良いんです。でもそれはお城の中に居ただけじゃわからないですよね？」

「ええ、だから諸侯から報告を聞いたり視察に出るんだわ」

「その通りです。でもその時に本当に適正かどうか知るのはどうすれば良いと思いますか？」

私とアリシアは顔を見合わせる。何か、わかりやすい方法でもあるのだろうか？

「街で色々な物を買ってみることです」

「物を買うの？」

「あ、そうか物価だ……」

「アリシア様、正解です。物価が上がるということは、商品がないということです。潤沢にないということはどこかで取られているか、もしくは生産されていないということです。ちなみに物価が下がれば商品は多く市場に出回っている」

「えっと、普段から金額がわかっていると、急に上がったり下がったりがわかるということ？」

「ええ、なのでそれがなるべく無いことが望ましい」

価格が上下するということは安定して供給がなされていないことだと教えてくれた。そして価格が上がっている時に税金を上げれば、消費は落ち込み買う人が減る。

逆に価格が下がっている時に更に税金を下げると、市場に商品が出回り過ぎて稼ぎにならず売り手は困ってしまう。

どちらもほどほどが良いのだとベルは言った。

「でもほどほどって難しいわ」

「そうですね。なので、姫殿下が今から色々と知ろうとすることは大事なことなのですよ」

「そうね。知ることのできる環境にいるのだもの……知ろうとしないことはダメなことだわ」

「できることからコツコツと、ですね！」

「ええ、その通りです。植物だって手をかけ過ぎると枯れてしまうこともあるでしょう？　その逆もです。ほどほどに手をかけてあげるのが一番育ったりするんですよ」

二人の言葉に頷くと、私は畝を作るべく魔術式を発動させる。今度はさっきとは違って、本当に少しずつ。周りを確認しながら魔力を注ぐとポコポコっと畝ができてきた。

「良い感じですよ！　姫殿下」

「このぐらいで大丈夫？　もう少し減らした方が良いのかしら？」

「今ぐらいをもう少しながーく、そしてひろーくできますか？」

「が、頑張ってみるわ！」

ベルに指導されながら少しずつ場所を広げて延ばしていく。それに合わせるかのように畑の中にポコポコ、ポコポコと畝ができる。

「姫殿下、アリシア様、もう大丈夫ですよ」

ゆっくりと地面から手を離す。

見渡す限りの畑にはたくさんの畝。今度は手作業でタネを植えていかなければならない。ベルに指導してもらって、私とアリシアは畝にタネを蒔いていく。広いから三人でやるにはかなり時間がかかるけど……なかなかに楽しいものだ。全部の畝にタネと苗木を植えると、私とアリシアで今度は水の魔術式を発動させて一気に水を撒く。

「これで、どのぐらいで芽が出るの？」

「通常ですと……早いものは三〜四日、遅いものでも一〇日以内には出ますよ。ただ全部のタネが発芽するわけではありません。全体の八〇％ぐらいですね」

「そうなのね……タネから育てるの初めてだからワクワクするわ」

「芽が出てからは、間引き作業もありますよ」

「間引き？」

「一番育ちそうなのを残すんです。栄養をそれに集中させる為に」

「間引いたのはどうするの？」

せっかく出た芽だけど、廃棄してしまうと言われた。

「何だかもったいない感じがしますね」

「そうですね。ですが間引かないと、せっかく育つものが育たなくなりますから」

仕方ないのだ、と言われ私は植えたばかりの畝を見る。どうせならみんな元気に育ってほしい。間引かなくても済むぐらいに丈夫に。

そう願うと、目の前でポコッと双葉が開いた。

「え？」

「どうしました？」

「あ、あの……芽が……」

「芽？」

アリシアとベルの二人が、私が見ていた畝を見る。すると、ポコポコポコッと一気に双葉が出てきたのだ。

「薬草って……こんなに早く芽が出るの？」

私の問いかけにアリシアとベルは揃って首を振るのだった。

王女、攻略対象と遭遇する

私はしゃがみ込んだまま薬草畑の前で途方に暮れる。

普通はこんなに早く芽吹かないものなのに、現在進行形でポコポコと蒔いたタネが芽吹いているのだ。ポコポコと芽吹く双葉は、ツヤツヤでとっても可愛い。でも可愛い、とのんきに言っていられる状態でもない。

「どうしましょう……」

「私も、こんな現象は初めてですからどうしたら良いか……」

この中で一番頼りになるはずのベルも初めての事に驚いている。一体何が原因でこんな事になっているのだろうか？

土と水の魔術式しか使っていないが、無意識のうちに聖属性の力が作用したとか？ 色々な可能性を考えてみたが、私ではまだわからない。薬草に一体何が起こっているのだろう？ 内心、不安と焦りで背中に嫌な汗をかいてしまう。それに、お父様から聖属性が使えることは内緒にしておきなさいと言われていたのに……

もしも聖属性の力が関係していたらどうしよう。何かあった時の為にも秘密と言うのは知る人が少ない方がいいのだけど。アリシアはともかく、ベルは普通の花師。まさか内緒にしてね、と言って済む話でもない。私が良くても、お父様達は良しとしないだろう。

これは困ったことになった。

「ねえ、ベル。この薬草は普通に育つと思う？」

「どう、でしょう……？ これだけ成長速度が速いと、明日にはもっと大きくなってそうな気がしますね」

「それってあまり良いことではないのよね？」

「ええ、本来採れない時期に薬草ができてしまいますから」

「この畑の収穫量なら、マジックボックスに入れて保管しておくこともできるのでは？　マジックボックスなら私もルティア様も持っていますし」

「そうですね。その方が良いかもしれません。それに、その……収穫できた薬草が他の薬草と同じとは限りませんし」

ベルの言葉に私は首を傾げた。同じとは限らない、とは何故だろう？

「成長が早いので、元の薬草と違いがあるかもしれないです。それを調べてからでないと卸すのは問題があるかもしれません」

「あ、そうなのね……」

「じゃあ調べてもらえる人も探さないとですね」

目の前でポコポコ芽吹く薬草達。心なしか少し離れた場所に植えた苗木の方も葉っぱが増えてきたように見える。

「ルティア様」

どうしようかと、困惑していた私にユリアナが声をかけてきた。何かあったのかと後ろを振り向くと、畑の畝から少し離れた場所に見知らぬ男の子が二人立っている。

「誰、かしら？」

「あ、マジか……」

「え？」

私にしか聞こえないくらいの音量でアリシアがボソリと呟く。彼女を見ると若干青ざめた表情をしていた。

「アリシア？」

どうしたの？　と声をかけようとすると、彼女はしゃがんでいる私のすぐ側にしゃがみ込み、カタカタと震えながらそっと耳打ちしてくる。

「攻略対象です！」

「攻略対象？」

「騎士団長と、魔術師団長の御子息ですよ！」

アリシアは涙目になり、どうしましょう！　とかなり動揺していた。私は彼女にそっと耳打ちする。

「なら、味方にしてしまいましょう？」

「え？」

「だってまだ未来は決まっていない、でしょう？」

そう言ってアリシアに笑いかける。

お父様は生きているし、薬草は現在進行形で作っているのだ。なら未来はアリシアの言葉通りに進んでいない。それなら彼らをこちら側に引き込んでしまえば、もっと未来は変わるかもしれないと。私は立ち上がると、ユリアナに彼らが何の用できたのか聞いてみる。

「ええと、魔力過多の土地は珍しいから見せてほしいと」

「魔力過多？」

「はい。騎士団長様の御子息がそう仰ってます」

ユリアナの言葉に私はもしかしたら、現状を打開できるかもしれないと彼らが畑の中に入ることを許可した。すると短くカットされた銀髪に黒目の男の子が私の元に一直線でやってくる。それを追うように、もう一人の男の子も駆けてきた。

「あの！　この魔力過多の土地って誰の土地ですか⁉」

私の両手を取ってそう尋ねてくる。いきなりのことに驚いていると、追いかけて来た明るい茶髪に緑目の男の子がバシ！　と彼の頭を叩く。

「落ち着け！　リーン‼」

「シャンテ！　だってこんなに凄いんだぞ‼」

「だから落ち着けっていっているだろ‼　彼女の眼をよく見ろ‼」

「へ？」

そう言うとリーンと呼ばれた男の子が私の顔を覗き込む。

「蒼い……」

「そうだな」

「シャンテ、もしかして……」

「もしかしなくてもそうだ」

シャンテと呼ばれた男の子は私に最上級の礼をする。そしてリーンと呼ばれた男の子も慌てて私の手を離し、同じように礼をとった。

「大変失礼いたしました。姫殿下」

「失礼いたしました！」

「いいえ、こんな格好ですもの。分からなくて当然だわ」

楽にして頂戴、と言うと二人はようやく顔を上げる。

銀髪に黒目、ヒュース騎士団長によく似た面差し。彼がヒュース騎士団長の御子息だろう。そしてもう一人の子が魔術師団長の御子息。

アリシアを断罪する場にいて、ライルと一緒になってヒロインにのぼせあがる男の子。しかし、ライルは全くと言って良いほどマナーがなってないが、二人はその辺がキチンとできているように思える。

うん。今の段階ならこちらに引き込む事も可能なはず！　できることなら一人の女の子にかまけてないで国の為に頑張ってほしいと思うのは、私個人のワガママではないと思いたい。

「銀髪の……貴方がヒュース騎士団長の御子息かしら？」

「は、はい！　父をご存じですか？」

「バカ、先に名前を名乗れ！」

「あっ……申し訳ありません！　リーン・ヒュースと申します！」

「私はシャンテ・ロックウェルです」

二人はそう言ってもう一度頭を下げる。私は彼らに自分の名前を伝え、そしてアリシアとベルを紹介した。

「私はルティア・レイル・ファティシアです。彼女は私の友人のアリシア・ファーマン侯爵令嬢、そして彼は花師でここの管理人のベルよ」

「アリシア・ファーマン侯爵令嬢……」

「あら、彼女を知っていて?」

アリシアの名前に魔術師団長の息子であるシャンテが反応する。まだ社交界デビューをしていない令嬢の名前を知ることはあまりない。珍しいな、と思っているとライルの名前が出てきた。

「その、ライル殿下よりお名前を伺っています」

「あら嫌だ。あの子ったら、どうせあることないこといっているのでしょう? 本人に一度も会ったことないのに」

「え?」

「アリシアは私の友人です。貴方達は、一度も本人に会ったことのないライルの言葉と、今目の前にいるアリシアとどちらを信じるのかしら?」

「その……」

本当は一度だけ会っているけれど、アレを会っている、とするのは微妙だし……私の友人であることを強調しつつ、アリシアがライルに会ったことはないと伝える。

どうしてまだ会っていないのかと言うと、ライル本人が会いたくないと駄々をこねたので日程の調整がつかないでいた。リュージュ様としてはすぐにでも会わせたいところだが、本人が拒絶しているのではそうもいかなかったのだろう。

そもそもリュージュ様ご自身がお忙しい方。ライルとアリシアの日程調整に掛かり切りになれるわけではない。ライルのワガママとアリシアの体調不良がちょうどいい感じに日程調整を妨げているようだった。

「人伝に聞いた話よりも、自分の目で見た方がずっとわかると思うけど……貴方達は違うのかしら？」

「お、俺……じゃなかった、私も！　そう思います!!」

「リーン……」

「だってそうだろ？」

「それは……そうだけど……」

私の後ろに隠れて様子を窺っているアリシアはきっと彼らがライルから聞いているアリシアとは全く違うのだろう。二人が困惑しているのがよくわかる。それに聞いたところによると、ライルはアリシアのことを高飛車な令嬢だと吹聴しているらしい。

会って話もしてないのに、想像だけで勝手に決めつけているのだから困ったものだ。

ライルがアリシアを嫌う『理由』。

それは――――自分よりも優秀だからだ。


一つしか歳が変わらないのに、マナーも勉強もしっかりできて、唯一問題点があるとすれば体が弱いことぐらい。最後の部分に関しては実際に体が弱いわけではないが、それを理由にお茶会に出るのを断っているので彼女を知る人はかなり少ないだろう。

そんなことも手伝って、ライルが想像で話をしても誰も違うと否定できない。逆にライルに同調するように、そうに決まっている、とアリシアの性格を決めつけてかかっている。これに関しては物申したい気持ちでいっぱいだ。

アリシアはとても素敵な優しい女の子なのだと!!

まあ、リュージュ様がライルや他の人の前でアリシアやファーマン侯爵を褒めた可能性も捨てきれないし。そうなると、ライルの意見に同調する人達には、それなりの思惑がある可能性も捨てきれない。

この辺は派閥とか色々面倒なことがあるらしいけど……ともかく、ライルはリュージュ様に似てプライドだけは高い。どこからその自信が出てくるのか不思議なくらいに。でも自分が他の子達に比べて劣っているのは何となくわかっているのだろう。だからこそ、アリシアが気に入らないのだ。女の子に負けたと認めたくないのなら自分で努力すれば良いのに、それができないのだから不思議で仕方ない。

困り顔の二人に私は笑いかける。さあ、目の前のアリシアと、一度もアリシアに会っていないライル、どちらを信じるのか、と。

二人はバツの悪そうな表情をして見せた。きっとそれが答えだろう。私はこれ以上何かを言うのは可哀想だと思い、わざと話題を変える。

「ところで、これからお茶にするつもりなの。お二人もご一緒にいかが?」

「え?　でも……」

「実は少し困っていることがあって……先程言っていた魔力過多の土地ってどういうことなのか教えてもらえないかしら？」

私の言葉にリーンが反応する。そしてシャンテの服を引っ張り、瞳をキラキラと輝かせ始めた。

シャンテは多分、アリシアと話をするのはライルの手前どうなのかと悩んでいるのだろう。

しかし、最終的にリーンのどうしても話したい！　という姿に根負けして私達とお茶をすることになった。


私はアリシアとベル、そしてリーンとシャンテを伴って畑の隅にある四阿に向かう。

ユリアナに人数分のお茶と、この間の視察で買ってきていた残りのケーキを出してもらいお茶会の開始だ。

「あ、このケーキ……」

用意されたケーキを見て、ポツリとリーンが零す。きっと自分の家でも出たことがあるからだろう。私はニコリと笑い、美味しいわよねと話しかけた。

「はい。その……父が、買ってきてくれたんです。普段お土産なんて買ってこないのに」

「美味しいものをみんなで食べると幸せな気持ちになるのよね」

私の言葉にリーンは素直に頷く。

視察途中に私がこのドライフルーツの入ったケーキを買う所に遭遇したヒュース騎士団長から、こういったものがお好きなんですか？　と問われてもちろんよ、と答えたのだけど……思わぬ所で作用していたようだ。

　会話の糸口になるものは何であれ助かる。

「……姫殿下は視察について行かれたんですよね？」

「ええ。どうしても、視察場所の一つを見たくてワガママを言ったの」

「何が見たかったんですか？」

「視察場所の一つにカテナという街があって、そこは花と薬草が多く育てられているの。私、離宮で花をたくさん育てているから見てみたかったのよ」

　リーンは素直に驚いた顔をしたが、シャンテは少しだけ眉間に皺を寄せた。きっとワガママを言って、のところが引っかかったに違いない。でもそれで良い。私は私のワガママで、薬草があまり育てられていないことを知ったのだから。

　欲を言えば、今回のワガママはただのワガママではなかったのだけど。それを彼らが知ることはないのだし。仕方のない話だ。

「……花でしたら、頼めば買ってきてもらえたのでは？」

　予想通りの言葉に内心でニヤリと笑う。きっと彼は頭が良く、とても礼儀正しい子だ。仕事と遊びに行くことを一緒にするなと思っているのだろう。

「そうね。でも自分の目で見てみたかったの。そこでしか咲かない花もあるし、それに――直接行ったことでわかったこともあるの」

「わかったこと？」

「薬草よ」

「薬草が、どうかしたのですか？」

「花畑に比べて、薬草畑の面積はとても少ないの。カテナは他の領地よりも花と薬草を売りにしている場所よ？　そこでそうなら、他の領地はもっと少ないわ」

「それは……薬草に需要がないからでは？」

シャンテの言葉に私は頷く。そう、需要がない。病になったら誰しもが必要とするものなのに、高くて買えない。

「需要がないっておかしいと思わない？」

「え？」

「だって、誰でも病気になるわ。私だって熱を出せばお医者様に、にがーいお薬を出してもらうもの……それとも、一般の人達は病気にならないのかしら？」

「それは……なるでしょうけど」

「高くて買えない？」

「はい」

「でもそれって薬草を作らないからでしょう？」

需要がないから作らない。本当にそうだろうか？

需要はある。病になる人はごまんといるのに、薬だけがない。

神殿で治すのにはお金がかかる。そして薬も高くて買えない。ないないない尽くしなのだ。

「神殿は治癒するのに物凄く、お金がかかるわよね？　そして薬を買うのもお金がかかる。特に貧民街の人達には薬を買うぐらいなら食べ物を買うという人もいるでしょう」

「それは、食べなければ治るものも治らないからでは？」

「そうね。病になると体力のないものから死んでいく」

シャンテは私の言葉に小さく頷く。彼も高位貴族の一人。自分の家の領地を見て回る機会があればわかるだろう。貧困層の人達がその日、食べるものにも困っていることを。そしてそれは単純に施しを与えればいいという話でもないことを。

「作る人がいないから、値段は高くなる。高いから需要がない。なら薬草を作れば良いと単純に考えたの。貧民街の人達に働いてもらって、薬を売ってそれをお給料に充てられればなって」

「でもそれは……貧民街の人達が集まりますか？」

「そこなのよね。畑仕事は重労働だし、薬って扱う店も限られている。そうすると売値もたかが知れてしまう。それに私には直ぐに彼らに払うお金もないし……」

「とりあえず、自分達で育ててから考えようということになったんです」

「自分達で育ててからって……姫殿下と侯爵令嬢が、ですか？」

「土と水の複合魔術式が使えれば畑はこの通りだもの」

そう言って目の前に広がる畑を指さす。ベルもこの畑は今日一日で私とアリシアが作ったものだと二人に教えた。二人は目を丸くして驚いている。普通の令嬢やお姫様は土いじりなんて力仕事、よっぽどの理由でもない限りしないものね。多分、ライルだってしたことはない。

私は単純に花を育てるのが好きだから抵抗がないというだけだし、アリシアも前世で庶民だったと言うので抵抗はないのだろう。単純にそんな二人が揃ったからこそ、できたことでもある。

「今日、この畑を作ったのですか？」

「ええ、そうよ。毎日は流石に来られないから管理人としてベルにいてもらうけど……基本的にはここの世話は私に一任されているの」

私がそう言うとリーンは目をキラキラと光らせた。

「つまり、この魔力過多な土地は人工的に作られたんですね⁉」

「そう、なるわね？」

「姫殿下はぽーしょんを作られるおつもりなんですか‼」

「ぽーしょん？」

「え、ポーションって存在するんですか⁉」

私は首を傾げたが、アリシアは名前を知っていたのか物凄く驚いた声をあげる。

リーンはシャンテと顔を見合わせ、私がぽーしょんというものを作る為に魔力過多な土地を作ったわけではないと気がついたようだ。というか、ぽーしょんって何だろう？　初めて聞く単語に軽く首を傾げる。

「あの、ちなみに……どうやってこの土地を作られたんです？」

「普通に、土と水の複合魔術式よ？　ねえ？」

そう言ってベルを見ると、ベルも同意するように頷いた。

「姫殿下とアリシア様が使われた魔術式はごく普通の魔術式です。ただ、その……姫殿下の魔力の広がりが早く量も多かったので、魔力過多と言われる現象になったのかもしれません」

「ごく普通の魔術式……母さんが知ったら卒倒しそう」

「お母様って……ロックウェル魔術師団長？」

「はい。母は他の国でぽーしょんの存在を知って、この国でも作れないかと研究をしているんです。リーンはそれに凄く興味があって……僕はあんまり……」

なるほど。リーンとシャンテの温度差はそこからきているのか。

リーンは騎士団長の息子ではあるが、魔法に関することに興味がある。しかし魔術師団長の息子であるシャンテはそこまで興味がない。想像だがもしかしたら同年代の子よりも魔力量が少ないのかもしれない。ロックウェル魔術師団長は女性で初の魔術師団長にまで上り詰めた方だ。

偉大な母と比べられてはやる気が失せるだろう。誰だって向き不向きはあるのに、親が優秀なら子もそうだろう。と思われてしまうのはやるせない。

「その、ぽーしょん？　というものは何なのかしら？」

「一言で言えば万能薬です」

「万能薬？」

「ええ、階級があって三等級から一等級まであるんですけど、一番低い三等級でも病の初期症状であれば治りますし、怪我もあらかた治ります」

「二級と一級は？」

「二等級は三等級では治らない病や怪我ですね。ほぼこれで病は治ります。一等級は凄いですよ。神殿で治してもらわなければならない怪我も治ります。千切れた腕とか生えてくるんです」

「それじゃあ、神殿がいらなくなりそうね」

リーンの言葉に私は笑いながら答える。しかしリーンは首を振った。

「時間が経つと難しいんです。要はその場にないと役に立ちません。神殿は時間が経っても治せるでしょう？　だから不要になることはないと思いますよ」

「そうなのね。でも、ぽーしょんが作れるなら……売れるわね」

私の売れる発言にユリアナが残念そうな視線をこちらに向けた。そしてリーンも。

シャンテとアリシア、ベルは確かに、と頷く。

これはきっと王族の発言としてはどうか、と思うユリアナと、ただ単純に研究したいリーン、万能薬であるぽーしょんが作れれば色々助かるのでは？　と考える私達の温度差だろう。

「ロックウェル魔術師団長ならぽーしょんの作り方がわかるのよね？」

「ええ、ぽーしょんのレシピを教えてもらったそうなので」

「え!?　それって……教えてもらえるものなんですか？」

シャンテの言葉にアリシアが驚きの声をあげる。シャンテ曰く、多分作れないと思ったから教えたのではなかろうか？　とのことだった。

「作れないって、どうして？」

「その国では魔力過多な土地を人工的に作り出せるだけの魔力持ちが多いんだそうです」

「魔法に特化しているのね？」

「ええ、元々は自然発生していたようですがそれを加工したとかで……うろ覚えで申し訳ありません」

何とも面白い話だ。国が違えば、文化も何もかも変わってくる。是非ともその国を直接見てみたいものだが、流石にそれは難しいだろう。国内なら多少の融通は利くかもしれないが、他国ではそう簡単に見に行くことはできない。王族故の弊害でもあるが、正式な手順を踏んで頑張れば見に行けないかな？　と考えてしまう。やっぱり難しいかなあ。でもどんな感じなのか知りたい。

私は背後に広がる薬草畑をチラリと見る。心なしか、先ほどよりも更に若葉が増えたように見えるが……気のせいだと思うことにした。

「ロックウェル魔術師団長は忙しいわよね……ねえ、ヒュース様、貴方もぽーしょんの研究をしているの？」

「え!?　俺、あ、私……ですか？」

「だって、魔力過多の土地に興味があるのでしょう？」

「そうですけど、その……まだそこまでに至っていないといいますか……」

「リーンは魔力量は多いんですけど、魔力制御が下手なんです。だから僕の母に教わっているんですよ」

「そうなの？　でもそうなるとどうしようかしら」

忙しい魔術師団長を呼び出すのは気が引ける。なんせ本当にぽーしょんと言うものが作れるか分からないからだ。それを察したのかシャンテは自分から魔術師団長に話すと言い出した。

「良いの？」

「ええ。大丈夫です。この土地を見たらどんなに忙しくても絶対に来ます」

「それは……助かるけど、でもまだ薬草自体は芽吹いたばかりだしもう少し後でも構わないわ」

「いえ、多分それをすると「何故最初から声をかけなかったのか！」と怒るので」

「怒るの？」

「はい。確実に怒ります」

たまに見かける魔術師団長はとても穏やかそうな女性に見える。怒る姿はあまり想像できないのだが……それでも話をしてくれると言うのなら、頼んでみるべきだろう。

私はシャンテに魔術師団長に話してもらえるように頼んだ。そしてこのことはライルには内緒だと口止めもする。

「何故です？」

「あの子、こういうことに興味あると思う？」

「思いま、……申し訳ありません」

「いいのよ。事実だもの。でもね、邪魔はすると思うの。アリシアがいるから」

そう言うと二人はああ、と何とも言えない表情を浮かべるのであった。

王女、魔術師団長に会う

次の日、早速ロックウェル魔術師団長は私の元へやってきた。

それもかなりハイテンションで。

「ひめっ、でん、かあぁぁぁあ！！！！！」

バーンッッと勢いよく扉が開き、丁度ランドール先生の授業を受けていた私は突然の訪問にビックリして、ちょっと椅子から跳び上がってしまう。

いや、この登場に驚かない人がいるだろうか⁉ 先生ですら驚いて固まっていた。

「姫殿下！ 姫殿下！ 大変素晴らしいです‼ 一体何をどうやったらあんなに素敵なことになったのでしょう⁉」

呆然と固まっている私の手を握り、ユリアナが止めるのも聞かず捲し立てる。掴まれた手はブンブンと上下に振り回され、私は目を回しそうになった。

「ああ！ なんて素敵なんでしょう‼ あれだけ広い魔力過多の土地！ しかも薬草を育てている‼ これで私の研究が捗るわあああっっ‼」

我が主神に感謝を！ と神様に感謝をしているが、それよりもこの状況をどうすればいいのだろう？ 困っていると、扉の向こうからこっそりとリーンとシャンテが覗いている。どうすればいいの？　と口をパクパクと動かしてみるが、二人は項垂れた状態で頭を振るのみ。

つまり暫くはこのハイテンションな状態は止まらない、ということだろうか？

「ロックウェル魔術師団長、その……姫殿下が驚いていらっしゃいますから、少し落ち着かれては？」

ランドール先生が恐る恐ると言った感じで魔術師団長に声をかける。

自分の夢を熱く語っていた魔術師団長は、ようやく我に返ったのか誤魔化すように「ほほほほほ」と笑った。

悪い人ではない。だが研究に対する熱量がすごいのだ。


ひとまず、私は勉強中なので終わるまで待ってもらうことにした。

魔力過多の土地のことも、ぽーしょんと言う薬のことも気にはなるけど、私に課せられたことはきちんとこなさなければならない。それにマナーの授業は苦手だけど、普通の勉強は好きだし。

リーン、シャンテ、魔術師団長にはお茶を飲んでいてもらい、私はランドール先生の授業を再開する。

「ではその、授業を再開しましょうか」

「はい。お願いします」

後ろからの視線が痛いがこればかりは仕方がない。事前に知らせてくれれば時間をずらせたが、急に来られては流石に難しいのだ。先生の授業を受け、わからないことを質問し、紙に綴っていく。

先生は私に学ぶ意欲があるとわかると、どんどん新しいことを教えてくれるのでとても助かっている。

知らないことを知るのはとても楽しい。だから本当は、魔術師団長と早く話したいのだけど……と思っていると先生と目があった。

「姫殿下、すこーし集中が削がれていますね？」

「うっ……ごめんなさい」

「いえ、これぱかりは……仕方ありませんね」

今日はここまでにしましょう、といつもより少し早く切り上げてくれる。先生には申し訳ないことをしてしまった、ともう一度謝る。先生は苦笑いをして許してくれたが、次はちゃんとしなければ！　と心に決める。

席を立ち、振り向くとお茶をしていたはずの魔術師団長が分厚い本を持って後ろに立っていた。思わずビクリと肩を震わせる。しかしそんな私の様子なんてこれっぽっちも目に入っていないのか、魔術師団長はとてもいい笑顔で私の手を握った。

「さ、姫殿下。次はこちらです！　ええ、是非とも‼」

「ロックウェル魔術師団長……私、全く何もわからないのだけどよろしいかしら？」

「ええ、問題ございません。この国で魔力過多の土地のことやポーションについて研究をしているのは多分、私ぐらいですからね。リーンくんが興味を持ってくれているので……騎士団長の許可があれば弟子にしたいぐらいです」

「騎士団長はダメだと言っているの？」

「今の所、断られていますね。未知の分野に息子を放り込むわけにはいかん！　と」

「初めてのことはいつだって未知の分野だと思うけど……」

「そうですよね？　そう思いますよね？　何事も挑戦する心が大事ですよ‼」

魔術師団長がグッと拳を握りしめて、天井に突き上げる。

余程断られているのだろう。もちろん騎士団長の気持ちも分からなくはない。男の子なら自分の跡を継いで騎士になってほしいと思うものだし。でも不思議なのは自分の子供であるシャンテを弟子にしたいとは思わないのだろうか？

チラリと本人を見ると、また首を横に振る。本人にその気はないようだ。その気もないのに押し付けられても本人も困るだろうから、これはこれでいいのかもしれない。

あとは騎士団長が魔術師団長の申し入れを受け入れるだけだろう。

「魔術師団長、私も後学の為にお伺いしても？」

「ええ、ランドール先生も是非！　知ってくださる方が増えると、私としてもとても嬉しいです」

そうして私達はお茶をしながら魔術師団長の講義を受けることになった。

＊＊＊

ロックウェル魔術師団長が若かりし頃、とある国へ留学に行ったそうだ。

そこは我々の国であるファティシア王国よりも魔力が充満している国で、一〇年単位でスタンピード《魔物の大量発生》が起こる。そんな国だそうだ。どうやらスタンピードの原因は局所的に魔力が溜まり、そこに魔物が入り込むことらしい。

魔物が入らず、人が手を入れれば上手い具合に魔力過多の土地になる。そこで薬草を育てれば発育も良く、ぽーしょんの材料になるらしい。

「国によって魔力の量が違うの？」

「魔物がよく出る国はそうですね。なので、我が国の平均よりも向こうの国の魔力平均値の方が高いです」

「ああ、ラステア国ですね。龍が守護すると言う」

「ええ、その通りです」

ランドール先生がラステア国と言う国のことを簡単に教えてくれた。

風土はうちの国とさほど変わらないらしいが、場所によっては暑いところもあるそうだ。ラステア国の人達は温和な人が多いが、みんなそれぞれが魔力値が高いのと、戦闘要員としても優秀なのだとか。普段は普通にお仕事をして、有事の際は戦う。龍に守護された国の人なので、戦闘において負け知らずとも言われている。

「なんだかすごい人達ね」

「とても気の良い人達ですよ」

「ねえ、魔術師団長はどうしてラステア国に留学したの？」

「私は魔力量が多かったのですが、上手く使いこなせませんで……で、たまたまラステア国からこちらに仕事に来ていた人がそれを聞いて、招いてくれたんですよ」

招いてくれた、と言っても貴族の女性が単身で留学に行くのはきっと大変だったに違いない。見知らぬ土地で自分の力を使いこなす為に大変な努力を重ねたはずだ。

その苦労を感じさせない魔術師団長はとてもすごいと思う。そんな感想を抱いていると、シャンテの顔が暗くなっていることに気がついた。

丁度視線も合い、私が軽く首を傾げるとシャンテは何でもないと首を振る。どうしたのかな？と思いはしたけれど、この時はあまり気に留めることはなかった。

「ねえ、魔術師団長。私も魔力が多いようなの。今はマリアベル様にお願いして見てもらっているのだけど……」

「魔力数値はどのぐらいですか？」

「最初測った時は十九だったの。でもマリアベル様に教えてもらっているうちに二〇まで上がったわ」

「……その測定はいつ？」

「視察から戻って直ぐかしら？　その後は授業の度に測っているけれど……」

私の言葉に魔術師団長は少し難しい顔をした。何か問題があるのだろうか？　ランドール先生は魔術方面の勉強は専門外なので、私と同じように不思議そうな顔をしている。

「その、姫殿下……失礼ですが、今後もマリアベル様に教わる予定ですか？」

「マリアベル様のご都合がつけばそのつもりよ？　それにマリアベル様もお父様から頼まれてのことだし」

「陛下が？　ああ、でもそうですね。マリアベル様はアカデミーでの魔術の成績は大変良かったはず。なるほど……」

「とてもわかりやすく教えてもらっているわ」

「姫殿下、初歩の魔術式を教えてもらうのならマリアベル様でも問題はありません。ですが、これから殿下の魔力数値が上がっていくとマリアベル様では教えきれないかと」

「どうして？」

「まだ姫殿下はお小さいですからね。ご自分の魔力に振り回される可能性があります。その時に咄嗟に止める相手としては、マリアベル様では不十分かと」

つまり、私の魔力が暴走した時にマリアベル様では止められないということだ。今はまだ初歩的な魔術式だけでそこまで魔力を注ぐこともないけど、これから先、たくさんの魔力を注ぐ魔術式を使うようになったら……

マリアベル様は現在妊娠中。赤ちゃんが産まれたら、赤ちゃん中心の生活になるだろうし、そんな時に暴走でもしたら大変なことになる。そこまでの考えに至って、サーッと血の気が引く。

「マリアベル様とお父様に相談してみます」

「ええ、その方が良いかと。今、リーンくんも私が見ていますし、姫殿下もご一緒にいかがですか？　そうすれば何かあっても止められますし、それにポーションの研究も捗りますしね！」

多分最後のが本音だな、と思ったけどそこはあえて口を噤む。斜め向かいのシャンテが両手で顔を覆っているので、これ以上彼の胃に負担をかけてはいけない。

「何はともあれ、実際に魔力過多の土地を見に行きましょう！　現場で教えた方がわかりやすいですからね」

「今から行くの？」

「ええ、もちろん！」

「ええっと……動きやすい服装に着替えて良いかしら？　流石にこの姿で行ってはみんなに怒られてしまうわ」

チラリとユリアナを見ると澄ました顔をしている。それがちょっとおかしかった。まあ、普段はこの格好でも走り回るし？　ユリアナからすれば何を今更、なのかもしれない。

「ランドール先生はどうされますか？　四阿があるので、そのままでも大丈夫ではあるんですけど」

「もし動きやすい服があればお貸しいただければと。私も気になります」

「ユリアナ、お願いできる？」

「畏まりました」

「じゃあ、みんなは先に行っていてもらえるかしら？　管理人のベルがいるから話せば入れてもらえます」

「ええ、ではお待ちしていますね！」

ウキウキとしている魔術師団長を筆頭に、リーンとシャンテも後を付いていく。心なしかシャンテが疲れているように見えるのは気のせいではないだろう。

「では姫殿下、着替えましょうか」

「はい！」

侍女達に着替えを手伝ってもらい、王城から少し離れた場所にある薬草畑に馬車で向かう。

先に着いていた三人を窓から窺うと、リーンとシャンテは少し離れた場所でベルと話をしている。魔術師団長だけは両手を広げて畑の真ん中で大喜びしていた。

暫くの間――ロックウェル魔術師団長は薬草畑を一人で堪能していた。

私達はひとまず四阿で魔術師団長が正気に戻るのを待つ。どうやらああなると暫く戻ってこないらしい。

「よっぽど嬉しいんですねぇ」

「そうね。何だか畑の中をあんなに嬉しそうに走り回られるとは思わなかったわ」

「あ、転んだ」

「母さん……」

「私、ちょっと……手伝ってきます、ね」

そう言うとベルが魔術師団長の側に駆け寄って行く。

倒れ込んだまま起き上がらない魔術師団長だったが、ベルが近づくと奇怪な笑い声をあげて起き上がった。ベルが手を差し出すと、その手を取りようやく立ち上がる。そして凄い勢いでこちらに走ってきた。

淑女としてはどうなのかと思うが、研究に対する飽くなき探究心と情熱を感じるので何も言えない。息子であるシャンテは両手で顔を覆って見ないようにしているが。きっと色々物申したいこともあるかもしれない……つまり、さっきのあの表情は、この事態を察していたのだろう。

確かにこんな状態を見せられたら誰だって驚く。本人は全く気にしていないけれど、シャンテとしてはもう少し、何とかならないのか、と視線が告げていた。勿論、魔術師団長がその視線に気が付くことはない。

魔術師団長は私の両手をギュッと力の限り握りしめると、ブンブンと上下に振る。

「姫殿下！　本当に本当に素晴らしいです!!」

「あ、ありがとうございます」

「シャンテとリーンくんに聞いたのですが、普通の土と水魔法の複合魔術式でよろしいんですよね？」

「ええ、まだ初歩の魔術式しか教えてもらっていないから」

「そうですか。そうですか……初歩でこれとは……高度な魔術式だったらどうなるのかしら!?　大変興味深いわ〜」

「魔術式で効果が変わるのかしら？」

「魔力過多の土地を人工的に作るのはラステア国でもしていませんからね。向こうでは魔力の溜まり場を加工していますから」

なるほど。つまり、土地の質が違うから魔力過多の土地を再現できなかったわけだ。魔力をどれだけ注ぎ込めば魔力溜まりの土地を再現できるのかわからない。

それでは実験のしようもないだろう。

「魔力過多の土地を再現するのにどのぐらいの魔力が必要なのかしら？」

「姫殿下はどのぐらい注ぎました？」

「あの時はアリシア嬢と一緒だったから……」

「アリシア様というと、ファーマン侯爵家の？」

「ええ、私達お友達なの。二人で一緒にお世話をしようと思っていて、土地を均すのに二人で一緒に魔力を注いだのよ」

「ではアリシア様も魔力量は多い方ですか？」

「ええ、多分……」

流石に勝手にアリシアの魔力量をいうわけにもいかず濁しながら伝える。

そして畑に魔力を注いでいた時のことを聞かれたままに答えていると、土地を均している過程を見ていたベルが同時に発動した魔術式ではあるが私の方が展開が早かったと教えてくれた。

魔術師団長はそれを興味深そうに聞いている。

「それはどのぐらい？」

「かなり早かったかと……それで、私がお止めしました。あまり魔力を注ぎ込んで倒れられたら大変ですし。ですが姫殿下はケロッとしていましたね」

「そうね。特に具合が悪くなることはなかったわ」

「その後、畝を作るのにも魔力を使ったのですが、その時はなるべく魔力を注ぎ込みすぎないようにお願いしました」

「それは何故？」

「生産時期がズレますと市場が混乱しますから」

「ああ、そうか。普通に卸すおつもりだったんですね？」

私は魔術師団長に、元々の予定を話して聞かせる。

視察先で薬草があまり作られていないことを知って、薬草畑をたくさん作って貧民街の人達の仕事にできないかと。そうすれば薬は安価で手に入り、病気になった時にみんなが必要な薬を手に入れることができるのではないか？　と考えた、と伝える。

「確かに、薬は必要なのに高いですからね」

「そうなの。もしもよ？　もしも……感染するような病が流行ったら、ひとたまりもないと思ったの」

「感染するような病……それは貧民街の人々から先に犠牲になるでしょうね」

「ええ。彼らは薬を買うお金があるなら食事を優先するでしょうし……でも、普通の暮らしをしている人達にだって薬は高いものでしょう？」

「そもそもの生産が少なければ値段が高くなるのも当然ですからね」

その言葉に頷く。だからこそ、薬は安価で手に入るようになってほしいのだ。貧民街の人に感染する病が流行り、その人達を雇っている人達へ感染する。

そうなればどんどん広がっていくだろう。彼らにとってみれば多少具合が悪くても働かなければ食べていけないのだから。そうして無理をして働いても、彼らの生活は楽にはならない。病は悪化の一途をたどり、いずれ力尽きる。

「神殿治療はとても高いし、薬も簡単に手に入らない。何かあったら、本当にひとたまりもないわ」

「それにスタンピードが発生しないとも限りませんしねえ。何が起こるかわからないから備えたい、ということですね？」

「ええ。でも私は自由になるお金がないから、人を直ぐに雇えないの。だから最初に自分達で育てて、それを売ってそれから考えようと思ったの」

「そうしたら魔力過多の土地が出来てしまった、と」

「そうよ。特別に作ろうと思って作ったわけではないの。それに最初はとても良い土ができたと言われたから、そういうものだと思ったし」

そう言ってベルを見ると、ベルも同じ様に頷く。

「ええ、こういった良質な土は植物の育成を早めたりするので以前から知っていましたが、それを魔力過多の土地と言うとは知りませんでした」

「ということは、無意識に作られている場所もあるってことかしら？」

魔術師団長の目が光る。ベルは頻繁に作ることはないが、でも珍しいことではないと言った。

「我々花師は土地を均す、といいますが……どうしても早く育てたい花がある場合に限りわざと魔力を多く注いで土地を均すことはあります」

「……そう、なのね。ああ、やっぱり分野が違うと捉え方も変わるのね!!　新しい発見だわ!!　目から鱗とはこういうことをいうのね!!」

「ええと……どういうこと？」

私は意味がわからなくてランドール先生を見る。先生は少しだけ首を傾げた後、見方の問題では？　と言われた。

「見方の問題？」

「花師の方は人為的に魔力過多の土地を作っているという意識はないわけですよね？」

「そうみたいね」

「でもロックウェル魔術師団長はラステア国で魔力過多の土地を見て知ってらっしゃる」

「ええ」

「この状態では点と点のままなのです」

そう言って角砂糖を一個ずつお皿の上に置いた。片方が魔術師団長、もう片方が花師の人達。

魔術師団長と花師の人が直接会って、土地を均す方法を話すことはまずないだろう。それに話したとしても、魔術師団長のように魔力過多の土地を知らなければそれが人工的に作られた魔力過多の土地とはわからない。

「間に姫殿下がいたことで点と点がつながった、と考えていただけると良いかと」

「私、特別何かしているわけじゃないけど……」

「いいえ、薬草畑を作ろうとした――それが一つの波紋となったのだと思います」

「はもん？」

「水に、こう石を一つ投げると丸い輪の様なものができますよね？　アレが波紋です。姫殿下が必要だと思って作った波紋が新しい波紋を呼んで広がったんですよ」

何だか凄いことをしている気分だ。私としてはアリシアの予言のようなものが現実に起こった時の対処として、今から薬草を育てておけば良いかな？　と思ったに過ぎないのだが……

「私は、ひとまず良いことをしたと思って良いのかしら？」

「母にとってみればかなり良いことをしたかと」

シャンテが、ちょっと遠い目をしながらポツリと呟く。きっと魔術師団長の研究に貢献できている部分は、シャンテ本人としても嬉しいのだろうけど……子供としては奇怪な動きをする母親を他人に見られるのは複雑なのだろう。確かにあの姿は初見だとインパクトが凄い。

「そうだと良いわ。それにぽーしょんという薬がたくさん作れて、普通の薬の代わりになったとしても、薬師の人達から仕事を取ることにはならないものね」

「母から聞いたぽーしょんは万能な薬ですけど、作る過程でも魔力を注ぐ必要があるみたいですし、それによって等級が変わりますから逆に薬師が増えるかもしれませんね」

「みんなに行き渡るぐらい国中で作れるようになるのはまだまだ先ね。とりあえずは最初のぽーしょんを作ってからかしら？」

チラリと薬草畑を見る。青々とした葉っぱがそこら中で風にそよいでいた。おかしい。昨日はもう少し小さかったはずなのに。可愛らしい若葉は一体どこへいってしまったのか？

ベルが早く育てたい時にわざと魔力を多く注ぐとは言っていたが、私が無意識に注いだ魔力はかなりのスピードで薬草を育てているようだ。聖属性が関係しているとは思いたくないが、もしかしてそれもあるのだろうか？　いや、もしあれば魔術師団長なら気が付くと、思う。そう思いたい。

「あと半月もすれば収穫できますかね」

リーンの言葉にシャンテも頷く。

収穫が早いに越したことはないけど、そんなに早く育つかは謎だ。

「そのぐらいで収穫できるでしょうね」

「そんなに早くできるかしら？」

「一日でこれだけ成長していますし、収穫が終わるまでは土地の魔力も持続するのでは？」

「じゃあそれまでぽーしょんの作り方を覚えないといけないわね」

「姫殿下はご自分で作られるおつもりですか？」

シャンテの言葉に私は当然とばかりに頷いた。だって面白そうではないか。ぽーしょん作り。

どんな風に作られるか興味があるし、それに怪我が一瞬で治るなら試してみたい。

「……もしかして、試したいとか思っていません？」

「あら、当然じゃない」

「いや、怪我したらどうするんです⁉」

「だって怪我を治すのでしょう？」

「そうですけど……」

「ファティシア王国初のぽーしょんよ？　是非試して、もし本当に効くならお父様に相談して量産できるようにしたいわ！」

「自分で作って売るんですか⁉」

「もちろん！　そうすれば、人を雇えるでしょう？」

私の言葉にシャンテは何とも言えない微妙な表情を浮かべた。王女が金策に走るとか普通は無いものね。むしろ金策に走る王女ってどうなんだ？　物語でも出てこないと思う。

「でも最初は売れないと思いますよ？」

「どうして？」

「どんなに凄い薬でも誰も知らないからです」

そんなすごい薬なのに何故売れないのだろう？　私が首を傾げると、隣で私達の会話を聞いていた先生が笑いを堪えながら教えてくれた。

「姫殿下、新しいものというのは最初は忌避されるものです。特に万能薬といわれているものなんて怪しいって思われて誰も買わないでしょうね」

「それは困るわ。だって売れないと私の計画が上手くいかないもの」

「需要と供給ですよ」

「需要と供給？」

「ええ、断らない所に卸せば良いのです」

「断らない所ってどこかあるかしら……？」

「あ、騎士団……」

リーンがボソリと呟く。

「騎士団？　どうして？」

「ああ、そうか。騎士団なら打身や捻挫、切り傷あたりは日常茶飯事か」

「それに魔術師団が作ったものなら多分断らないんじゃないかな」

二人の話になるほど、と頷く。そして騎士団の中には貴族の子弟だけでなく、一般からなった人もいる。その人達が試してぽーしょんの効果が見込めるなら、それは噂として街の人達にも広がるだろう。

「先ずは、ぽーしょんの効果を認めてもらうところからなのね」

「そうですね」

私はまだまだ先は長いな、と小さなため息をついた。

王女と異母弟

魔力過多な畑に大喜びしているロックウェル魔術師団長。そして魔術師団長と話し込むベル。お茶をしている私とランドール先生、リーン、シャンテ。

一部を除いて和やかな空気でお茶をしていたのだが、急に現れた一台の馬車によって事態は一変する。私がこんな所まで誰が来たのだろうと馬車を眺めていると、中からピョン！　と金色の髪の男の子が飛び出してきた。それはとても見覚えのある男の子。

「おい！　お前達!!　こんな所で何を油を売っている!!」

そう怒鳴ると、畝があることなど一切構わず、我が異母弟ライルはズカズカと畑を突っ切って四阿に走り寄って来た。なんて失礼な！　と腹を立てていると、シャンテが立ち上がり、私を隠すように前に出る。

「ごきげんよう、殿下。別に油を売っているわけではありません。我々に「もう用はない、目の前に現れるな！」と一昨日仰ったではありませんか」

「だからといって本当に来るのをやめる奴があるか！」

「必要ないと仰られたのに、わざわざ行く者はおりませんよ」

全くもって正論だ。いや待て。一体この子は彼らに何を言ったのだろうか？　リーンにチラリと視線を送ると、ちょっとだけ遠い目をしている。

つまりは日常茶飯事的にこういったやりとりがされているのか？　そして、そのやりとりに怒って二人はライルの元へ行くのをやめたということだろうか？

彼らは所謂、ライルのお友達、というやつだ。私とアリシアの様な仲ではないにしても、将来的なライルの側近候補でもある。一触即発の険悪ムード。二人をどうすべきか、と悩んでいると馬車からもう一人、男の子が慌てて降りてきた。

彼はちゃんと畑の端にある通路を通って四阿に早足で歩いてくる。どこかで見たような印象の男の子は呆れた顔でライルとシャンテの会話に割って入った。

「殿下、落ち着いてください。淑女の前ですよ。あとシャンテ、リーン。登城しているなら声ぐらいかけてくれ」

「ああ、君に声をかけなかったのは、悪かった」

シレッとシャンテが答える。多分そういう意味ではない。ライルは顔を真っ赤にし、言われた男の子は眉をひそめた。そしてライルは、シャンテの後ろにいた私に気がつくと、私を指差し怒鳴りつけてきたのだ。

「お前！　何の権限があってコイツらを勝手に連れ出したんだ!!」

いくら一つ違いとはいえ、姉である。母は違えども姉であることに間違いはない。継承順位は私の方が低いが！　姉である以上、いや、姉でなくてもお前呼ばわりされる覚えはない。

「あら、ライル。話を聞いていると、貴方は彼らを必要ないといったのでしょう？　なら私が彼らを連れ出しても何も問題はないわ。それに、いくら貴方でも彼らの行動を制限する権利はないのよ？」

「俺は王太子だぞ!!」

「それが、何？」

私はバッサリと切り捨てる。ライルは私の言葉に驚き、目にじわりと涙を溜め始めた。だがこの程度でやめるほど私は優しくはない。

「ねえ、ライル。貴方……継承権が一番高いからって、そのまま王になれると思うの？　いっておくけど、お父様はそんな甘い方ではないわよ？」

「そんなはずない！　母上は俺が次の王になるって！　そう決まっているんだっていっているんだからな!!」

「あら、ではリュージュ様はご存じないのね？　貴方が勉強もせずにワガママ放題していること

を！　リュージュ様はアカデミーを大変優秀な成績で卒業された方よ？　息子の貴方が勉強もマナーも全くできないと知ったら……どう思うかしらね？」

「そ、そんなこと……」

「それにリュージュ様だってまだお子を産む可能性がある以上、貴方の次に生まれた子の方が優秀だったら……今のままの貴方を王にする必要はないと思うでしょうね」

「姫殿下……」

私の言葉に完全に泣き出したライル。そんな私に非難の目を向ける男の子。彼に対して多少の同情はするけど、でもそういう問題でもない。コレをこのまま放置する方が問題だ。

「私は事実を言っているの。不出来な第一位継承者よりも、より優秀な者に王位を譲るのは当たり前のことでしょう？　君主とは他者の手本になるべきものよ。ワガママ放題している人になれるわけないじゃない」

「それは……」

「俺はっ！　不出来なんかじゃないっっ!!」

「突然現れて、挨拶もせず人を指差してお前と罵る人のどこが不出来ではないのかしら？」

「お前がリーンとシャンテを取るからだろ!!」

「そもそもの原因は自分の行動にあるのでしょう？　それに彼らは魔術師団長についてきただけ。何か問題があって？」

親についてきたのだから、彼らの行動に何ら非難するところはないだろう？　と。そう言ったのだが、ライルの頭では理解できないようだ。いや、理解したくもないのだろう。自分が一番であるときっと疑ったことがないのだ。

最後までお前が悪い！　お前が悪い!!　と私を罵り続け、ライルはそのまま馬車に乗って帰ってしまった。一緒についてきていた男の子を残して……。

そこは一緒に連れて帰ってあげるものではないのだろうか？　連れてきたの自分でしょう!?　と男の子を見れば額に手を当てて、ため息を吐いている。

「あの子……本当に全く自覚がないのね」

あまりのマナーの悪さに私は呆れてしまう。リーンとシャンテを見ればあの理不尽な様子はいつものことの様で、恨みがましげに残された男の子を見ている。

「……ジル、なんで殿下を連れてきたんだよ」

「連れてきたんじゃない。自分で行くと言い出したんだ」

三人とも一様にはあ、と深いため息を吐き、そんな姿に日頃の苦労が偲ばれる。が、それとこれとは別問題だ。

あの子は！　帰りも!!　私の畑を踏みつけて行ったのよ!!

許せるわけがない。

私はそのまま畑に向かい、踏み潰された畝を直していく。せっかく伸びた薬草が踏み潰され、靴の跡まで付いている。なんて酷いことをするのだろう！

泣きそうになるのを我慢しながら土を手に取る。すると魔術師団長とベルが近寄ってきた。

「姫殿下、こういう時こそ土の魔術式ですよ！」

「土の魔術式？　私は初歩的なものしか習っていないのだけど……」

魔術師団長の言葉に私は首を傾げる。

すると初歩の魔術式でも大丈夫だと彼女は言う。言われるがまま、土の上に手を置いて土の魔術式を展開した。

魔術式は踏み潰された畝の部分にふわりと広がり、ぽこり、と畝が元に戻る。

そのまま手を離そうとしたら、魔術師団長にもっと魔力を注いでほしいと言われた。

「もっと？　そんなに注いで大丈夫なの？」

「ええ、大丈夫ですよ」

どの程度注げば良いのかわからないが、ひとまず言われるがままに魔力を注ぐ。すると、踏み潰されていた薬草がひょっこりと頭を上げた。

驚きつつもその様子を眺めていると、折れ曲がった茎の部分にふわふわと光の様なものが見える。

それは踏み潰された畝に展開されている魔術式と同じ模様。

「茎に魔術式が見える……」

「もう大丈夫ですよ」

魔術師団長の掛け声で私は地面から手を離した。するとふわふわと光っていた茎の光が消え、真っ直ぐに立っている。折れたことなんて全くわからない。

「すごい。直っちゃった」

「初歩の魔術式でも魔力を多く込めればこうして直すことも可能なのです」

「ありがとうございます。魔術師団長、とても良いことを聞いたわ」

「いいえ、お役に立てて良かったですわ」

「いや、そんなことができるとは……私も初めて知りました。強風や、野生動物に荒らされた時は仕方ないと諦めていたのですが……これなら、欠けることなく出荷できますね」

「それなりに魔力量を注ぐ必要はありますから、様子を見つつ……という感じでやった方が良いですね。姫殿下は内包する魔力量がとても多いので初歩の魔術式でも何とかなりますが」

また魔術師団長とベルが話し込む。ベルは元々、視察で訪れたカテナの花師なのだ。大変研究熱心な花師と聞いている。だからこそ、花の育成に関わることには興味津々なのだろう。

私は手に付いた土を払うと、四阿に戻る。すると三人が私に向かって頭を下げた。

「姫殿下、申し訳ありません……俺達のせいで……」

「いいえ、貴方達のせいではないわ。畑を踏みつけたのはライルだもの」

踏みつけていった本人に腹を立てることはあっても、彼らを怒る気にはなれない。ただ理由は知りたかった。

ライルがどうして彼らをいらないと言ったのか。それが正当な理由ならまだしも、見ていた感じではそうは見えない。

普段から理不尽な目に遭っているのであれば、それは是正しなくてはならないのだ。王族だからといって理不尽なことを言ったりやったりして良いわけではない。むしろ、王族だからこそ、そんなことをしてはいけないのだ。

「ねえ、三人とも……私、貴方達に怒ってはいないけど、ライルには怒っているの。一体何が原因でああなったのか、理由を教えてくださる？」

「それは……」

「ジル、姫殿下に正直に言った方がいい」

「シャンテ……」

「別に貴方達を咎めたりしないわよ？　私も普段のあの子の行動を噂で聞いているもの。でも、噂って当てにならないでしょう？」

だから側で仕えているお前達の話を聞かせろ、とニコリと笑ってみせる。彼らと違って私やロイ兄様はライルと頻繁に会えるわけではない。だからどうしても噂話が中心になってしまう。本当は本人に直接確かめられればいいのだけど、そう簡単にできる問題でもない。ライルの生活圏はリュージュ様がいる後宮で、私達の生活圏が小離宮だからだ。

ジルと呼ばれた男の子は話すかどうか戸惑っていたけど、観念したように口を開いた。その内容は聞きしに勝る暴君っぷりで、聞いていて目眩がするほどだ。

「貴方達……よく我慢しているわね？」

呆れを通り越して尊敬してしまった。まさかそんなに酷いとは……侍女や侍従に対する暴言に始まり、自分が気に入らない対応をされると、その対応をした者に物を投げつける。蹴りつける。それだけでは飽き足らず、勝手に解雇すると宣言することもあるそうだ。もっとも、ライルが勝手に解雇することはできないので、配置換えで別の場所で働いているそうだけれど……

でも自分が言っただけで、相手がいなくなるのだ。ライルは益々調子にのってしまったらしい。自分のいうことを聞かなければ、辞めさせてやる！　と息巻いているそうだ。そうなってくると、後宮で働いている者達も困ってしまう。ライルの不興を買っただけで、配置換えさせられるのだ。仕事を覚えることもままならない。

ライルの暴君っぷりはそれだけに止まらず、家庭教師達も同じように追い返されたりしている。彼らは侍女や侍従と違い、そう簡単に辞めさせることはできない。なぜなら、家庭教師を決めたのがリュージュ様だからだ。辞めさせられないなら、嫌がらせをすればいい。そうライルは考えたらしく、授業をサボるのはまだ良い方。授業中に剣を振り回したり、教科書を破いて捨てたり、ある時は階段から突き落としたこともあったそうだ。

幸い、階段から突き落とされた家庭教師は大した怪我もなく済んだようだけど、それが原因で辞めてしまった者もいたらしい。他にも怪我をさせられた者はいるそうだが、リュージュ様の生家であるフィルタード派の人間だからかリュージュ様に報告が上がることはないとシャンテはいう。

「報告をあげないままだなんて……」

「本来は報告をあげて、リュージュ様から叱っていただくのが一番なんです。でも、ライル殿下は王位第一位継承者。今後のことを考えてなのか、みんな口を閉ざしてしまう」

「そんなこと！」

「後宮で働いている者はみんな仕方ないって……」

「俺たちは一応、友達ってことになっていますけど……いつだって殿下のワガママに振り回されているんです。流石に誰かを傷つけるようなことは断りますけど、そうすると直ぐに殿下は怒りだします」

それで毎回喧嘩になるんですよ、とリーンは話す。三人の話を、私は信じられない気持ちで聞いていた。リュージュ様は侍女や侍従達が頻繁に代わることに気が付いていない？　それとも気が付いていて、それを放置していると言うことだろうか？　流石にそれは不味いと思う。

国内に向けては多少、誤魔化せても……いや、フィルタード派だから誤魔化せているにすぎないが、国賓が来た時に今のままでは下手すると外交問題だ。

「一応、我々も殿下を諫めようと頑張ってはいるんですよ？　でもそんな時の殿下はわざと授業をサボって、剣術の稽古だ！　と言いだして、僕らに向かって剣を振り回すんです」

「それって危なくないの？　だって本当に剣技や体術を覚えたりしようとしてるわけじゃないんでしょう？」

「危険極まりないです。僕らだって生傷絶えません」

身振り手振りでシャンテが話し、それに同意するようにリーンがうんうんと頷く。ジルは眉間に皺を寄せ、両手で顔を覆いながら深いため息を吐いている。きっと知られたくなかったに違いない。

ライルのお友達、とはライルを諫めることも求められる。ただ側にいるだけではダメなのだ。時に苦言を呈することも必要だし、本人にやる気を出させることも彼らの役割ではある。これは相当、普段から苦労しているのだろう。

それがとうとう爆発して、リーンとシャンテは『ライルのもとへ行かない』という選択をしたのだ。ジルは二人よりも我慢強いのか、ライルと、リーン、シャンテの間に挟まれて困っている。そりゃあ、我慢強さも必要かもしれないけど、今回に関してはその我慢強さは苦労をしょい込むだけだと思うけど。

私は三人に心の底から同情をした。これはもう、お父様の前でリュージュ様にわかってもらう他ない。プライドの高いリュージュ様なら、自分の子供が全く何もできないと知れば怒り出すだろう。というか、怒ってくれないと困る。

「お父様に話をします。今のままでは、王位継承権すら危ういわ」

「そんな……！」

ジルと呼ばれた男の子が私の言葉に反応する。彼にしてみれば、ライルは一応将来の主人となる人だ。そのライルから継承権がなくなったら、お友達の彼らも一緒にお先真っ暗になる可能性だってある。

「あのね、ライルの暴君っぷりは下手すると外交問題になってもおかしくないの。貴方、ハウンド宰相様の御子息よね？　国賓が招かれた時にライルを前に出せて？」

「いえ、無理だと思います」

「シャンテ！」

「俺も無理だと思う。ライル殿下はマナーが全く出来ないし……下手すりゃ、恥かくだけじゃ済まないよ」

「リーン……」

「私もそう思うわ。私達は最低限できなければならないことがある。それは王侯貴族に生まれたからには義務として出来なければいけないことよ？」

それは言葉遣いだったり、人との接し方、ダンス、基本的な知識、王族であればさらに他言語も求められるのだ。アレはイヤ、これはイヤと駄々をこねて逃げ回るようではとても務まらない。

ライルにも言った通り、あまりにもライルの出来が悪ければリュージュ様だってライルを次の国王にしたいなんて言わないだろう。それぐらいなら、お父様と新たに子供をつくり、ライルを病気だ何だと理由をつけてどこかに幽閉した方がいい。

「私達はまだ子供だけど、最低限ここまでは出来ていなければいけないものってあるでしょう？もちろん人によって進みが速い、遅いはあるけれど……あの子はそれ以前の問題」

「それは、そうですが……陛下にお伝えするのは……」

「いいえ。必要よ。あの子、私が伏せっていた時だっていきなり来て、お見舞いに来ていたお父様に向かってアリシア嬢と婚約なんてしないと叫んだのだから」

私の言葉に三人とも庇いきれないと表情が物語っている。

庇う必要はない。ただ、軌道修正するだけだ。たとえ将来的にアリシアと婚約破棄するような男に育つとしても、それと王族としての教養は別問題なのだから。

悠長にライルが王族としての義務に目覚めるのを待っている場合ではなかったのだ。

王女の花師（ベル視点）

私の名前はベル・チャイ。職業は花師である。

花師とは花や薬草を専門的に育て、販売する者の総称だ。雇われたりして専門的に庭の整備をするのは庭師、花と薬草を育て売るのが花師と思ってもらえれば大丈夫だろう。

そんな花師として働いている私だが、ある日転機が訪れた。

王族に、召し抱えられたのだ。

私が住んでいたカテナは代々花師が多くいる土地で、そこの花師を……と国王陛下に望まれた。

私自身を気に入ったからと言う理由ではない。誰を王城にやるかという話し合いの際に、単純に言葉遣いが他よりマシで、性格が穏やかだったから押し付けられたようなものだ。

職人というのは口調が荒い者が多い。高貴なお方にうっかりいつものように話しかけて首が飛んだら堪らない。

それに自分の首が飛ぶだけならいい。下手するとカテナの花師に累が及ぶ可能性もある。だから身内もおらず、言葉遣いも荒くない私が選ばれたわけだ。

正直言って気が重かった。

王城に招喚されて、国王陛下から話を聞いてみると姫殿下に褒美で与えた畑の管理をしてほしいと言われたからだ。陛下に小さなお子様たちがいらっしゃるのは聞き及んでいるけれど、その中でも姫君の畑の管理を任されるとは……

女の子である、その事実だけで既にカテナに帰りたい気持ちでいっぱいになった。花をキレイだと愛でる女性は多いけれど、その花をどうやって育てているか、なんて皆知らない。畑仕事はとても重労働だし、虫だって出る。もちろん植物が病気になることも。

それらを小さな女の子が理解できるだろうか？　と、不安で仕方なかった。

「畑の、管理……ですか？」

「そう。私の二番目の子がね、褒美に何か欲しいものはないか？　と聞いたら畑が欲しいと言うんだ。とはいっても用意したのは土地だけでまだ何もしていないんだけどね」

「何故、土地だけを？」

「そこはほら、自分で作る喜びがあるだろ？」

あっさりとそう言われ、王族の……蝶よ花よと育てられたであろう、お姫様に自分で畑を作る喜びなんてわかるのだろうか？　と、うっかり首を傾げそうになる。それをグッとこらえ、承知しました、と答える以外何も言えることはなかった。どうあがいてもただの平民の花師と、王族とでは身分が違いすぎる。下手に何かを言って不興を買うことだけは何が何でも避けたい。

私は花師として雇われたのだ。姫殿下の意に沿う様に手助けしなければならない。将来的に、姫殿下が飽きてその土地に来なくなったとしても、だ。

「とりあえず、畑に行って本人に会ってもらえるかい？　そこで働くかは本人を見てから決めるといい。断っても怒ったりしないから」

断っても怒ったりしない、と言うが下手に断れば何があるかわからないのが王侯貴族。国王陛下が理不尽な方ではないと、カテナに視察に来られた際に拝見しているので知ってはいるが……姫殿下がそうであるとは限らない。

私は愛想笑いを浮かべ、ぎこちなくではあるが頷くだけで精一杯だった。

そして――

大変座り心地の良い馬車に揺られ、王城から少し離れた場所にある畑へと向かう。そこそこ広い面積が確保された場所は囲いと、小さい小屋、そして四阿が作られていた。

馬車を降りると既に四阿に人影が見える。私はしまったな、と内心で独りごち、慌てて四阿に向かった。すでに待たれている。たとえ陛下との話し合いを終えて直ぐ来たとしても、待たされているることに腹を立てる人は一定数いるのだ。姫殿下がどんな方かはわからないが、待たせてしまったのであれば叱責されることも覚悟しなければいけない。

四阿にたどり着くと、そこでは妙齢の女性が女の子達に給仕をしている。着ている衣服から妙齢の女性が侍女で、女の子達のどちらか片方が姫殿下だ。しかし二人とも似たような恰好をしている。衣装自体は上等な物なのだろうが、貴族の女の子が着ている豪華なドレスではなく、それよりももっとシンプルなワンピースであった。たぶん、商家のお嬢さんと言っても通じるぐらい、動きやすそうな姿である。

「あ、その っ……遅くなりまして、申し訳ございません。花師のベル・チャイと申します」

「いいえ、私の方こそ待ちきれなくて早く来てしまいましたの。私はルティア・レイル・ファティシア。そして彼女は私のお友達のアリシア・ファーマン侯爵令嬢よ」

「アリシア・ファーマンです。よろしくお願いします」

二人は席を立つと揃ってちょこんとスカートを摘み、私に頭を下げられた。

一瞬、頭が真っ白になる。どこの世界に庶民に、頭を下げる王侯貴族がいるだろうか⁉

思わず側にいた妙齢の女性を見ると、特に表情は変わらない。つまり、これは嫌がらせでもなんでもなく……普通のこと、なのか？　いや、コレが普通のわけない！　普通の事態ではないはずだ！　私は、慌ててお二人に声をかける。こんなところを誰かに見られたら、私の首と胴は一瞬にして離れてしまうだろう。

「ひ、姫殿下！　ファーマン侯爵令嬢様！　どうぞ頭を上げてください！　私は一介の花師です。貴女様達が頭を下げるような相手ではありません‼」

私の焦った声に姫殿下はキョトンとした顔をする。明るい茶の髪に蒼い瞳が印象的なお方は軽く首を傾げたのち、こう仰られた。

「私はチャイさんを先生としてこの薬草畑に招いたの。教えを乞う方に頭を下げるのは当然ではなくて？」

「せ、先生⁉　私はただの管理人では？」

「いいえ、先生だわ。私、お花の世話をしたことはあるけど薬草は初めてなの」

揶揄《からか》われているのだろうかと、妙齢の女性を見る。しかし彼女の表情は変わらない。変わらないが、私は既に帰りたい気持ちでいっぱいだった。高圧的な態度を取られるかもしれない、と考えてはいたがこんな丁寧な扱いを受けるなんて！　どう考えてもおかしい。

「姫殿下、アリシア様、ひとまずチャイ様に最初から説明をされてはいかがです？」

「ああ、そうね。その方が良いわね。さ、どうぞお座りになって？」

「そ、その……庶民の私が席を同じにするのは……」

「大丈夫よ。私達全く気にしないから」

軽く言われてしまうが本当に良いのだろうか？　何度目かの視線を妙齢の女性に送ると、彼女はにこりと笑い席に座るように促した。

ダメだ。ここには味方がいない。

諦めて席に座ると、姫殿下と侯爵令嬢様のお二人は私の前に一枚の紙を差し出す。

「これは……？」

「契約書よ」

「契約書？」

小さい女の子から契約書なんて言葉を聞くとは思わず、マジマジと内容を確認してしまう。

そこには『ルティア・レイル・ファティシアとアリシア・ファーマンは花師ベル・チャイに教えを乞う者として、必要な叱責に対して文句や口ごたえ、ましてや身分を笠にきて暴言を言ったりは絶対にしません』と書かれていた。

「あの……これは？」

「契約書よ？」

「いえ、内容が……」

「もしかしてまだ書き足すものがあるかしら？　一応、私の離宮で働いている庭師達に提出したものと同じなのだけど」

「庭師に？」

「ええ、私の離宮の花は私と庭師とで育てているの。でもほら、職人の方って言葉が荒い方もいるでしょう？　教えてもらうのに、言葉遣いが不敬だ！　だなんて失礼じゃない？」

王城に出入りしているのだから言葉遣いが不敬も何もないと思う。それが私の正直な感想だった。しかし姫殿下はそうは思っていないようで、わざわざ時間を割いてまで教えてもらっているのだから当然のことだと仰る。そしてこのことは国王陛下も了承済みで、姫殿下が庭師に怒られたとしても不敬とはしないと……

魂がスッと体から抜けたような、そんな気分になる。なんとも変わった方々だ。

更にこの後、私は姫殿下の話を聞いて困惑することになった。

＊＊＊

結論から言うと、私は姫殿下の畑の管理人を引き受けた。

そして王侯貴族の方が庶民である私をさん付けで呼ぶのは宜しくない、と言って名前で呼ぶようお願いをし、何とか姫殿下とアリシア様もそれを受け入れてくださった。

離宮の庭師はたくさんいるのかもしれないが、私は一人だ。一人で王侯貴族の方から「チャイさん」なんて呼ばれるのはどう考えても心臓が持たない。私の心の安寧の為にも、本当に了承してくれて助かった。

アリシア様は畑を手伝うとはいっても流石に頻繁に登城することはできないらしく、畑の世話をメインでされるのは姫殿下ご本人。それだけでも驚きなのだが、二日に一回の割合で様子を見にきては、私に畑はどんな風に管理すれば良いのかと尋ねられた。そしてご自分で決められたことだからか、大変に勉強熱心でもある。

植える予定の種や苗木を見せてもらい、今の時期に種を蒔けるもの、蒔けないものを選定しそれを伝えるとしっかりとノートに取っておられた。

最初のうちこそ、不敬にならないだろうか？　とビクビクしながらお教えしていたが、姫殿下はとても人懐っこい方なのかいつもニコニコと話を聞いてくださる。それに少し安心しながら、私はお伝えできることはなるべくわかりやすく伝えられるように頑張った。

「いよいよ明日は畑を均す作業ね！」

「ええ、畑を均したら次は種を蒔いたり、苗木を植える作業がありますから汚れても大丈夫な服装でお願いします」

「大丈夫よ！　兄様のお下がりで、もう着なくなった服を私のサイズに合わせてもらっているから」

それは汚れても良いものなのだろうか……？　いや、普通は王侯貴族の方々はお古なんて着ないのだろうから良いのかな？　そこで思考を止めて、深く考えないようにする。庶民の感覚と王侯貴族の感覚が違うのは当然だ。その中で落とし所を見つければいい。

翌日、髪を上でまとめ、まるで男の子のような姿をしたお二人に、一瞬魂が抜けかけたがなんとか堪える。確かに動きやすい格好だし。問題はない。ない……

早速、土を均し、種を蒔き、苗木を植えていく。

その間もお二人は音をあげることなく、真面目に作業なされた。私としては三分の一程度が終われば上出来かと思っていたが、お二人が一生懸命に作業されたおかげで植える予定だったものは全て終わった。これでだいぶ薬草畑らしくなるだろう。多少の育成の速さには目を瞑るしかない。誰しも初めてで全て上手くいくわけではない。

まさかあんなにも広範囲に魔術式を広げられるとは思わなかったけれど……庶民と王侯貴族では魔力量にかなりの差がある。花師はそれでも平均より少し多い方だが、あんなにも早く魔術式を展開させることはできない。余程質の良い魔法石と、魔力量の多い花師が何人も集まれば別だが。つまりはそれだけ姫殿下方の魔力量が凄かったのだろう。これならきっと良い作物が育つ。薬草をたくさん育てたい、とおっしゃっていたからその手助けが少しでもできればいい。

そしてその翌日、何故か魔術師団長様を連れた姫殿下が畑を訪れた。

どうやら姫殿下が作られた畑を魔力過多の土地と言い、見てみたいと仰られたらしいのだ。我々花師としては珍しい現象ではなく、大量に花のオーダーが入った時にわざと作ることがある。

それを魔術師団長様は魔力過多の土地と評された。どうやら別の国では魔力溜まりを加工して、薬草を育てポーションと言う万能薬を作っているらしい。

魔術師団長様はそれはそれは熱く語られ、私も花師として持ちうる知識をお伝えした。

その時に色々とハプニングがあり、姫殿下含め一緒に来られていた方々は一様に眉を顰められていた。いたのだが……まさかこんな事になるとは誰が想像しただろう？

現状の私の状態を説明する。

姫殿下の畑を荒らそうとした騎士達を止めに入ったら、殴る蹴るの暴力を受け手足を縛られて作業小屋に放り込まれていた。しかもご丁寧に火までつけて行ったのだ！　このままでは煙を吸って先に死ぬか、炎に焼かれて死ぬかのどちらかになる。身動きの取れない体で、浜に上がった魚のように体を揺らしてみても縄は緩む気配がない。

「ああ、一体誰がこんなこと……！」

思い出せ！　彼らは、何か言っていたではないか!!……確か、殿下の命令だと言った。

当然ながら姫殿下がするはずはない。これは絶対だ。そして姫殿下の兄上、ロイ殿下とも話をした事があるが、あの方はとても穏やかそうな方だった。国王陛下によく似ている印象を受けたし、ご兄妹仲も大変よろしかったように見受けられる。それなのに妹君である姫殿下の畑をめちゃくちゃにするなんて真似をするはずがない。

残りは、一昨日に畑を訪れた殿下だ。――――可能性としては一番、高い。

あの日、ご友人を奪った、と姫殿下を罵られていたから姫殿下が大事にしている畑をめちゃくちゃにしてやろうと思った可能性も十分ある。全くの見当違いなのだが、幼い殿下にはそれが理解できないのだろう。だからこんな理不尽な行動に出たのだ。

しかし現状は誰が、こんなことをやらせたのか？　は問題ではない。このままでは自分が死んでしまうというただ一点のみ。床を転がり、何とか縄が外れないか試そうとした時、尻ポケットに硬い物があることに気が付いた。

「そうだ、鋏《はさみ》が……！」

痛む体に鞭打って、ポケットに入れていた小さな鋏を何とか取り出す。それで縄を切る頃にはもう小屋から脱出するのが不可能なほど、周りは火に包まれていた。

ゴウゴウと燃え盛る炎。扉に視線を向けたが、どう見てもけ破るのは難しそうだ。この小屋は作業小屋として、それなりにしっかりとした造りになっている。その辺の畑にある掘っ立て小屋とはわけが違うのだ。なんせ王族が訪れる場所だし。

「どう、すれば……水の魔法、いやそんな大きな魔術式は流石に……ゲホッ…ゲホッ!!」

肺に煙が入り、熱風で喉が焼けるように痛い。

このままでは本当に死んでしまう。そう思った時、不意に姫殿下に渡された魔法石を思い出した。

私は小屋の隅に置かれた机の引き出しから魔法石を取り出す。

確かすらいむの魔術式が入っていると言っていた。魔力を沢山注ぎ込めば、自分の周りを包む程の水が出ると！　その中では呼吸ができるから安心してほしい、と言う姫殿下の言葉を信じ、私はその魔法石にありったけの魔力を注ぎ込んだ。

王女と三人の攻略対象

その日は、朝から魔術師団長とシャンテ、リーン、そして宰相様の息子のジルが私の小離宮を訪れていた。

魔術師団長は薬草畑と私の魔術式の勉強に関する件で。事前に訪問すると手紙は来ていたので、マリアベル様にも一緒に同席してもらうことにした。マリアベル様との話し合いは、私の魔術式に関する勉強についてなのでそこまで大きな問題はないと思う。

でも、シャンテ、ジル、リーンの三人の件は、違う。彼らはきっとライルのことで私の元を訪れているのだ。

「それで……どちらの話を先に聞いたらいいかしら？」

「私の話は後で大丈夫ですよ。その間に、現在マリアベル様と進められている魔術式の範囲を伺っておきますから」

「わかりました。では三人の話が先ですね」

チラリと三人を見ると、ジルが少し強張った表情を見せる。他の二人と比べて話したことがないので仕方がないかもしれない。テーブルの上には紅茶とクッキーがそれぞれの前に置かれ、私は三人に話をするように促す。

本当は自分達で話し出すまで待ってあげるべきなのかもしれないけど……いや、本音を言えば、ライルの話なんて聞きたくはない。聞くことで、私も完全なる当事者として巻き込まれるのだし。いくら血の繋がりがあっても、普段からあの態度では助けたいという思いもなくなるというものだ。だけど放置できる時はもう過ぎた。

彼ら三人にライルは手に余る。そしてきっと、ライルの教師たちも同じく。周りの侍女や侍従達は役に立たない。リュージュ様の状況もわからない。お父様に伝えるにしても、情報は必要だ。

それも、なるべく細かな情報が。

「三人で来たということは、ライルのことでいいのね？」

「……はい。その、できれば陛下に報告するのを待っていただきたいのです」

三人を代表してジルが話す。

一応話をまとめてきてはいるようだが、他の二人は明らかに不服そうだ。ロイ兄様ぐらいの年齢になれば、きっと表情を取り繕うことも覚えるのだろうけど。それに私だって上手くできないのに、彼らができるわけもない……と、思いたい。

私は三人をジッと見つめ、小さくため息を吐いた。

「どうしてダメなのかしら？　貴方達の不手際と思われたくないから？」

「そういうわけじゃありません。でも、我々にも落ち度はあると思うので」

「あのね、貴方達の間で何かがあって、それで諍《いさか》いになったとしてもそれと一昨日の態度は別よ？」

たとえなかったことにしてほしいと言われても、アレでは本当に外に出せないし、誰かに会わせることもできない。そのぐらい酷いのだ。横柄な態度で他国の使者と向き合えば、この国の品位に関わってくる。

「殿下は、その……確かにまだ勉強やマナーといったものにご興味はないですが、そのうち必要だと気がつきます」

「――そのうちって、いつ？」

「それは……」

「貴方達、そのうち身に付くからっていうけど、貴方達自身は身に付けているのよね？」

そう問いかければ三人は小さく頷いた。

私の目から見ても彼らの所作はきちんとできているし、リーンは多少言葉遣いに問題がある時もあるけど、あのぐらいならまだ許容範囲だ。元気な男の子だな、程度で許してもらえる。

でもライルのアレはダメだ。どう取り繕っても、ダメすぎる。

「私も……マナーや勉強に関しては最近始めたばかりだから人のことをとやかくいえるほど、洗練された動きができるわけじゃないし、なんでも知っているわけじゃないわ」

「その、何故……最近なのです？」

リーンがおずおずと言った風に聞いてきた。彼はまだ王宮内の力関係がわからないのだろう。シャンテとジルは気まずそうな表情をする。彼ら二人は私がどういう立場なのか子供ながらも理解できているのだろう。それでも頼らざるを得ない。私に力がなくても、私が王女である。その一点で、彼らは私にどうにかできないかと希望を持っているのだ。

私は少しだけ俯く。三番目、後ろ盾のない王位継承者。そんな陰口はもっと幼いころより言われてきた。何もしなくても、リュージュ様が正妃であり、侯爵家の後ろ盾があるというだけで王位継承一位のライル。あの子に対して思うところがないわけじゃない。でもそれは、現状を放っておいていい理由にはならない。

コン、とテーブルを爪で叩く。

「簡単な話よ。私が三番目だから。後ろ盾もない王位継承者。加えて、女であること。王宮内の勢力図としては正妃であり、侯爵家出身のリュージュ様が一番強い。だからこそライルが継承一位なのだしね。そして一番弱い私はほとんど放置されているのよ」

「で、でも……女王もいますよね？」

「そうね。でも、一番最初に生まれた兄様は継承順位がライルより下よ。それだけ後ろ盾の力に差があるの。おじいさまは、権力に興味がない方だしなおさら、ね」

私より三つ上のロイ兄様。兄様の方が次期国王に相応しいと言う声も多い。

もちろんライルがアリシアの言う通り、これから真面目な王太子になる可能性だってゼロではないけど……今の兄様とライルを比べたら兄様を国王にと言う声が上がるのは仕方がないのだ。

尤も、兄様本人にその気はないようだけど。

「ロイ殿下は……そのことに不満を持っておられるのですか？」

「ないわね。もちろん私だってないわよ。おかげで自分の好きなことをさせてもらえるもの。でもね、それとこれとは別よ」

ハッキリと言ってあげる。

ライルにはお仕置きが必要なのだ。甘やかされてばかりで、自分のやることは全て正しいと思っている。癇癪を起こしては周りを困らせて。自分の恵まれた環境にあぐらをかいているのだ。その恵まれた環境は使い方次第で恐ろしい事態をも引き起こす。清廉潔白であることはとても難しいことだけど、それとは逆に悪辣《あくらつ》であるということは……簡単に同じような者を引き寄せる。

今はまだ、側近候補の三人としか親しくしていないのだろうけど、カレッジやアカデミーではもっとたくさんの人と出会うのだ。そこで出会う人々が全て善良だとは限らない。そして虐げることを当たり前だと思って育てば、それは何れ国政にも反映されていく。

貴族に重きを置き、それ以外の人達を顧みなければどうなるかなんて……小さな子供でも分かるというものだ。今あるものは当たり前ではない。それを享受するのであれば、それに見合った者にならなければいけないのだから。

「私だって、ライルが立派な王太子として成長するなら何も言わないわよ？　後ろ盾もしっかりあって、それで貴族達がまとまるならね。でも今のままでは兄様を担ぎ出そうとする人達が絶対に現れるでしょう？」

本人にその気はなくとも、国の将来を憂えている貴族達は兄様に目をつけるだろう。ライルよりも優秀な兄様に。そうなると困るのだ。いや、兄様に国王になる意思があるのであれば私だって応援する。きっとライルよりも優秀な王になるだろう。

でも多分、ない。残念なことにないのだ。兄様の性格上、やらないと言ったらきっとやらない。

勿論、お父様から指名されたのであれば別だろうけど。貴族達の思惑にのってあげるような性格ではない。

「ロイ殿下はとても優秀な方だと伺っております。今の状態のライル殿下が表に出たら……きっとロイ殿下を継承一位とすべきだといい出す貴族がいないともいえませんね」

ジルは眉間に皺をよせながらため息を吐く。私はジルの言葉に頷きながらも、別の可能性も示した。今の状態ならこちらの可能性の方が高いからだ。

「その可能性もあるけど、おバカな方が国王としては操りやすいと思う人もいるかもだし。その時に、貴方達がまともであるなら排除しようとするはずよ。色々なでまかせを吹き込んで。その判断をあの子ができるかしら？」

「できないでしょうね」

「シャンテ！」

「事実だろ？　そもそも僕はライル殿下のことを陛下に告げないことには反対なんだ。それに殿下がワガママ放題なのはお前にも問題があるんだぞ！　何だかんだ言いながら、最後には許しているじゃないか!!」

「そうは言ったって、仕方ないだろ！　向こうは殿下で僕達はただの貴族の子供なんだからな!!下手に不興を買うことは家の為にもならないんだぞ!!」

「そんなことばっかり考えているから、ライル殿下がつけあがるんだ！」

「なんだと!!」

二人が急に言い合いを始めたことで、間に座っていたリーンがオロオロしだす。そしてパチッと目が合うと助けてほしそうにこちらを見てきた。

私は目の前に置かれている紅茶に口をつける。助け船を出すつもりはないとの意思表示だ。止める者がいないせいでシャンテとジルの言い合いはさらに加速する。察するに、シャンテは友人としてライルと向き合い、ジルはまだ家のことを考えながら付き合っている。といったところだろうか？

だからこそ、シャンテは許せず、ジルは最後は許してしまう。どちらかが間違っているわけではない。友人として向き合いたいと思うシャンテは、ライルがきちんと向き合うのならかけがえのない存在になるだろう。

そしてジルは派閥という問題をある程度楽にしてくれる。なんせジルの父親は氷の宰相と言われているハウンド宰相なのだから。今のところ、ジルの判断は甘いとしか言いようがないけれど。それも年が上がるに連れて変わっていくはず。ハウンド宰相が味方に付けば心強い。その逆は、言わずもがな、だ。

「ひ、姫殿下あ……」

「いいのよ。たまにはガス抜きしないとね」

リーンが口喧嘩する二人に挟まれて泣きそうな顔をしているので、ちょいちょいと手招きした。彼はこっそりと二人の間を抜けて私の隣にちょこんと座る。不安げな顔に私は苦笑いを浮かべた。

「いつもこう？」

「……今日は酷いです」

「ならよほど溜まっていたのね」

ヒソリと話しながら二人の様子をうかがう。まだ終わりそうにないな、と感じ私は窓の近くの席にリーンと一緒に移動した。言いたいことを言えるのも今のうちだ。大人になると言いたいことも言えなくなる、とはロビンの言葉だけども。たぶんそれは正しくて、きっと大人になるって事はいいたいことを無理やり飲み込むことも必要なのだろう。本音をさらけ出すのは年を取るごとに難しいらしいから。

ユリアナが新しいお茶とクッキーを出してくれたのでリーンにすすめてみる。

「ほら、クッキーでも食べて？」

「ありがとうございます」

「甘いもの好き？」

「はい。でも……父はあんまり好きじゃなくて、男なのに甘いものはって言うんですよね」

「男の人でも甘いものが好きでも良いんじゃないかしら？　兄様は好きよ。それにお父様もだから遺伝かしらね、と。リーンも「うちも母がすごい好きです」と答えた。

「あ、俺の甘いもの好きさは流石に母ほどではないですよ？」

「じゃあ、きっと物凄く甘いものが好きなお母様と、甘いものが苦手なお父様だから足して二で割った感じじね」

「そうなのかも……？」

リーンは私の言葉にちょこんと首を傾げた。リーンが弟だったら楽しいだろうなあ、なんてちょっと思ってしまう。歳もライルと同じだし。素直なリーンとはきっと上手くやっていけるだろう。ライルが素直になったら……とちょっと想像してみたけど、どうも上手く想像できない。この間の畑をめちゃくちゃにされた時のインパクトが強いからだろうか？　未だ隣でうーんと悩んでいるリーンの頬をツンと突っつく。

「お父様とお母様の血がちょうどよく混ざっているから、甘いものが好きなんですよ、って言ってみたら？」

「……言っても、怒られないですかね？」

「平気よ。二人の仲が良いから甘い物が好きなんです。って言われたら、騎士団長だって何も言えないでしょう？　それと、きっと甘い物に苦手意識があるんだろうから、お家で作る時は甘さ控えめの物を出してもらったら？」

「そういえば、うちで食べるのって母の舌に合わせた味です」

「なら尚更、甘さ控えめが良いわね。そうすればお茶する時も長く一緒にいてもらえるわ」

そう言うとリーンは嬉しそうに笑う。是非とも今度実践してほしい。これは想像だが、多分、わからないのだ。甘いものに苦手意識があり、それを喜んで食べているリーンを見ると、理解できずに何とも言えない気分になるのだろう。

きっと家でのお茶の時間は、甘いものが苦手な騎士団長にとってみれば楽しい時間ではないだろうし。そうなると早く切り上げたくなるのが人というもの。

だから私があまり飾り気のない、ドライフルーツの入ったケーキを買うのを見て声をかけた。もしかしたら、と思うところがあったのかもしれない。それに同じぐらいの年齢なら男女でそこまで味覚に差が出るとも考えづらいし。

あのケーキが二人の間を取り持つことができたのなら、私としても嬉しい限りだ。

なんせ団長と名の付く職種はとても大変だと聞く。何百という単位の人達をまとめ上げねばならないのだから、なかなか家に帰れない日もあるだろう。騎士団長であるなら有事の際には先頭に立ち、他の騎士達を指揮しなければならないし、この間のような視察の時には警護につく。長期間、家を空けることもそれなりにありそうだ。

親子の会話をする時間は、きっと私やお父様と同じぐらいに少ないはず。それでも話したいと思うのは、リーンの魔力量の多さを考えたからかもしれない。騎士団長として自分の跡を継いでもらいたいけれど、リーン本人の希望は別だし。本人の希望を無視することもできるだろうけど、そうしないだけの寛容さが騎士団長にはある。でも膝を突き合わせた話をするには、リーンはまだ幼い。ちょっとした話をするのにお茶の時間は最適なのだろうけれど、奥様の舌に合わせたケーキでは長時間いることは苦痛である。なんとも悩ましい問題だが、普段家を空けている分、奥様にアレはダメ、これはダメとも言いづらいのかなあと想像してしまう。

ふと、私はこの間の視察を思い出した。

特に何も考えずにお父様を助けられればいいと思っていたが、それだけではダメだったのだ。この間はたまたま上手くいったが、下手するとリーンから父親を奪っていたかもしれない。

「ねえ、お父様のこと好き？」

「はい。尊敬しています。俺は、騎士としてやってけるかわからないですけど」

「あら、魔術師団長に弟子入りするのではないの？」

「今の所、難しそうですから」

苦笑いするリーンに、まだまだ話し合いが足りないのだな、と感じた。そして本当に騎士団長が助かってくれて良かったとも。お互いの意見が違うままに死に別れてしまったら、きっと彼は騎士と魔術師との狭間で迷い苦しんだだろう。

ちゃんと話し合える人がいるのであれば、とことん話すべきだ。

「そうだ。魔法騎士とかかっこいいんじゃない？」

「魔法、騎士ですか？」

「魔法を使いながら戦うの。あ、でも騎士団にも魔法を使う人は多いからもういるのかしら？」

「いえ、そうでもないですよ？　身体強化は必須ですけど」

「ならそう言って掛け合ってみたら？　魔力量が多いなら、咄嗟の時に使えると助かるかもしれないでしょう？」

「それってかっこいいですね！」

「でしょう⁉」

なんでもやってみないとわからない。私だってやってみたら色々とできてるわけだし。そりゃ、多少は兄様が呆れた顔する時もあるけど！　できることが増えるのはとても楽しいし‼　どちらか一方だけじゃないとダメだなんて、誰も言っていないのだから。

その時、不意に――――鳥が飛び立つ音が聞こえた。

それも一羽ではなく、たくさんの。窓の外に目を向ければ、細く黒い煙が上がっている。

「あの煙……何かしら？」

「え？」

つられるようにリーンも外を見る。そしてポツリと、火事かな？　と呟いた。

「火事？」

「え、ええ……前に領地で見たことがあります。それに、黒い煙って結構燃えてて」

「燃えて……でもこの方向は市街地だ、けど……」

そうだ。市街地だが、そこには私の畑がある。ガタン、と音を立てて椅子から立ち上がると部屋の中の視線が私に集まった。

「……ロックウェル魔術師団長、遠隔で今起こっていることが見えますか？」

「ええ、可能です。どうされましたか？」

「今、窓から黒い煙が見えるでしょう？　この離宮の先は市街地なの。そして私の畑がある」

「急いで確かめましょう」

「畑なら、花師の方がいるのでは？」

マリアベル様の言葉に私は頷く。確かに今の時間なら、ベルが畑にいるだろう。しかし、煙の方角から見て彼が絶対に安全とも言い切れない。

「一昨日、ライルが来たのはお話ししましたよね？」

「ええ……」

「あっ！」

私が話すより先にシャンテが大きな声をあげる。そして私が言おうとした可能性に気がついて、彼はサッと顔を青ざめさせた。続いてジルも青ざめる。ないと思いたいだろうが、彼らはライルの側にずっといたのだ。ライルがどんな行動をとるかも、きっと私なんかよりも想像しやすいだろう。

自分を言い負かし、更にはシャンテとリーンを私に取られたと思い込んでるライルがどんな行動に出るのか……

「母さん！　急いで!!」

「え、ええ。急ぐわよ。急ぐけど……」

「ライル殿下だ！」

「ライル殿下と煙が関係あるのですか？」

マリアベル様はそう言って首を傾げる。優しいマリアベル様はライルの暴君っぷりをきっと知らない。同じ後宮に住んでいても、部屋が離れていれば噂程度にしかライルのことは知らないだろう。そしてマリアベル様は噂だけで人となりを判断したりはしない。だからライルと関係があるのか？と不思議そうにしているのだ。

それは別として、今までの私の行動で不味かったのは、アリシアがいることを理由にシャンテとリーンに畑に来たことを口止めしたこと。その理由としては、ライルが気に入らない、と公言しているアリシアに嫌がらせをすると思ったから。

せっかく薬草が育ってきたのに、ライルのせいでめちゃくちゃにされるのは避けたかった。私の畑という事実はライルが荒らすことを躊躇する理由にはならない。

自分のものだと言ってのけたシャンテとリーン。更には気に入らない私が畑にいたのだ。たとえ彼らが魔術師団長についてきただけでもライルには関係ない。

自分より嫌いな相手を優先した、ただそれだけが腹だたしいことだろう。そうなると自ずと、彼の行動は悪い方へと向かうはず。自分は悪くない、悪いのはあいつらだ！　と自分を正当化して。

でもそれは全て可能性の話。ライルが絶対的にやったという証拠にはならない。私は困ったな、と感じながらもマリアベル様に正直に伝える。

「可能性の……話です。ライルの性格を考えて、の」

「でもまだ可能性の段階なのね？」

「はい……でも私への嫌がらせに、畑を荒らす可能性は高い。勿論、煙の方角に畑があるというだけで、畑に何かあったともいえないけれど……今の時間ならベルが畑にいるわ。彼は庶民だし、もしもの時が怖いの」

私の言葉に魔術師団長は顔色を変える。下手すると死人が出る可能性があるからだ。

魔術師団長は手持ちの小さな宝石に魔術式を入れると、それをポンと空に投げる。あっという間に鳥の姿に変わり、その鳥は煙の方向へ飛んでいった。

王女と花師

ベル・チャイはお父様がカテナから呼び寄せた花師だ。

王城に勤めることになると、王城内に使用人用の部屋を与えてもらえるのだがそれを断り王都の外れに家を借り、そこから畑に通っている。何度か王城で暮らしたらいいのに、と言ってみたことがあるが畑に直ぐ行ける場所が良いのだと断られ続けていた。私とアリシアが契約書を渡してから今まで一度も怒ったりしたこともなく、とても穏やかで腰の低い人である。

そんな彼が一昨日、魔術師団長と畑の話で大いに盛り上がっていた。今まで見たことのない一面に、ああ、この人は本当に自分の育てている植物を愛しているのだなと。そんな感想を抱いた。

そんな彼に何かあったかと思うと気が気ではない。

モクモクと黒く立ち上る煙に嫌な予感が強くなる。

「……姫殿下、燃えているのは四阿と隣にある作業小屋です。見える範囲にチャイさんはいません」

強張った魔術師団長の声。私は立ち上がり、ユリアナに言って直ぐに馬の用意をさせる。

「姫殿下⁉」

驚いた声をあげる魔術師団長に私は自分で見に行くと宣言した。馬車で行くよりも馬に乗って行った方が早いし、何よりここで大人しく待っているなんてできない。

「見に行きます。ベルの無事を確認するまでは安心できないもの」

「あ、俺、父さんの所に行ってきます！」

「お願いします」

リーンが父であるヒュース騎士団長の所へ人手を借りに走っていった。私は馬を用意してもらっている間に急いで馬に乗れる服装に着替える。流石にドレスでは乗れないからだ。

その間も魔術師団長は畑の様子を遠隔で見てくれて、側にベルがいないか捜してくれたけど……やはりどこにもいなかった。私は心の中でライルに悪態をつく。いや、ライルではないかもしれないけど！　でもあそこで火を使うようなことはベルならしないはず。可能性の問題とは言え、文句の一つも言いたくなる。勿論違っていたら素直に謝ろうとは思うけど！

アリシアの話からするなら、ライルはしっかりとした王太子になるのではなかったのか!!　まだライルがやったと確定しているわけではないが、それでも罵らずにはいられない。ライルがやったと確定したならば、次に会った時に絶対に引っ叩いてやる！　と心に決めながら急いで着替えた。


馬の準備が整い、私は身長がまだ少しだけ足りないので手伝ってもらいながら馬に乗る。一応私が乗りやすいようにちょっと小柄な真っ白いお馬さんだ。名前はジジと言う。

馬に犬や猫みたいな名前をつけるんですか？　と馬の世話をしている人に言われたけれど……長い名前は呼びづらいじゃない？　どうせ愛称で呼ぶなら、最初から短い方が馬だって覚えやすいと思うのだ。

「ジジ、良い子ね」

風に乗って煙の臭いがするのか、少し落ち着きがない。そんなジジの首の辺りをポンポンと叩いて落ち着かせる。馬の世話をしている人はそんな私を見て、念のためと教えてくれた。

「火事場に行くなら気をつけてください。普段大人しくても驚きますんで。少し離れた所に繋いでください」

「わかったわ」

直接馬に乗って行こうとする私をシャンテとジルはポカンとした顔で見ている。普通の御令嬢は多分馬に触ることもできないだろう。中には、趣味として乗馬を楽しむ人もいるらしいけど。その人たちは跨るのではなく、ドレスを着たまま横座りをして従者に馬を引いてもらうのだ。私のように馬を走らせることはできない。

でも私は王城では放置されていた三番目。放置されていたが故に、時間だけはたくさんあった。私の手にはお母様からもらった、王族特有の蒼い瞳を変えることのできる魔法石。それがあれば、私が王女だと気づく人もいない。それに気をよくして色々な場所に出没していたら、お城で働く人達が面白がってなんでも教えてくれたのだ。

服装だって、王女様っぽい豪華なものでもなかったし。ちょっと良いところの商家の子供か、下位貴族の子供に思われていたのだろう。

ちなみに、何故私が放置されていたのかと言えば当時の侍女長のせいだ。

私の離宮の侍女長は三番目の私に付けられたことが不満で、必要な作業をサボっていた。私はそれでも楽しくやっていたけれど、流石に七歳になったあたりから「普通の勉強と淑女のマナーも必要だよ」と兄様に窘められてしまったのだ。でも侍女長にその気はないのだと言うと、そこからお兄様が直接お父様に進言するという流れになった。

今やその侍女長は首を切られて別の人に代わっている。新しい侍女長はちょっと厳しいが、今までの侍女長と違ってとても良い人だ。

まあ、それは一旦置いておいて――

今はベルの安否の確認が優先だ。

心配そうに見ているマリアベル様を、例の魔法石を持っているから大丈夫だと安心させ私は馬を走らせる。

「どうか無事でいてちょうだい」

大事な大事な花師なのだ。兄様のように私達を見守ってくれる彼をこんなところで失うわけにはいかない。私は無事を願いながら、畑へと急いだ。

＊＊＊

畑に辿り着くと、そこはひどい有り様だった。

馬から降りて、言われた通りに少し離れた場所に繋ぐ。

せっかく植えた苗木は折られ、青々としていた葉っぱは土魔法でも使ったのか畝ごとぐしゃぐしゃになっていた。もう直ぐ収穫できると喜んでいたのに、これでは暫く無理だろう。

私は畑の中に入りベルの姿を捜す。もしかして土が被って魔術師団長の遠隔魔法では見つからなかったのではないかと思ったからだ。

でもどこにもベルはいない。

「ベル、ベル！　どこにいるの!!」

大きな声で名前を呼んでも返事は返ってこなかった。

やはりあの作業小屋の中だろうか？

パチパチと火の粉を散らしている作業小屋を見る。私は手に持っていた「改良版すらいむの魔術式」が入った魔法石にありったけの魔力を込めて、作業小屋に放り投げた。

それは大きな大きな水の塊となり、作業小屋だけでなく四阿にまでのしかかった。自分でやっておいてなんだが、ちょっと……いや、かなりやりすぎたかもしれない。

だが改良版魔術式でできたすらいむは、作業小屋と四阿の炎を一瞬で鎮火してくれた。流石改良版！　ファーマン侯爵は毎回良い仕事をしてくれている。これなら夏も……とちょっと別のことを考えていたら、後ろからたくさんの馬の嘶きが聞こえてきた。

「姫殿下！」

名前を呼ばれて振り返ると、部下の騎士達と、リーンを小脇に抱えたヒュース騎士団長が慌てた様子でこちらに向かって来る。

「騎士団長！」

「姫殿下……その、これは例の？」

「ええ、そうよ。ちょっと改良して、魔法石が手から離れてもちゃんと作用するようにしたの……でも、ちょっと魔力を込めすぎてしまったわ」

「いや、まあ……ちゃんと鎮火しましたし、これはこれで良いのでは？」

「いやあ……凄いですね。これ、魔術式を公開したら火事があった時に助かりますよ？」

騎士団長の部下の人に言われて、確かにそれは良いかもしれないと頷く。火事が起こっても直ぐに鎮火できて、周りへの被害も少ないし。ただ私と同じように改良版すらいむを作るにはどれだけの魔力がいるのかわからないから、そこは調整が必要だろう。

「公開の検討を侯爵に持ち掛けてみます。でもそれよりも今は花師のベル・チャイが中にいないか確認をしないと」

そう言って自分で中に入ろうとしたら、騎士団長に肩を掴まれて止められた。そして騎士達が心得たように作業小屋に向かう。扉に手をかけるとどうやら開けられなかったようで、扉を壊して中に入っていった。

もしかしてすらいむで扉が開けづらいのだろうか？　動きを制限するようなら消した方が良いかもしれない。そんな風に考えて騎士団長に聞いてみる。

「あ、あの……すらいむ消した方がいいかしら？」

「遠隔で消せますか？」

「いいえ、石を回収しないと無理ね……」

慌てて中に放り込んだのだ。簡単に消せるわけもない。自分で持ったままでもこれだけ大きくできるのなら、中に投げ入れなくとも火は消せただろう。

「ではそれも一緒に回収させましょう」

「お願いします。次から投げる時は紐をつけておくわ」

私の言葉に騎士団長は苦笑いを浮かべた。

「次がないように、我々がお守りいたします」

「でも不測の事態はあるでしょう？」

「それは、まあ……」

「いました！！　中に、人がいます！！」

中に入った騎士の言葉に、私は騎士団長が止めるのも聞かず小屋の中に駆けていく。

作業小屋の中では私が投げた石を見つけた騎士が私に石を手渡してきた。

『消してもらってもよろしいですか？』

『わかったわ』

グッタリとしているベルの様子を早く確認したかったけど、今はすらいむが出ている方が助けづらいだろう。私は魔法石に込めた魔力を自分へと戻す。

すると一気に焼け焦げた臭いが鼻についた。そしてベルの体のあちこちに殴られた痕を見つける。

「酷い……！！」

「ざっと見たところ、暴行され手足を縛られて中に閉じ込められたようです」

「そんな……」

明らかな殺人行為に目頭を押さえたくなってきた。でもここで泣いてはいけない。

それは周りを困らせるだけだ。

泣くのをグッと堪えて、ベルを外に連れ出してもらう。外に出ると、魔術師団長がローブを羽織った人と、シャンテとジルを伴って畑に来ていた。

「姫殿下！　チャイさんは⁉」

「殴られて怪我が酷いの……」

「この状態では煙も吸っているだろう」

「なんてことを！」

私と騎士団長の言葉に魔術師団長は憤る。魔術師団長は直ぐにローブを羽織った人に指示をして、ベルの怪我を治すように頼んだ。ローブを羽織った人の手が、ベルに触れようとする。するとその寸前でベルの目が開いた。彼はハクリ、と小さく口を動かす。

「ベル！　ベル！　私よ？　わかる？」

「ひめ、でん……か？」

「そうよ。今、怪我を治してもらうから待っていて」

「だめ、です」

「え？」

「ダメです」

「ベル？」

ベルはしきりに怪我を治してはダメだと言う。困惑して魔術師団長を見ると、同じように困惑していた。ローブを羽織った人もどうするべきかと魔術師団長の指示を待っている。

「……ベル、と言ったな？　怪我を治さずともせめて痛みだけでも消す気はないか？」

騎士団長がベルに問いかけると、ベルは小さく頷いた。騎士団長はローブを羽織った人にそれで頼む、と指示をする。ローブを羽織った人はどうやら魔術師団に所属する治癒師のようで、ベルの体に痛みを止める魔術式を展開した。

基本的に聖属性持ちは、みんな神殿に行くものだと思っていたが実際はちょっと違うのかもしれない。聖属性持ちとはいえ、その能力は魔力量に左右される。庶民であれば、聖属性があるだけで神殿に属することを選ぶかもしれないが、貴族階級であれば自分の能力にあった職場を選ぶこともできるのだろう。きっと彼はそんな一人なのかもしれない。そんなことを考えていると、ポン、と騎士団長に肩を叩かれた。

「姫殿下、水場は？」

「あ、あちらです。四阿の近くに……壊れてないと良いけど」

「水場自体が壊れていても、魔法石が壊れていなければ平気ですよ。おい、水を汲んできてくれ」

「はっ！」

騎士の一人が四阿の側にあるはずの水場に向かう。やはり水場も壊されていたようだが、魔法石自体は地面に埋まっていたので壊されていなかったようだ。手持ちの水筒に持ってきた水を汲み、ベルの体を起こして口に含ませる。最初こそ口の端から水が溢れていたが、何度か繰り返すうちに飲み込むようになった。

「話はできそうか……？」

「……はい」

「一体誰にやられた？」

「騎士、に……」

「騎士!?」

「白い、服の騎士です」

ポツリ、ポツリとベルがこぼす言葉を、騎士団長達は厳しい顔で聞いている。ベルの話す、白い服の騎士。白服の騎士は……近衛の証し、近衛騎士だけが着る服だ。白は王族を近くで護ることのできる、栄誉ある色だとも。それ以外の騎士達は隊によって黒や緑、紺、灰といった濃い目の色の服を着ている。だから、間違えようのない色でもあるのだ。

その白い騎士服を着た者が、ベルを襲った。その事実が何とも言えない気持ちにさせる。

「急に……彼らは、畑に来て……殿下の、命令だと……」

「殿下の命令？」

「はい……止めようとした、ら……殴られ、蹴られ、縛られて小屋に……」

「それで、火を付けられたのか？」

「はい……幸い、ポケットに鋏が入っていたので、それでロープを切って、姫殿下から頂いた魔法石に魔力を込めました」

死んでしまうのではないかと思うほどの荒い息に、これ以上は無理をさせないでほしかった。ギュッと両手を握っていると、魔術師団長が私の肩に手を置く。その目にはもう少しだけ我慢してほしいと書かれている。私は小さく頷くと、ベルと騎士団長のやりとりを見守った。

ベルは傷をそのままに、王城の医務室へと運ばれて行った。その姿を見送りながら、ベルがなぜ傷をそのままにしてほしいと言ったのかを考える。

きっと傷をそのままにしたのは、治してそんなことはなかったと突っぱねられると困るから。たとえ、魔術師団に属する治癒師が治したとしても、治ってしまえば本当にあったかはわからない。口裏を合わせていると言われてしまえばそこでお終いだ。それが一庶民であるベルと大半が貴族の子弟からなる近衛騎士との発言の差。

本当なら今すぐ治してしまった方が良いのに。痛みが薄れても、傷が治ったわけではない。それでも治さないのは私の為。

怪我と言う証拠があれば何かしらの魔術式で証明できると思ったに違いない。

荒れ果てた畑を前に、私は立ち尽くす。

私はなんて無力なんだろう。三番目の、私の畑ならば王族を護るはずの近衛騎士達すらも、荒らしても構わないと思ったのだ。同じ王族でも継承一位と三位とでは一位の言うことを聞くのは当然で、三位の者は軽視していいと！　その為には、止めたベルすらも殺して構わないと言うことだろう。

フツフツと怒りが湧いてくる。私は両手を振り上げると、怒りのままに空に向かって叫んでいた。

「あったまきたあああああっっ!!!!」

フーフーと肩で息をしながら私は怒りを吐き出す。今は淑女のマナーなんて捨ててやる！　覚えていろ近衛騎士！　私だって継承三位とは言え王族は王族だ。普段は使わない王族としての権威をフル活用してやる!!

怒りは私の涙を引っ込めさせた。手始めにお父様に報告だ、と思っているとポンと肩を叩かれる。振り向けば魔術師団長が大変にこやかな微笑みを浮かべていた。

「――――姫殿下、是非とも、私にお手伝いさせてくださいな？」

「ロックウェル魔術師団長……私からもお願いします」

魔術師団長の協力が得られるなら心強い。きっと私だけでは思い付かない方法があるに違いないと、彼女へ頭を下げた。

ほんの少しだけ魔術師団長の笑顔が怖かったが、そんなのは二の次だ。それよりも使える手札が多いに越したことはない。子供の私にはできることは限られているのだから。

私の言葉に魔術師団長は勢いのまま話しだす。

「ええ、勿論です！　あんなに素晴らしい知識と経験をお持ちの方に酷いことをしたのです。目にもの見せてくれましょう!!　愚かしき近衛に!!　怒りの鉄槌《てっつい》を下してやります!!」

空に拳を突き上げて、魔術師団長はそう宣言する。私も同じ気持ちなので大きく頷くと、側で見ていたシャンテの顔が青ざめた気がした。

魔術師団長は早速、ポケットから大きめの魔法石を取り出すと魔術式を展開させる。するといくつもの魔術式が魔法石の中に消えていった。複雑な魔法ほど使う魔術式の数も多くなると聞いたことがある。きっと彼女がしていることは、かなり複雑で大変な作業なのだろう。

たくさんの魔術式を吸い込む魔法石。その不思議な光景をジッと見ていたら、魔術師団長が私の手に魔法石をそっとのせる。

「姫殿下、こちらに魔力を込めていただいても？」

「わかったわ！」

勢い良く返事をすると渡された魔法石をギュッと握りしめる。それがどんな魔術式かわからないが、きっと必要なことなのだろう。私は渡された魔法石に集中し、魔力を込め始めた。

「ありったけでお願いします。これはかなり複雑な魔術式で……石に魔術式を入れるのにも大量に魔力を使います。なので魔術式を入れてしまうと、私だけでは魔力量が足りないのです」

魔術師団長の言葉に頷く。どうやらかなり特殊な魔術式らしい。

ありったけ。ありったけとはどのぐらいだろう？　いや、考えてはいけない。こういう時は思い切りよくやらねば!!　魔術師団長ですら大変なのだから、出せるだけ出してしまおう！　それで倒れたらその時は、その時だ。それにこれだけ大きな魔法石なのだし、私がたくさん魔力を注いだところで壊れたりするはずもない。できる限りのことをする！　それが今の私にできることだ。

私は目を閉じて手の中にある魔法石に全神経を集中する。魔力を注ぎ込むほどに、魔法石に魔力を込めると言うよりも、魔法石に魔力を持っていかれているような感覚が体中を走る。もっと、もっとよこせと魔法石に言われている気がして……もうこれで限界だという程に、魔法石に魔力を込めていく。

「まあ、素晴らしい……」

直ぐ側で魔術師団長の感嘆の声が上がった。よくわからないが、魔法石はきちんと作動しているのだろう。でもまだ足りない。私はもっともっとと魔力を込めていく。

どれくらい時間が経ったのだろうか？　それとも実はそんなに時間が経っていないのか？　そんな不思議な感覚を得ながら、そっと瞳を開く。魔術師団長と目が合い、彼女は私に向かって小さく頷いた。もう、魔力を込めなくてもいいようだ。魔力を込めるのを止めると、足元がふらつく。

そんな私の体を魔術師団長がそっと支えてくれた。

「姫殿下、もう大丈夫ですよ」

「私……ちゃんとできたかしら？」

「ええ、バッチリです。これだけ大量の魔力を込めれば、音声までしっかりと再生できます」

「それは、どんな魔術式なのかしら？」

『音声を再生』とは、なんだろう？　と、私は首を傾げる。魔術師団長が魔法石に魔術式を入れるのを見ていたが、あの魔術式の内容のどれも私には理解できていない。唯一わかるのは複雑な魔術式だということだけ。そんな私の疑問に、魔術師団長はとても誇らしげな顔で教えてくれた。

「言うなれば記憶の再生です‼」

「記憶の再生？」

「ええ、この魔術式を使えば、その場所で起こった事柄を再生して他者に見せることができるんです。普通は誘拐などの犯罪が起きた時に使うんですけどね。姫殿下はチャイさんの血にも触れていましたから、かなり再現率は高いですよ！」

とても複雑な魔術式と大量の魔力が必要なので、この術式自体使用することは稀なのだと興奮した様子で言われる。きっと普段は、高位の貴族や王族が誘拐された時なんかにしか使われないものなのだろう。

大きな魔法石はそれだけで高価なもの。それを惜しげもなく使い、更にはそんな複雑な魔術式を使って魔法石を作ってくれた。その気持ちがとても嬉しい。

私は手の中の魔法石を改めて見る。不思議な色合いの石は、私の手に付いていたベルの血で少し汚れてしまっていた。その血を見ていると痛かったろうな、苦しかっただろうな、と涙が出そうになる。でも泣いている暇はない。早くお父様に会って、ことの仔細を話さなければいけないからだ。

私は涙を堪えると顔を上げた。

＊＊＊

先に離宮に戻り、侍女の一人にお父様への謁見の手配をお願いする。彼女は心得たように直ぐにお父様の元へ行ってくれた。私一人では心許ないが、ロックウェル魔術師団長も一緒ならきっと直ぐに会ってくれるだろう。

部屋に戻るとマリアベル様が心配そうな顔をして待っていてくれた。そして私の顔を見るなり、そっと抱きしめてくれる。

マリアベル様からは花のような優しい匂いがして、私の心を包んでくれた。

「姫殿下、よく我慢しましたね」

その一言で、今まで必死に抑えていたものが溢れ出てしまう。ボロボロと涙を零しながら、私はマリアベル様に先ほど起こった出来事を話した。

「……ベルがっ……ベルがね、すごい怪我をしていたの。殴られたり、っ……蹴られたりしたらっ、絶対に痛いのにっ……怪我を治さないでって……」

一度泣き出すと止まらなくなる。マリアベル様はドレスが汚れるのも気にせずに私を強く抱きしめてくれた。まるで本当のお母様のように。本当のお母様との記憶はあまり残っていないけれど、今のマリアベル様のように私のことを優しく抱きしめてくれた。

だから本音がポロリと溢れてしまう。

「きっと私の力が弱いからだわ……私の花師なのにっ……私、何もできないなんてっ……!!」

「姫殿下、そんなことはありません。今、貴女様はご自分で何をすべきかお分かりでしょう？」

マリアベル様の優しくも意志の強い声に顔を上げる。私の瞳から溢れ出る涙をマリアベル様の手が優しく拭ってくれた。

「姫殿下、できますね？」

もう一度問いかけられ、私は小さく頷く。そうだ。泣いている場合ではない。謁見を申し込みに行かせた侍女がそろそろ帰ってくる。早く着替えて魔術師団長と合流し、共にお父様に会いに行かなければいけない。

私は抱きついていたマリアベル様の体からそっと離れる。

「私、お父様の所へ行ってくるわ」

「ええ」

「ベルを酷い目に遭わせた人を絶対に許さないし、畑をぐちゃぐちゃにしたことも上乗せして絶対、絶対許さない！」

「その心意気ですよ。姫殿下」

マリアベル様は私の目の前で小さく両手を握って見せる。頑張って、と言うように花のような笑顔を見せてくれた。私は大きく頷き、ユリアナに支度を頼む。

大慌てで着替えて、それなりに見られる姿になると、私はもう一度マリアベル様に抱きつく。

「……マリアベル様、一つお願いがあるの。すごくワガママなことをいってるってわかってるんだけど、聞いてもらえる？」

「ええ、どうぞ仰ってください」

「あの、あのね……お父様のところから戻ってきたら……マリアベル様のこと、お母様って呼んでもいいかしら？」

マリアベル様は私の言葉に驚いた顔をしたけれど、直ぐに嬉しそうに微笑んでくれる。

「ええ、もちろんです。頑張ってきてね、ルティア」

「はい！」

私は大きな声で返事をすると、離宮の外で待ち合わせをしている魔術師団長の元へ急いだ。離宮と王城を繋ぐ通路の所では魔術師団長と騎士団長、それにリーン、シャンテ、ジルが待っている。

みんなの元へたどり着くと、全員の顔を見渡す。

「遅くなってごめんなさい」

「いいえ、大丈夫ですよ……姫殿下、目元が腫れていますね。冷やしますか？」

「いいえ。必要ないわ」

「ですが……」

言い淀む魔術師団長に向かって私は精一杯笑いかける。これはいわば演出なのだ。力のない私の必死な姿は、きっと心を動かしてくれるはず。

「だって、その方がお父様も怒ってくださるでしょう？」

その言葉に騎士団長が苦笑いを浮かべながらも頷いてくれた。

「そうですね。可愛い娘を泣かせた不届き者がいるなら、私なら絶対に許しません。しっかりと相手を見つけだし、相応の報いを受けさせます」

「私ね、本当に怒っているの。ライルに対しても、近衛騎士に対しても。だから使えるものは何でも使うわ。だって私には、私自身には力はないもの」

だから力を貸してほしいとお願いする。王族がそう簡単に頭を下げるべきではないと、普通なら怒られるだろう。でも下げて聞いてもらえる願いならいくらでも下げる。

それが私のプライドだ。

私達はお父様の執務室の前に立つと、その扉が開くのを待った。

犯人はだあれ？

執務室に入ると、お父様と一緒にハウンド宰相も待っていた。宰相様は息子であるジルに視線を向けると軽く首を傾げる。

「ジル、何故お前も一緒にいる？」

「そ、の……色々と、ありまして……」

色々、と言う言葉に宰相の目つきが鋭く光った。ジルはビクリと肩を震わせる。私もそんな視線を向けられたら同じように震えていただろう。いつもならそれだけで近寄りたくなってしまうが、今はそんな事を言っている場合ではない。

私はお父様に今しがた起きた出来事を報告した。もちろん私の言葉で足りない部分はヒュース騎士団長とロックウェル魔術師団長が補足してくれる。

「――――つまり、近衛騎士達がルティアの畑を荒らして、花師に大怪我を負わせた上に火をつけた作業小屋に閉じ込めて殺そうとした、と？」

「はい。その通りですわ」

「本当に近衛騎士なのですか？　彼らがそんなことをする様には思えません。彼らは騎士達の中でも、白い騎士服を着るのに相応しい剣技と王家に対する忠誠心を持った者達ですよ？」

宰相様が疑わしげにこちらを見た。普通はそう思うだろう。私だってそう思いたい。騎士は高潔であれ、正しくあれ、公平であれ、と言われている。罪もない者を害していいわけがない。

「花師が白い騎士服を着ていたと証言しております」

騎士団長が答えると、宰相様は花師の証言だけでしょう？　と突っぱねた。私はその態度にムッとしてしまう。

「なぜ花師の証言だけではダメなのです？　彼が自分で大怪我を負って、作業小屋に火をつけたとでも？　それとも花師だからダメなのですか？　彼の身分が平民で低いから？　それとも身分が高ければ本人だけの証言でも信じられるのですか？　それっておかしくないでしょうか？」

畳みかけるようにそう言えば宰相様は眉間に皺を寄せる。

「そうは言っていません。ですが、他に目撃者がいないのなら一人の証言だけで決めつけるわけにはいかないのです」

「目撃者、ではありませんが……記憶を再生させることはできますわよ？　ハウンド宰相」

「記憶の、再生？」

「あら、ご存じありません？　高位貴族や王族が誘拐される等の重大事件が起こった時に使われる魔術式です。大変高度な術式で本来なら術式だけで手いっぱいなところですけど、姫殿下が魔力を提供してくださいましたので！　ええ、声までキレイに再現できていますわ!!」

「ならば最初からそれを見せればいいでしょう」

苦虫を噛み潰したような顔を見せる宰相様。その言葉に魔術師団長はゾッとするような微笑みを見せた。隣に立っているのもちょっと怖いくらいだ。可愛らしく、パワフルな印象の強い魔術師団長だけど……やはり師団長として人の上に立つだけのことはある。

「そんなものは見せずとも、姫殿下の言葉をきちんと受け取り、直ぐに調べてくださるか確認したかったんですもの」

「は？」

「近衛騎士は……宰相の管轄でしたわね？　つまり、近衛の不祥事は宰相の不祥事。それを正しく認識していらっしゃるのかしら？　それとも、姫殿下が三番目だから軽んじてらっしゃるの？」

「そんなわけはないでしょう!!」

「ならば、なぜ花師の言葉だけでは信用できないと？　現実に畑は荒らされ作業小屋と四阿は焼けているし、花師は大怪我を負って死ぬところだった。今だって、わざわざ怪我を治さずにいる」

その理由がわかるか？　と騎士団長に問いかけられ、宰相様は難しい顔をされた。私だけでなく、二人の師団長からの言葉。それでも近衛騎士が犯人であると決めつけるわけにはいかないと言うので、魔術師団長が先程の魔法石を使い映像を再生させる。

その映像は酷いものだった。

ベルの視点、なのだろう。

白い騎士服の男が数人で馬に乗ってやってきた。ベルは何事かと、慌てて作業の手を止めて彼らに近づき声をかける。

『あの、何かこちらに御用でしょうか？』

『ここが三番目の畑か？』

『え？』

三番目、と言われて視点が横に揺れた。多分、首をかしげたのだろう。ベルは私が三番目と呼ばれて軽んじられていることを知らない。そのせいか、彼らは意味が通じないのかと鼻で笑うように「姫殿下」の畑かともう一度聞いた。今度は縦に揺れ、頷いたのがわかる。

すると一人の騎士が他の騎士に合図を出し、畑に向かって魔法石をかざす。すると土の中からゴーレムのような土の塊がいくつも出てきて、青々と茂っていた薬草畑が一瞬でめちゃくちゃになってしまった。

『な、なんて事をするんですか！　ここは姫殿下の畑ですよ!!』

『三番目の畑だからなんだ！　こっちは殿下の命令で動いてるんだよっ！』

騎士の一人に殴られ、視界が地面に転がる。ベルは負けじと、声を張り上げた。

『この畑は！　陛下が姫殿下に贈られた畑です!!　その意味がわからないのですか!!』

『みそっかす姫がいくら騒いだところで、俺達に累《るい》は及ばない。残念だったな。雇われた相手が悪かったと諦めろ』

そう言うと騎士達は、ベルに危害を加える者と畑を更に荒らす者に分かれた。ベルは殴る蹴るの暴行を加えられながらも所々で、やめてください！　と声を張り上げているのがわかる。けれどそんなベルを嘲笑うように、騎士の一人がリーダー格の騎士に耳打ちをした。

リーダー格の騎士はニヤリと笑うと、ベルの体を引きずり作業小屋へと連れていく。そして床に転がすと、またベルの腹を思いっきり蹴った。

『はっ！　運が悪かったと思って諦めな。証拠は何一つない。お前は暴漢にでも襲われて死んだことになるさ』

『……貴方たちは、何も分かっていない！』

『わかっていないのはお前の方だ。三番目に擦り寄ったところで何の意味もない。王宮では力が全てだ！　後ろ盾も何もないみそっかすに何ができる!!』

『その点、俺達の殿下はきちんと後ろ盾のある由緒正しきお方だ!!』

ハハハハハと大笑いすると、ベルの手足を縛り、そのまま扉が閉められる。そして暫くすると、扉からチラチラと赤い炎が見え始めた。

『まさか……！　火を!!』

ベルは必死にもがいて、もがいて……ようやく体を起こすと、作業小屋に設置されている机の引き出しから石を取り出す。そしてそれに魔力を込めると、ベルの周りを水の膜が覆った。映像はそこで途切れている。きっと気を失ってしまったのだ。

「映像は以上です。宰相なら、この白い騎士服を着た者達がどこの家門の者なのかご存じですね？」

「それは、だが……」

苦い顔をしたまま、宰相様は映像を映していた魔法石を見る。まだ認めないのだろうか？　近衛騎士がしでかしたことは、宰相様に監督責任がある。その責任を取りたくないのか？　それともたかだか庶民一人と、近衛騎士とでは価値が違うとでも思っているのだろうか？　近衛騎士の多くは、高位貴族の子弟がなっている場合が多い。腕が必要なのもあるが、高位貴族や王族に対するマナーができていることも理由の一つだ。でもそんなこと、今は関係ない。そんな煮え切らない態度の宰相様にだんだん腹が立ってきた。

私はお父様に視線を向ける。お父様はこの映像を見て、何を思っただろう？　酷いと思ってくれただろうか？　それとも宰相様と同じで、高位貴族の子弟を優先するのだろうか？　するとお父様と目があった。お父様はゆっくりと口を開き、私に問いかける。

「――ルティア・レイル・ファティシア、王位継承三位の君に、聞こう。この映像で一番の問題は何だい？」


私は試されている。そう感じた。

一番の問題。王が下賜した畑を荒らしたこと？　王位継承者の私を軽んじたこと？

いいえ、どれも違う。

私は真っ直ぐにお父様を見て答えた。

「一番の問題は、罪もない一般市民をよってたかって暴行を加えたあげくに火をつけた小屋の中に置き去りにした事です。彼らは死ぬとわかっていて、置き去りにしました。殺人は重罪です」

私の回答にお父様は満足そうに頷く。どうやら及第点はもらえたようだ。そのことにホッとしていると、お父様は引き出しから魔法石を一つ取り出す。

「この魔法石はね、遠くにいる人の様子を見ることができる魔術式が入っているんだ。まあ流石に音声は無理だけど、それでも今日の映像はちゃんと残っている。二つで一つの役割なんだけどね。アマンダ、君は勿論知っていたよね？」

「え？」

私は思わず首をかしげた。なぜそんなものが畑に設置されているのだろう？　そしてアマンダ、と呼ばれた魔術師団長の顔を見る。

彼女は笑顔で頷いていた。

そしてお父様がその魔法石に魔力を込めると、映像が映し出される。今度は少し高い位置からの映像だ。ベルが騎士達の訪問に驚き、彼らに近寄る。そして何か話をしている様子がうかがえた。

すると一人の騎士が他の騎士に指示を出し畑を荒らす。次に止めに入ったベルが殴られ、畑に倒れこんだ。倒れた後も数人の騎士達がよってたかってベルに暴行を加えている。

ベルの視点で見るのも酷かったが、別の視点から見るのは更に酷かった。無抵抗の人を殴る蹴るしているのだ。しかも、騎士は普通の人と違って鍛えている。その分、普通の人々の喧嘩よりも威力は強いはず。

「酷い……」

「本当にね。これが近衛騎士とは嘆かわしい。そう思わないかい？　ハウンド宰相」

私が呟いた言葉にお父様は頷き、宰相様に問いかける。流石にお父様が直接仕掛けたと思しき魔法石で映像を見せられては、宰相様も何も言えなかったのだろう。それもそれでどうなのかと思うけれど、宰相様としては一方の、しかも被害者側だけの意見のみを採用するわけにはいかなかったのかもしれない。こちらに騙す意図は全くないけれど、少なくとも騙す意図をもって動く人も中にはいるということだ。

慎重にならざるを得ないのはわかるけれど、それでももう少し信用してもらいたい。師団長が二人も掛け合っているのに！　と内心で口を尖らせる。今回はお父様が仕掛けた魔法石の映像が第三者的な役割を果たしてくれたけれども!!

そんな心情を見通すかのように、私をチラリと見て苦笑いすると宰相様は小さく頷いた。

「――――仰るとおりです。すぐに、彼らを捕らえ罰します」

「いいや。罰するのはルティアにやらせよう」

「は？」

お父様の言葉に宰相様は目を見開く。何を言っているのだ、とでも言いたいのだろう。

私も何を言っているのだとお父様に言いたい。宰相様が止めたが、お父様の意思は変わらなかった。その上で私に問いかける。

「ルティア、できるね？」

「私、私は……やります！　正しく、裁きます」

そう答えた。本来なら罪を犯したものは、証拠や証言などをきちんと集めた上で裁判にかけられる。各領主の領地内で起きたことなら領主の、王都で起きたことであれば司法長官の判断で罰せられるが、今回は国王が自らの子に下げ渡した土地で起きたこと。

加えて、ベルの最終的な雇用主は国王だ。その国王が認めたならば、司法長官が同席の上で私でも裁くことができる。

人を裁くことは恐ろしい。だがそれ以上に、こんな騎士を城に置いておくわけにはいかない。ライルの言葉で簡単に動いて悪事を働く騎士なんて！　騎士ならば、いや良識ある大人であるならば普通は諌めるべきことだ。こんなことはしてはいけない。それは許されないことなのだと、ライルを諭さねばならない。

それなのに、彼らはライルの了承があったから、と言ってベルを殺しかけ畑を荒らした。彼らは自分達を罰することはできないと言っていたが、罪を犯した者を逃がすような真似はしない。

「ルティア、彼らを呼び出す時にリュージュとライルも同席させる。いいね？」

「はい。構いません。できれば……ロイ兄様も同席していただいてよろしいでしょうか？　殿下、としかいっていませんので兄様に罪を擦り付ける可能性もあります」

「そうだね。では、話は聞いたね。ヒュース、ハウンド、アマンダ、君達にも同席してもらう。あとアマンダはロックウェル司法長官には事前情報は与えないようにね」

「勿論、その辺は心得ております。それに、印象操作をしなくとも主人はしっかりと話を聞いてくれますわ」

お父様がなぜ魔術師団長を名前で呼んだのかと思ったら、司法長官が旦那様だったのか、と納得する。職場は違うけれど同じ姓の人だから名前で呼んだのだろう。

「では、ヒュース騎士団長。彼らの拘束を頼む。私が許可したといえば近衛騎士も大人しく捕まるだろう」

「承りました」

「ああ、後……二、三日地下牢にでも閉じ込めておきなさい」

「すぐに、裁くのではないのですか？」

私の問いかけにお父様は首を振った。

「そうしたいけどね。司法庁にこの映像の複写を渡して、猶且つ畑や燃えてしまった作業小屋なんかも見てもらわないといけない」

入念な下準備は必要なものだよ。とお父様は言う。

私はそんなものなのかと少しだけ肩透かしを食らった気分だ。でもそれだけ時間があれば、私の気持ちも少し落ち着くかもしれない。感情が高ぶった状態は非常に危険だ。今の気持ちのまま人を裁くのは良くない結果を生み出しかねない。だって、目の前に彼らがいて、ふてぶてしい態度をとられてしまったら……!!　怒りに任せて首を刎《は》ねて！　なんて癇癪を起こして言ってしまうかもしれない。私の言葉は、下手するとそのまま実行されてしまうはず。それではダメなのだ。

確かに罪は犯した。でも、罪に対して正しく裁かねばならない。王族の一員である以上、感情に任せて裁いてはならないのだ。

本来、王族を軽んじる行動は不敬罪どころの罪では済まない。たとえ私が、後ろ盾も弱く、他の貴族達から蔑ろにされていようとも。王族の一人であることには変わりないのだから。しかも彼等は国王が直接雇っている者に危害を加えた。その行為は反逆罪と捉えられても仕方がない。

どれだけ考えても、彼らの命は残り幾ばくもないだろう。……それでも、怒りに任せて裁くのと法に則り裁くのでは全く違う。

私は――王位継承第三位、ルティア・レイル・ファティシア
ならば、法に則り正しく彼らを裁こう！

親達の密談（アイザック視点）

ファティシア王国――

西に龍が守護するラステア国、北に大軍事国家トラット帝国、東に森に囲まれ古の魔術を保持するレイラン王国と接している。

国王を中心に国の中を諸侯が統治し、漁業に農業、酪農が盛んで、戦争もここ百年の間は起こっておらず、スタンピードも殆ど起こらない至って平穏な国。

私の名はアイザック・ロベルト・ファティシア。この国の国王をしている者だ。

ファティシア王国では王族のみミドルネームを持ち、ミドルネームの由来は生母の実家に由来する。ロベルトであれば生家はローズベルタ侯爵家。

ロイとルティアは母方の生家レイドール伯爵家からレイルとなり、ライルは母親のリュージュの生家フィルタード侯爵家からフィルとなる。

簡単に言えば、ミドルネームでどの家が後ろ盾かわかると言うことだ。私自身はこの派閥を苦々しく思っていた。派閥なんてものがあるから、子供達が自由に交流できずにいる。そして派閥のせいで、長女のルティアは三番目と蔑ろにされてきた。いや、そもそも派閥自体はここ何十年の話で、祖父の時代より前は派閥という派閥はなかったと聞いている。

それなのに今はある。それが己の力不足といわれているようで、尚更腹立たしい。


とかく国王という仕事は忙しいもの。それはもう、毎日書類との闘いだ。

勿論各領地は、その地の領主が治めてはいるが、国が直轄して治めている場所も多岐にわたる。それ以外にも古くからある法律を時代に沿うように変えたり、領地運営が上手くいっていない場所には人を派遣して、何が問題なのか確認しなければいけない。

そんな忙しさの中で私は子供達と触れ合う機会をなくしていた。それがいけなかったのだろう。

ロイが六歳、ルティアが三歳の時に母であるカロティナが亡くなり、二人は幼いながらも後宮から王位継承者が住む小離宮へと住む場所を移された。本当ならば、三歳だったルティアはまだ後宮で育てても良かっただろうに、年子であるライルがいたことで後宮を取りまとめていたリュージュが面倒を見ることができなかったのだ。

正妃の子供と、側妃の子供。後宮の人間がどちらに重きを置くかはわかりきったこと。ライル優先となれば、ルティアの面倒を見る者がいなくなる。それ故に、危険である、とリュージュは判断した。

幸いといえるかは微妙なところだが、長男であるロイは次男のライルがまだ二歳と幼いこともあり、きちんとした教育が施されていたようだ。しかし三番目と呼ばれているルティアに関しては当時の侍女長がフィルタード侯爵派であったことから蔑ろにされ、放置されていた。

私自身もロイから直接知らされるまで、小離宮でそんなことが起こっていたとは全く知らず、ルティアもロイと同じように王族として教育を受けていると思っていたのだ。

その事実を知ったのが丁度、一年前……ルティアが七歳になった頃。

自分の宮にいる侍従に言っても伝わらず、ルティアの宮にいる侍女達は当然動かない。しびれを切らしたロイは、突然執務室に現れ私を非難し始めた。

「父上はルティアが可愛くないのですか？　三番目だから放置しているのでしょうか？」

あの大人しかったロイが、そこまで怒るとは……しかしその時の私はロイの言葉の意味がわからず困惑した。まさかそんな事になっているなんて夢にも思わなかったからだ。調べさせればロイの言葉通りに、ルティアは放置されていた。本来受けるべき淑女教育も一切受けられずに……

ただ当人はさほど気にした様子はなく、庭師の手伝いをしたり、厩に行って馬の世話を手伝ったり、果ては厨房に現れてつまみ食いしたりとかなり自由に生活していた。城勤めの者達も幼い少女が手伝いをする姿を微笑ましそうに見ている状態。服装が一国の王女とは言えない、簡素な物なことも手伝って、出入りの商人か、もしくは王城に仕える使用人の子供と思われていたのかもしれない。髪の色も、ライルのような明るい金髪ではなく、よくある明るい茶色だったこともそれに拍車をかけたのだろう。

「……木登りをする姫というのは……どうなのだろうな？」

私の言葉に、一緒に仕事をしていたカルバ・ハウンドは書類から顔を上げ、少しだけ間を置いてから「元気でよろしいかと」と当たり障りのない返事を返してきた。確かに元気なのは良いことだと思うけどな！　程度、というものがあるんだ。でっかいミミズを見つけて、嬉々として兄に見せに行く女の子が何処にいるのだろう？　あ、うちにいた……!!

「誰もあの子が姫であると気がついていないのも問題あると思わないか？」

「カロティナ様が瞳の色を隠す魔法石をお渡しになっていたので仕方ありませんね」

「それはそうなんだが……いや、カルバに八つ当たりしても意味はないな。私が悪いんだ。子供達の事を放置していたから」

「本来、そういった事の差配は正妃であるリュージュ妃の仕事では？」

「リュージュは、無理だろうな……」

「まだライル殿下が小さいからか？」

「それもあるが、彼女はカロティナが苦手だった」

ルティアはカロティナの面影を受け継いでいた。カロティナが苦手だったリュージュは、今のルティアを見てどう思うだろうか？　やはり苦手に感じるかもしれない。

そうして私は、四年前に他界した最愛の妻を思い出す。本来なら、妻は彼女一人だけのはずだった。あんな事がなければ、自分は今も彼女とここではない場所で暮らしていただろう。緑あふれる、人と気候の穏やかな場所。それでいて、ある事が起これば皆一致団結して対処に当たる。そしてそれが終わればみんなで酒を酌み交わすのだ。

ああ……そういえばカロティナは、よく一人で森に出かけて怒られていたっけ、と物思いにふけっているとカルバが手に持っていた書類の束を寄こしてきた。……多すぎないかこれ。

嫌々受け取りながら、ため息を吐く。

「それで、どうされるんです？」

「誰か……理解力と胆力のある女性を知らないか？」

「理解力は兎も角、胆力……ですか？」

「ルティアの現状を見ても驚かない相手がいいんだ。今の状態ではどう見ても貴族の令嬢にすら見えない」

私の希望に対し、カルバは暫く考える仕草をし、一人の女性を推薦した。

その女性こそがアイシャ・ランドール
現在のルティアの教師だ。

その後はカルバに頼み、ルティアの宮にいた仕事をしない侍女長を含め、彼女に追随した侍女達を一掃し、新しい侍女に入れ替えた。これで少しはルティアの暮らしが良くなると信じて――

＊＊＊

私は部屋に残った三人の親達を前に深いため息を吐く。気心知れているからこそできることだが、本当に、本当に……胃が痛い。あと頭も痛い。

「カルバ……悪かったな。悪者にさせて」

「いえ、慣れていますから」

「そうだな。俺とアマンダはどうしたって姫殿下の味方に回ってしまう」

リカルド・ヒュースの言葉に、アマンダ・ロックウェルが頷いた。

この場にいるカルバ・ハウンドを除いた三人は実は幼少期からの幼馴染なのだ。カルバが私達三人……いや、四人に加わったのはカレッジまで遡る。

「それにしても、本当にそっくりね。まあ、中身は陛下に似ているけど」

「そうだな。昔の陛下そっくりだ」

「確かに。色々とやらかしていましたね」

三者三様に言われて私は複雑な気分になった。できるなら、ここに四人目となる彼女にもいてもらいたかった。そして彼女にも判断してもらいたかったな。

ルティアは、今はこの場にいない四人目。カロティナに見た目が良く似ている。中身は、私にも似ているし、カロティナにも似ているように思えるが……他の三人からは私似だといわれた。娘は父親に似る場合が多いというしな！　と、ちょっと嬉しくなる。

しかし私に似たということは、これから色々やらかす可能性が高い。昔はそれでよくカルバに怒られていた。カロティナはニコニコと笑いながら応援してくれていたけれど。いや、カロティナも一緒になってやっていなかったか？　ということは、ルティアの将来は……うん。今から考えても仕方がないな。家庭教師のアイシャ嬢に頑張ってもらうしかない。

「はあ……昔を懐かしむのは歳をとったからかな？」

「やめてちょうだい！　私、まだ若いわよ？」

「俺もだ。年をとるなら自分だけにしてくれ」

「貴方達……陛下と同じ歳でしょう？」

呆れたようにカルバが言うと、二人は顔を見合わせて小さく笑う。出来ることなら楽しい話題だけを話していたいが、そうもいかない。これから話すことはライルとルティアの今後について。このままなあなあにするわけにはいかないのだ。二人の為にも。

「ライル殿下が……ワガママ放題なのは伝えていたから知っているわよね？」

「ああ、君がシャンテから聞いた話を侍従達も証言している」

「正直、ライル殿下はやり過ぎですね」

「リュージュ妃は何をしているんだ？」

本来なら王位継承者が住む小離宮に住む歳のはずなのに、ライルは未だに生母であるリュージュと共に暮らしている。一緒に暮らしているなら、彼の教育は彼女の責任でもあるのだ。

それなのに彼女はきちんと諌めない。

いや、諫められるほどライルを見ていないともいえる。正妃の仕事は多岐に亘り、私と同じく彼女も忙しいのだ。だが、忙しさを理由にそのままにしていていいわけではない。

もちろん侍女や侍従達がきちんと報告を上げていれば、リュージュも気が付いただろう。彼らの保身と打算がライルを増長させたといってもいい。

「近衛の連中も愚かな事をしてくれた」

「そうね。あの土地は国王が姫殿下に褒美として下賜した土地。あの土地を荒らすと言うことは国王に弓引くことだもの」

「それにしても、良くあの魔法石を設置していたな」

リカルドの言葉に私は軽く首を傾げる。

「当然だろ？　まだ幼いとはいえ、娘と独身の男を一緒に置いておくのに監視しないわけないじゃないか」

「ああ、そういう理由なの……」

「それ以外の理由があるのか？」

「もっとこう、普段交流できないからとか」

「……それも、ある」

私の言葉に呆れた視線が集まったが、今回は設置していたことで第三者目線の証拠になったのだからいいじゃないか。それに当のルティアがそんなものかと納得しているし、今後も真実を知る必要はない。お父さんはまだ可愛い娘を嫁にやる気はありません！

「ところで、姫殿下は本当に裁けますか？」

「あの子はやるだろうね」

「王族を軽んじる行為に加え、下賜された土地を荒らし、花師の殺害未遂。これだけでも死刑は免れませんよ？」

「それでもやるさ。あの子は私の子だからね」

この間の、視察の時もあの子の機転に救われた。どこか不思議な強さを持った子。それがルティアだ。きっと私が思った以上の結果を残すに違いない。

「そういえば、マリアベル妃を姫殿下の小離宮に置いているのね」

「マリアベルならルティアのいい見本になると思ってね。それに、後宮は危ないから」

「花の件は、リュージュ妃の側仕えが勝手にやったのでしょう？」

「そうだな。リュージュ自身がそれを望むとは考えづらい。その辺のプライドは人一倍高いからね。他人にやらせるぐらいなら自分でやるさ……だがそれよりも、彼女はそこまで愚かな人間ではない」

私がそういうと、同調するようにカルバも頷いた。

リュージュは大変聡明な妃だ。正妃の器に相応しい。しかし、彼女の不幸は私の妻とならねばならなかったこと。本当なら彼女も別の人生があったはずなのだ。それを思うと、彼女には同情してしまう。そして、ライルも。きっとあの子にも今とは違う未来があったはずだ。

「リュージュ妃が事の真相を知ったら、これからライル殿下は大変ね」

「大変というが、本来なら出来ていなければいけないことだ。本人がサボっていたのだから仕方あるまい？　それに色々とやりすぎだ」

「そうだけどね」

「ジル、リーン、シャンテの三人は良く耐えた方です」

「そうだな。まさかここまで酷いとは……ルティアの時と同じだな。私は事が起こってからようやく気がつく」

手元にある資料をパラリと捲り、さらに深いため息を吐く。そこにはライルの悪行が書き連ねてあった。もちろん三人の子であるジル、リーン、シャンテもライルの被害者だ。

これから起こる事を考えれば気は重い。

「あ、そうだ」

「どうした？」

「陛下、姫殿下に下賜した畑あるでしょう？　あそこ魔力過多の土地なのよ。姫殿下は薬草を育てているでしょう？　だから一緒にポーションの研究がしたいの」

「ポーションとは……ラステア国にある万能薬か？」

「ええ、そう。量産できればいいと思わない？」

確かに量産できれば助かるだろう。しかしポーションを作るにはファティシア王国では無理ではなかったのか？　あれは作る工程でも魔力を使ったはず。

いまいち理解しきれていない私に、アマンダがここぞとばかりにルティアの作った土地がどれほど素晴らしかったか話しだす。昔から万能薬を作りたかったアマンダにとって、ルティアは救世主なのだろう。

私はチラリとリカルドを見てアイコンタクトを取る。きっとルティアが聖属性持ちであると知れたら、それこそ嬉々としてルティアを調べる可能性があるからだ。研究材料になんてされたら、たまらない。彼女は昔から魔術のことになると、周りが見えなくなるのだ。

そういえば、カロティナがよく魔石を融通していたっけ。ルティアもカロティナと同じくカタージュで育てばああなっていた可能性が高いな。そんなことを考えて小さく笑う。

「まあ、兎も角……今回の件はフィルタード家にとってもいい薬でしょう」

「そうだと良いがな」

「そうでなくては我々の胃が痛くなるだけです」

「私はものすごく楽しいわよ？」

「そりゃアマンダだけだ」

私達はそれぞれ顔を見合わせると、プッと噴きだした。

さあ、やるべきことはわかっている。ルティアには悪いが今回は利用させてもらおう。リュージュの周りにいる膿を出す良い機会なのだから。

――まだまだ私達の密談は終わりそうになかった。

裁くということ

今、私の部屋にはランドール先生、ロイ兄様、そしてアリシアがいる。

リーンとシャンテ、ジルは登城していないらしい。なぜ「らしい」のかと言えば、そもそも彼らは私ではなくライルのお友達だからだ。なので彼らの行動までは私がどうこう言う権利なんてない。

もちろん言うつもりもないのだけど。そして何をしているかと言えば、お父様に裁いてみなさいと言われた近衛騎士の罪について考えていた。

私だって二日も経てば落ち着く。

いや、……嘘だ。今もまだ腹が立って仕方がない。でも怒りのままに裁くわけにはいかないのが難しいところである。法を順守すること。そこに個人の感情を入れてはいけない。子供の私ですら難しいのに、普段はどんな風にやっているのだろうか？

罪状に対しての法律は確かにあるけど、量刑って人によって違うみたいだし。一律にこう、と決まっているわけではないのかな？

「ランドール先生、彼らの罪を裁くにあたりどうすれば一番良いのでしょう？」

「そうですね。一番簡単なのは王族に対する不敬罪で「死刑」だと思います」

あっさりと言われてしまい、何となくモヤっとするものが心の中に芽生えた。

過去の判例に準《なぞら》えても彼らの行動は、殺人未遂、放火、王族の土地を破壊、加えて王族に対する不敬な発言、どれをとっても死刑でしかない。

でもそれだと何か……何か……言語化できない自分がもどかしくなる。喉に何かがつっかえているような、そんなモヤっとした気分なのだ。

「ルティア様、どうされたんです？」

アリシアが心配そうに私の顔を覗き込んできた。

「何だか、こう……この辺がモヤっとするの」

そう言って胸の辺りを押さえる。そう、何か違う。処刑は簡単だ。全くもって同情の余地はない。でも何か違う気がする。そんな簡単なことではない気がするのだ。

アリシアはそんな私を見て、少しだけ考えると「逃げ得ってことですかね？」と呟いた。

「逃げ得？」

「逃げた方が得なこともあるって意味です」

「ああ、省略されているんだね？」

「はい。ルティア様がモヤっとするのってそういう意味じゃないですか？」

「逃げ得……逃げ得……うーん確かに、そうかも」

アリシアの言葉を繰り返す。逃げ得なのか、そうか、とストンと心の中に入った気がする。

そうだ。逃げ得なのだ。

「どうしてルティアは逃げ得だって思うんだい？」

「だって……ベルはとても怖い思いをしたのよ？　殴られて、蹴られて、しかも縛られて火まで付けられた。今だって怪我を治さずにいる。それなのに、彼らは罪が確定するまでは牢屋に入れられるけれど、食事だって出るし何か酷いことをされるわけでもないもの」

兄様の問いかけにそれは何だか不公平だと唇を尖らせる。ベルはとてつもなく理不尽で、酷い目にあっているのに、彼らは牢屋でのんびり、というわけではないが自分達は罪に問われることがないと高を括っているわけだ。

「つまり、そのぉ……ルティア様は近衛騎士達が同じ目に遭ってから処刑された方がいいと？」

「あ、そういう意味ではないの。単純に恐怖の割合でいったらベルの方が怖かったろうなって」

私は慌てて否定する。別に同じ目にあってほしいわけではない。量刑的に処刑しかないのであれば、仕方ないことだと思う。きっと自分達が死ぬなんて思っていないだろうから、刑が言い渡されれば一瞬で地獄に落とされた気分になるだろう。

それだけの罪を犯したと自覚して死を迎えるのか、それとも私を蔑み恨みながら死ぬかはわからないけど。でもその死は、彼らにとってどんなものになるのか？　それがわからないのだ。

この国の処刑方法はギロチンか薬殺か死ぬ当人が選べるようになっている。もちろんギロチンで死にたい人はそういないから、殆どの人は薬殺を望む。毒を呷って死んだ方がギロチンよりもマシなんだそうだ。ユリアナは、薬でもがき苦しむくらいなら、ギロチンの方が一瞬ですけどね、なんて言うけれど。

「あのね、彼らの家族はみーんな彼らを見捨てたの。誰も延命の嘆願を出さなかった。それだけのことをしたのだからお好きにどうぞって」

「ルティアは彼らを可哀想だと思っている？」

「それも違うわ。だって物凄く、ものすごーく腹が立ってるもの」

うまく言語化できない思いはどうすれば伝わるのだろうか？

彼らが一瞬で死んでしまうことは逃げ得だと感じる。でも、同じ目にあってほしいわけではない。

ただそう、彼らは何も知らずに死ぬのだ。自分達は助けてもらえると思いながら、牢屋の中で薬が渡されるその時まで反省なんて全くしないまま死ぬ。

どうしてもそれが正しいことには思えない。

罪の重さとしては、正しいのだろうけど……

「何だかよくわからなくなってきてしまったわ」

「……ルティア、今からでも僕と代わる？」

「え？」

「多分、父上に頼めば代わることを許してくれると思う」

兄様の提案に少しだけ心が揺れた。私は命は尊いものだと知っている。それは私が今の私になるまでにいろんな人に教えてもらえたからだ。花を育てたり、馬の出産を手伝ったり、調理の為に目の前で鶏やうさぎを絞める作業も見たことがある。

彼らは皆一様に、命は大切なものだと教えてくれた。どんなに小さくとも命は宿る。それはとても尊いものだと。だからこそ、近衛騎士の行動は許せないし、許したくもない。

「いいえ、兄様……私がやるといったのだから私がやるわ。きっとこれは王族の一人として必要なことだもの」

「ルティア……」

「でしたら、どうされますか？」

今まで話を聞いていた先生が問いかけてくる。彼らを無罪放免で放す選択肢は絶対にない。処罰的には死刑が妥当なところだ。

でもそれだと私の気がすまない。うーん……と唸っているとアリシアが先生に問いかけた。

「ランドール先生、死刑になるとしてギロチンで首が落とされるんですか？」

「今はギロチンで処刑される人はほぼいませんね」

「いない？　でも処刑は……？」

「薬殺になるんですよ」

「薬殺って毒を飲むんですか⁉」

「ええ、ギロチンよりは毒を飲む方が多いですね」

「でもそれって……毒をすり替えたら簡単に助かっちゃいますよね？」

どうやら処刑法を選べると知らなかったアリシアは、驚いたようにそんなことを言い出した。私と兄様はアリシアの言葉に顔を見合わせる。そんなことが可能なのだろうか？　毒のすり替えなんて……仮に可能だとしてもどうやって城の外に出ればいいのかわからない。

「ねえ、アリシア。仮にそうだとして、どうやって城から出るの？　一応死んでいるかどうかの確認はされるはずだわ」

「それってしっかりと確認されるんですか？」

「確認って……脈をとってお終いじゃないかなあ」

私も兄様もよくわからず、先生を見る。見られた先生は困ったように視線が泳いだ。

「私も流石に……多分医師が脈を見たり……かと思いますが」

「脈って、止められるんですよ」

「でもそんなことしたら死んでしまうわ！」

「短時間だけなら平気です。気を失わないように気をつけないといけないけど」

そう言ってアリシアは簡単に私達に説明してくれた。

脇の溝に丸いボールをすっぽりと収めてグッと強く押さえる。そうすると腕の血管が圧迫されて、肩から先に血が巡らなくなるのだそうだ。

手首で脈を取るならば、その瞬間を狙えば死んだように見えると言う。

「……試しに、やってみたいな」

「でも……危なくないかしら？」

「アリシア嬢、それをやっている時は意識はちゃんとあるんだよね？」

「え、ええ……でないとタイミングを計って止められませんし」

兄様はユリアナに頼むと少し硬めのボールの準備をしてもらい、アリシアが言うように自分の脇の溝にはめてグッと押さえてみせる。

「脈を見てみて」

私は兄様の手首に指を当て、脈を探す。ボールで試す前に探した時はすぐ見つかったのに、今はなかなか見つからない。と言うかない。

「え？　え??」

「わからない？」

兄様の言葉に頷く。先生も兄様の手首に触れて脈を確かめる。そして私と同じように見つからない、と呟いた。

「倒れるタイミングを考えれば案外騙せると思うんですよね」

「アリシア、貴女天才だわ」

「それと……その医師もグルだった場合はそれすらも必要ないかと思ったりして」

「お医者様も!?」

「だってその、派閥の力が強いんですよね？」

アリシアの言葉に思わず唸ってしまう。そうだ。確かに派閥の力が強い。ライルの言葉で動いているのであれば、少なくともフィルタード派の貴族達はリュージュ様に訴えるだろう。

罪人とはいえ遺体は最後には家族に返されるはず。勿論、家族が拒否したり、身内がいない場合は共同墓地に埋められるけれど。棺の中に納められた遺体は城を出る時も、王都から出る時も検閲されることもなく出ていくだろう。中で人が生きているなんて誰も思わないのだから！

これならば、家族は誰も延命の嘆願なんて出しはしない。逆に刑が執行されるのをまちのぞんでいるだろう。死んだと判断された人間が、別の街で名前を変えて生きているなんて誰も思わないし。

「そうしたら、処刑に代わる別の罰を考えなければいけないね。これでは本当に逃げ得になってしまう」

兄様の言葉に私は頷いた。お医者様がグルかどうかは別として、最初の診断を誤魔化せれば問題なく抜け出せる。近衛騎士は貴族の子弟にとって名誉職のようなものだが、それでも命には代えられない。死ぬぐらいならなんでもやるだろう。罪も償わず、その意味も考えずに。

簡単に逃げ出せる。そう思われているということは、それだけ王家が、軽んじられているということでもある。謀られる可能性がある以上、処刑は回避しなければいけない。しかし、処刑に代わる処罰方法が思い浮かばなかった。

「……レイドール辺境伯家に送るのはダメなんッスか？」

ポツリと呟かれた言葉にドキッとする。この部屋の中には私とアリシア、兄様と先生、それに少し離れた場所にユリアナがいるだけだと思っていたからだ。

「ロビン、ルティア達が驚いてる……」

「ああ、それは……その、スミマセン」

彼の口調からは悪いと思っていないのがなんとなくわかった。そして私は彼の声に聞き覚えもあったのだ。

彼は兄様の侍従。名前はロビン・ユーカンテ
とんでもなく影の薄い人、だ。アリシアはどこから声が聞こえたのかと周りをキョロキョロ見て

捜している。流石に先生だけは落ち着いているけれど、きっと驚いたに違いない。

「ロビン、出てきてくれるかい？」

「お嬢様方に会うのはなんとも気が引けますね」

「会話とは相手を見ながらするものだろ？」

兄様の言葉に渋々と言った風に姿を現す。パッと見は目を引く容姿なのに、なぜか気がつくと周りに溶け込んで気配が消えてしまう。とんでもなく不思議な人なのだけど、私が今よりも小さい頃は兄様の宮にこっそり遊びに行くと、兄様の代わりに遊んでくれた思い出がある。

私にとっては気のいいお兄さんだ。

「ロビン、久しぶりね」

「姫殿下も……その、多少お姫様っぽくなりましたね？」

「まだ多少なの？」

「木登りに馬の世話に、鶏追っかけ回していましたからねえ」

ロビンの言葉にアリシアが私の顔をマジマジと見た。先生はすでに知っているので苦笑いを浮かべている。先生も最初は真っ青な顔して見ていたけどね。今は控えてるもの！　今は！

「その話はまた今度。それで、お祖父様の領地に送るというのは？」

「レイドール辺境伯家は、国の東側に領地がありますよね？　あそこはレイラン王国との間に深い森があって、魔物がよく出るんですよ」

「そうね。そう教えてもらったわ」

「で、今年はその魔物の量が多いとか」

私はその言葉で彼が何を言いたいのかなんとなくわかった。近衛騎士をお祖父様が治める領地の国境へ飛ばせと言っているのだ。

「でも、それって逃げてしまわないかしら？」

「逃げられないように魔術式を入れてしまうんですよ。それに今までその地位にあぐらをかいていた坊ちゃん達が、自分達だけでそんな場所で生きていけると思います？」

姫様みたいなバイタリティー溢れる方なら別ですけどね、と言われ思わず口を尖らせてしまった。

「まあ、死にに行けといっているようなものですからね。助かるかどうかは自分の腕次第ですし」

「単純に処刑するよりは意味があるかもしれないわね」

逃げられてしまうかもしれない処刑よりは、自らの腕で生き延びることのできる国境警備の方が彼らには良いかもしれない。命の尊さを自ら体感できるだろう。

「お祖父様には迷惑をかけてしまうわね……」

少しだけため息を吐くと、ロビンは笑いながらこう言った。

「可愛い孫からのお願いを断る理由はありませんよ」と――

＊＊＊

約束の日になった。

私は朝から落ち着かない気持ちでいっぱいだったけど、マリアベル様がずっと隣に座っていて手を握っていてくれたから叫び出さずに済んでいたような気がする。

多分一人きりだったら叫んでいたかも。それぐらい緊張していた。

「ルティア、大丈夫よ。きっと上手くいく」

「お母様……ええ。きっと、きっと、上手くいきます。だって何度も打ち合わせしたもの。大丈夫なはずだわ」

「ええ、そうね」

マリアベル様は落ち着かない私の前に膝をつくと、私の顔を両手で包み額に自分の額をコツンと合わせる。

ふわりと優しい良い香りがした。

「ルティアに、神の御加護を――」

「ありがとう……お母様」

「さ、いってらっしゃい。私はここで待っているから」

「はい！」

マリアベル様をお母様と呼ぶのはまだ少しだけ恥ずかしいけど、私はマリアベル様……いや、お母様に胸を張って報告できるように、迎えに来てくれたロイ兄様と一緒に王宮へ向かう。

兄様と二人で歩く長い回廊は私をさらに緊張させ、そんな私を見て兄様はやっぱり代わろうか？と聞いてきた。思わず、代わってほしい、と口から出そうになったけれど、それを寸前で飲み込む。

これは私がしなければいけないこと。兄様に代わってもらうわけにはいかないのだ。だって、これは私の、私が三番目だから起きた問題。

「大丈夫。大丈夫よ……」

「でもすごい緊張している」

「そりゃあ初めてだもの」

「本当に平気？」

「……平気、ではないと思うの。今だって叫びだしたい気分。だから部屋に着くまで手を握っていてくれる？」

私の言葉に兄様は優しく笑うと、私の手を握って裁きを下す部屋に着くまでずっとそうしていてくれた。

＊＊＊

その部屋の前では、お父様の近衛騎士達が立っている。彼らは私達を見ても、表面上は失礼な視線を向けてくることはない。ただ心の中はわからないのでなんとも言えないが……それでも、見た目通りのちゃんとした騎士だと信じたい。

そうでないとこれから先、彼らに会った時に私はどんな態度を取ればいいのかわからないからだ。

彼らは私と兄様が部屋の前に来ると、心得たように部屋の扉を開けてくれる。それにお礼を言うと、彼らは少しだけ困った顔をしてから頭を下げてきた。

きっとこれから中で行われる事を知っているのだ。彼らの仲間がここで裁かれる。そしてその仲間を裁くのが私であることも。

開いた扉の先、そこは簡易的な謁見室となっている。

部屋の一番奥には国王であるお父様と、正妃であるリュージュ様が座る席が用意されていて、部屋の端には既に人が待機していた。待機している人の顔を見るとヒュース騎士団長、ロックウェル魔術師団長、それにまだ怪我を治せないでいるベルが魔術師団所属の治癒師と共に控えている。

ベルの怪我は痛々しく、見ていてこちらが泣きたくなるほどだ。

私は先に入った兄様に続いて、お父様が座る席のすぐ脇に立つ。ここが、継承者が立つ位置なのだろう。なにせ初めてなので兄様に倣うしかない。そんな緊張しっぱなしな私の元に一人の文官が近づいてきた。

「初めまして、姫殿下。私はピコット・ロックウェル、司法長官をしております」

「初めまして、ロックウェル司法長官。本日はお忙しいなかありがとうございます。どうぞよろしくお願いいたします」

カーテシーをしながら、こっそりと司法長官の顔を見る。

初めて会う司法長官はどことなくシャンテに似ていた。いや、逆か。シャンテが司法長官に似ているのだ。髪の色は魔術師団長に似ているが、瞳の明るさは司法長官に似ている。

家族というのはやはりどことなく似るものなのだな、と思っているとリュージュ様とライルが入ってきた。私と兄様はリュージュ様に頭を下げると、リュージュ様は少しだけ、そう、本当に少しだけ驚いた表情をして私を見たように思う。

リュージュ様の後ろにいるライルは私達のことはまるっと無視して、リュージュ様が座った席の側に立つ。位置的には私の隣か、もしくは順番的に兄様の隣ではないのだろうかと、チラリと兄様や周りの大人を見る。

皆一様に困った顔をしていたが、咎める声はなかった。

ただ、ライルの顔色は少しだけ悪いように見える。

お父様とハウンド宰相様が入って来ると、ライルを除いた全員がお父様に頭を下げた。お父様は軽く手をあげ、そのまま椅子に座られる。

そして全員が揃ったのを見て、騎士の一人が扉を開けた。

――近衛騎士が騎士達に連れられて入ってくる。

なぜ自分達が捕まらなければならないのかと、その顔には不満がいっぱいだった。これでは連れてくる騎士達もさぞ苦労しただろう。私達の前に膝をつかされた近衛騎士はリュージュ様とライルの姿を見ると、少しだけ笑った。

しかし、ベルの姿を見つけると、ギョッとした表情になる。

「さて、今日集まってもらったのは、数日前に起こった花師に対する殺人未遂と放火、そして花師が管理する畑を荒らした件に関して話がある」

お父様の言葉にライルはリュージュ様の側によった。先程よりもさらに顔色が悪い。

お父様もそれに気がついているのか、一旦言葉を区切る。もしもライルが自ら名乗り出て謝罪するのであれば、と考えたのかもしれない。しかし、その区切った間が悪かったのか、ライルが口を開くよりも先に近衛騎士達が口を開いたのだ。

「恐れながら陛下に申し上げます！　我々は何故このような目に遭わねばならないのでしょう？　我々は身命を賭して皆様をお守りする身。このような扱いを受ける理由がわかりません!!」

ペラペラとよく回る口だなあ、と思わず失笑しそうになってしまった。いや、失笑ぐらいはしても良かっただろうか？　本当は舌打ちをしたかったぐらいだ。

普段から侍女長はじめランドール先生から厳しく諌められていたお陰で思いとどまった自分を褒めたい。本当は文句を山のように言いたいけれど!!

近衛騎士達は一人が口火を切ると、次々とお父様におもねる言葉を連ねた。お父様はその様子をジッと見ているが、どんどん周りの気温が下がっていっているのは気のせいじゃないだろう。

そして、ため息を一つ吐くと、私に視線を向けた。私は頷くと、一歩だけ前に出る。ああ、本当に彼らは三番目の私のことを軽んじているのだなあと、彼らの視線から感じた。

胡乱《うろん》げな視線を遠慮なくぶつけ、何故この場に私がいるのかと思っているに違いない。

「ロックウェル司法長官、私ルティア・レイル・ファティシアは、アイザック・ロベルト・ファティシア国王陛下より彼らを裁く権利を与かりました。問題ありませんね？」

「ピコット・ロックウェルより、司法を預かる身として国王陛下より委任を受けた件、伺っております。問題ございません」

私と司法長官のやりとりに、近衛騎士の顔色が一気に悪くなる。そして近衛騎士の一人がなぜ私にやらせるのかとお父様に問いかけた。

だがお父様は何も答えない。


当然だ。

だって、お父様は彼らに発言の許可を一切与えていない。


「近衛騎士の……いえ、元近衛騎士といえば良いのかしら？　貴方達何か勘違いされているのではなくて？」

私の言葉に彼らは遠慮なく私を睨んでくる。

だが不思議と怖くはなかった。それよりも、この愚かな近衛騎士達に自分の立場をわからせる方が先だ。そうでなくてはベルの怪我だって治せやしない！

「陛下は貴方達にいつ話をしても良いと許可を出したのかしら？　許可もなく話しだすなんて一体どんな教育を受けてらっしゃるの？　それとも近衛騎士とはそんな特別な権限があるのかしら？」

言葉には出てこなかったが、口が動いた。三番目の癖に、と。

それがどうした、と私は言いたい。たとえ三番目でも純粋な地位で言うのなら私の方が上なのだ。誹《そし》りを受ける謂れはない。

「ロックウェル司法長官、彼らはまだ自分達が犯した罪について自覚がないようです。彼らに映像を見せて差し上げてください」

「かしこまりました」

司法長官は頷くと、記憶再生の魔術式が施された魔法石に魔力を込める。

するとベル視点の彼らの悪行が音声付きで部屋の中に流れた。リュージュ様はその映像を初めて見たのだろう。そこで初めて、ベルがここにいる理由に気づいたようだ。

彼らは皆、リュージュ様達の住む後宮を守る近衛騎士。その近衛騎士が「後ろ盾のしっかりした殿下」と呼ぶのはライルだけ。

リュージュ様は自らの額に手を当てて、なんてこと、と小さく呟いた。

「私、貴方達に伺いたいの。王位継承権が三番目だと、私の畑を荒らしても良いのかしら？　止めに入った花師を暴行して、あまつさえ手足を縛り火を放った小屋に閉じ込める理由になるのかしら？」

「こ、これは！　我々を貶める陰謀だ!!」

「そうだ!!　我々はそんなこと……きっと暴漢に襲われたのを自分に都合の良いように改竄《かいざん》したに違いない!!」

「ベルが貴方達を貶める理由ってなにかしら？　そもそも彼は王城には住んでいないの。貴方達と顔を合わせたこともない。それなのに貴方達、彼に恨まれるようなことでもしたの？」

王城に住んでいないと言うことは彼らとは全く接点がないと言うこと。接点のない人間がなぜ、近衛騎士を貶めなければならないのか。そもそも彼らと私も接点がない。リュージュ様が住む後宮に近づくことはないからだ。

私は一段高い場所から、彼らの元へ歩み寄る。

そしてそっと騎士達に囁《ささや》いた。

「ライルに期待しているのでしょうけど、無駄よ。あの子の顔色をごらんなさい？　どうやって自分に害が及ばないようにするか考えている」

その言葉に彼らはリュージュ様の陰に隠れているライルを見る。ライルの姿からはどう見ても彼らを庇う気などないことがわかるだろう。それでもライルが自分から、自分が悪かったのだと名乗り出れば多少は変わったのだ。ライルの立ち位置というものが。

ライルは自らの立場を考えることすらできなくなっている。それをこの場で証明したようなもの。保身に走るとは、そういうことなのだ。

私はガッカリした気分でロックウェル司法長官を振り返る。

「司法長官、彼らは王族の土地を汚し、止めに入った花師を暴行、そして火を放った小屋に閉じ込めて殺そうとしました。この罪は、どうなるのかしら？」

「刑法に照らし合わせれば、死刑が妥当かと」

死刑、という言葉に彼らはようやく自分達の今の状態がかなり悪いことに気がついたようだ。それでもライルは口を開かない。だから私は彼らに問いかけた。

「――――ところで、貴方達の言う後ろ盾のしっかりした殿下って誰かしら？」

全員が口籠もったが、視線がどこに向かったかは明らかだ。

恐怖は、人の口を割らせるだけの力がある。その時の私はそう感じた。

裸の王様（ライル視点）

生まれた時から俺の運命は決まっていた、と周りの大人たちは口をそろえて俺に言った。

ファティシア王国
アイザック・ロベルト・ファティシア国王の第二王子で三番目の子供。

それが俺の生まれた時の立ち位置。でも俺の母上が正妃で侯爵家の出身だったから、俺は先に生まれた兄妹を押しのけて王位継承第一位になった。つまりは、ファティシア王国の次期国王だ。お祖父様であるフィルタード家の後ろ盾があるから、俺は寝ていても国王になれると、誰かが笑いながら言った。

俺の名前はライル・フィル・ファティシア
多分、何者にもなれないモノ。

正妃である母上は、厳しい方だが俺への関心はあまりないように思う。いつも忙しくしていてまともに会話をすることもない。笑いかけてもらったことも、ほとんどないだろう。

侍従や侍女たちから俺の勉強の状況を聞くだけ。きちんとできていないと怒られる。最近は小言ぐらいしか聞いていない。

ただ時折、俺の顔を見ては困った顔をするのだ。

そしてそんな時は必ず俺に言う言葉がある。

貴方は国王になるべく生まれたのだからしっかりと学びなさい――――と。

血のつながりはあるのに、とても遠い方。それが母上だった。

もちろんそれは父上にも言える。

ごく、たまに俺の顔を見に来る時以外は、母上の元を訪れることはない。周りの大人達は亡くなった側妃のことをまだ思っているのだろうと噂していた。

母上よりも先に父上の妻となった人。どうしてそんなことになったのか、理由は知らない。普通は侯爵家出身の母上の方が先に嫁ぐことになるはずなのに。それなのに、その女は母上を押しのけて父上の元に嫁いできた。

顔も、名前も知らない側妃。

そいつのせいで母上は寂しい思いをしているのだろうか？　いつも側で父上を支えているのは母上なのに。だからきっと父上と同じ瞳を持つ俺を母上は困った顔で見るんだ。

そう思ったら……俺は父上があまり好きではなくなった。

「さあ、ライル殿下！　お勉強の時間ですよ」

部屋から抜け出そうとしていた時、ニコニコと笑いながらマナーの教師がやってくる。いつも俺が抜け出すから、早めにやってきたんだろう。俺はマナーの時間は嫌いだ。面倒だし、何の為にやっているのかわからない。それにニコニコ笑っているけど、この教師が上手くできない俺を陰で笑っているのを知っている。

「マナーなんて大体できれば問題ないだろ」

俺はそう言うと教師が止めるのも聞かずに、庭に面したバルコニーから外に飛び出す。どうせ母上には報告できやしない。自分が怒られるのが嫌だから。

みんな、そうだ。母上に気に入られたい。

侯爵家の後ろ盾があるしっかりとした王位継承者。母上のお気に入りになれば、その先の人生は安泰だと誰かが言っていた。

何もできない俺を陰で嘲笑っているのに、将来を見据えて擦り寄ってくる。

なんて、つまらない世界だろう。

どこか行く当てがあるわけじゃないけど、俺はブラブラと後宮の外を歩いていた。そしていつの間にか、小離宮側にきてしまったようだ。

本来は俺も小離宮で生活するはずだが、母上から許可が出なくてまだ入ったことのない場所。

二人の兄妹が暮らす、場所。

小離宮は広くできていて、初めて入った俺にはどこに何があるのかすらわからない。ただ適当に歩いていたら、明るい茶色の髪の女の子が鳥らしきものを追いかけている場面に遭遇した。その瞳の色を見て、彼女が俺の姉だとわかった。彼女はとても楽しそうで……些細なことでコロコロと笑って、そんな彼女を見て周りも嬉しそうに笑っている。

俺の周りにいる連中とは大違いだった。慈しむような笑いを向けてもらったことなんてない。彼らはいつも陰で俺を笑っている。

同じ王族なのに、俺の方が恵まれているはずなのに、羨ましくて、同時に腹立たしかった。どうして同じ姉弟なのに、たった一つしか違わないのに、こんなにも俺と彼女は違うのだろう？

自由に生きている姉と、次期国王だともてはやす癖に陰では笑われている俺。

俺の代わりに三番目になった姉。ルティア・レイル・ファティシアとの出会いは、俺の人生で一番最悪なものだった。

＊＊＊

姉との出会いから暫くして、俺は三人の歳の近い子供と引き合わされた。

いわゆる、将来の側近候補。俺が国王になったら、側で助けてもらえるようにと歳の近いお友達がつくられたのだ。お友達と言っても、魔術師団長、騎士団長、宰相の所の子供だ。必要な人材を今から育てる為に俺の側に置いたにすぎない。俺の友達、とはとても言えない相手。

その日の喧嘩の理由は何であったろうか？

魔術師団長の息子、シャンテ・ロックウェルと言い合いになり、それに騎士団長の息子リーン・ヒュースが肩入れした。二人は元々幼馴染だから意見が合うのは当然だ。宰相の息子のジル・ハウンドだけは俺達の喧嘩を傍観していたように思う。

「うるさい！　お前らなんかに何がわかる!!　もう二度と俺の前に顔を見せるな!!」

いつものように癇癪を起こした俺がそう叫ぶと、シャンテはリーンを連れて出て行ってしまった。そこまで言うつもりはなかったのに、口から出てしまった言葉は今更取り消せない。そして自分から謝ることもしたくなかった。

だって俺は国王になるんだ。

国王が簡単に謝ってはいけない。折れるなら向こうの方が先なんだ。自分にそう言い聞かせていると、ジルが小さなため息をついたのが聞こえた。止めなかったくせに！　と内心悪態をつく。

結局のところ友達なんて言っても見張られているのと同じで、俺にとってみれば監視してくる相手が大人から子供に代わっただけだった。

翌日、城に来ているにもかかわらずシャンテとリーンは俺の所に顔を見せもしない。

今までそんなことはなくて、よほど怒っているのだろうと内心で焦っていた。だから今回ぐらいは俺が折れても良いかな、って少しだけ……ほんの少しだけ考え直したんだ。

だって、彼らは俺の側近候補だから。何かあれば母上のところに話がいく。

母上に怒られることよりも――――失望されるのが怖かった。

周りの者に聞けば、城の外にある畑に行っていると言う。どうやら魔術師団長が二人を連れて行ったらしい。そのことに少しだけホッとして、俺はその場所にジルと一緒に向かう。

馬車に揺られながら、ジルは俺に昨日のことを何とかした方がいいと言った。

「殿下、昨日のことは……先に謝られた方が良いと思いますよ？」

「……俺は悪くない」

「本当にそう思っていますか？」

喧嘩の内容なんて忘れてしまったけど、俺が悪くないと言えば悪くないのだ。ジルの言葉を聞き流して、城の外にある畑に辿り着く。

暫く中から様子をうかがっていると、畑の真ん中で魔術師団長が何だかおかしなことをしていた。そしてその奥の四阿ではシャンテとリーンが、アイツと楽しそうに話をしている。

俺の代わりに三番目になった、アイツと……

一瞬で頭に血が上り、俺は馬車から飛び出すとアイツに文句を言ってやった。シャンテとリーンを取るのかと！　何もできない三番目のくせに、俺の友達を取るつもりなのかと！　友達だなんて、思ってもいなかったくせに俺の口から出たのはそんな言葉だった。

アイツは馬鹿にしたような目で俺を見た。そしてアイツは俺に何だかんだと文句を言い、俺が悪いと糾弾してくる。

フツフツと怒りがわいてきた。俺は、俺は！　将来国王になるのに!!　何で三番目のアイツばかり良い目を見るのだ!!　どうして誰も俺を見てくれない!?

シャンテとリーンもアイツの味方だった。そして馬車から降りてきたジルもアイツの肩をもった。

「――――俺はっ！　悪くないっっ!!」

そう言うのが精一杯で、すぐさま馬車に乗り込むと城へ戻るように馭者に告げる。馭者は何も言わずに城へと馬車を走らせた。城についてからジルを置いてきたことに気がついたが、どうせ他の連中と一緒に戻るだろうと馬車を戻らせることはしない。

もしも歩くことになったとしても大した距離じゃないだろうし。それから部屋に戻った俺は、侍女が手を付けられないほど暴れる。

何でアイツばっかり！

父上の視察について行ったり、畑をもらったり、アイツばかり優遇されている。俺は何をやっても褒められることもないのに、アイツは何で褒められてばかりなのか!!　とうとう自分達では手がつけられないと感じたのか、侍女が近衛騎士を呼んできた。

俺は彼らの一人にやんわりと体を押さえられる。

「殿下、一体何があったのです？　殿下らしくありませんよ？」

「俺らしいとはなんだ？」

「次期国王になるお方なのですから、もっと堂々としていなければ！　些細なことで怒っていてはいけませんよ？」

「うるさい！　どうせ俺にはそんな才能ない!!　シャンテもリーンもアイツが取ってしまった!!　アイツが俺の代わりに国王になるんだろ!!」

「アイツ、……ですか？」

「三番目だ！」

そう叫ぶと、彼らはああと小さく頷いた。

「殿下、三番目の姫君が陛下の跡を継ぐことはありませんよ。血筋正しきお方は貴方だけです」

「そんなのわからないだろ！　父上はアイツに褒美までやったんだぞ!!」

俺だってもらったことないのに、と言えばそれは分不相応ですねと近衛は言う。

そうだ。分不相応だ。

三番目のくせに！

イライラとしながら当たり散らすと、その近衛はこう言った。

「ならば我々で分不相応だとわからせてやれば良いのです」

「え？」

「分不相応にも土地を下賜されたのでしょう？　本来相応しいのは殿下だけです。この国を将来背負って立つお方が優先されて然るべきです」

周りの近衛達も同じように頷く。

そしてこう告げた。

「少々お時間をください。三番目のお方に身の丈にあった生活をするように、と我々が忠告して参りましょう」

そんなことできるもんか、と俺は思った。でも、本当にできるならアイツの困った顔が見られるしスッキリするかもしれない。

俺は近衛達の行動を止めなかったのだ。

彼らが何をするかなんて知らない。何かあっても知らないと言えば良いだけ。

そう、思っていた……

翌日、ジル、シャンテ、リーンの三人は俺の元へ来なかった。きっと素直に謝らなかった俺に呆れてしまったのだろう。母上の元に話がいくかもしれない。それも仕方ないと腹を括る。

そして俺はいつものように教師をまいて、庭をブラブラと歩いていた。

すると遠くに黒煙が見える。何の煙だろうと見ていると、その煙はすぐに見えなくなった。

「……何かあったのか？」

しかし答えてくれる相手は誰もいない。当然と言えば当然だが、何だか見放されたような気持ちになる。どうして誰も側にいてくれない？　俺は、将来国王になるんだろ？　そんな思いを抱えながらまた歩き出すと、今度は騎士団所属の騎士達が忙しなく動いているのが見える。耳をすませば彼らはアイツの畑に行くようだった。

出火、したのだと。

その言葉に昨日の近衛の言葉を思いだす。

「まさか、な……」

火をつけて、燃やした？

火付けは重罪だ。そんなことをわざわざするとは考えにくい。きっと気のせいだと自分を納得させる。でも、本当はこの時にきちんと確認をしておけばよかったんだ。

そうすればこんなことは起きなかった。

俺は目の前に広がる光景を、どうしようもない気持ちで見つめている。

すぐ視線の先では近衛達が俺を見て助けてほしいと視線で訴えているのがわかったが、助けられるわけがない。下手に庇えば俺が彼らにやらせたと思われるだろう。

俺はそんなこと望んでいないし、頼んでもいない。近衛達だって、忠告するだけだと言っていたじゃないか！　それがこんな大ごとになるなんて……ちょっと、アイツの畑を荒らしてくるぐらいだと思っていた。こんな事になるなんて想像すらしなかったのに……

罪状が読み上げられ、父上に裁く権利をもらったアイツが近衛達に死刑になると伝える。

縋《すが》るような視線は一層強くなり、俺は何もできないと視線を下に向けた。助けるなんて無理だ。

火付けも、殺人未遂も、この国では死刑に相当する。それぐらいは俺だって知っていた。どれも重罪であると。しかもたった一人を寄ってたかって、近衛騎士が暴行を加えた。何の罪も、落ち度もない庶民相手に、だ。

俺が望んだことではない。

俺は俯きながら、ただただこの時間が早く過ぎれば良いと願っていた。

王女と正妃

彼らの視線の先で、ライルは青ざめて俯いていた。

リュージュ様は視線の先にいるのがライルであると確認すると、立ち上がりライルに向き合う。

「ライル、何かいうことはないのですか？」

真っ青な顔のライルは俯いて何も言うことができない。むしろこの場で何か言うことができるようなら、最初からこんな愚かなことはしていないだろう。

私は近衛騎士へ視線を戻す。さあ、お前達の主人には期待できないぞとの意味を込めて。すると近衛の一人が覚悟を決めたように口を開いた。

「お、お待ちください！　リュージュ妃様！」

リュージュ様はライルを問い詰めようとしていた口を閉じ、彼らに視線を移す。その冷たい視線にゴクリ、と唾を飲む音が聞こえる。

一切の偽りは許さない、そんな声がリュージュ様から聞こえるようだ。

隣に立っている私まで怖くなる。

「リュージュ妃様、ライル殿下は関係ございません」

「では誰が貴方達に命じたというの？」

鋭い声が聞こえ、彼は一瞬だけ口を噤む。そして振り絞るように言葉を続けた。

「我々の、独断です。ライル殿下の覚えが良ければ、この先取り立てていただけると思ったのです」

「そんな理由で王族が管理する土地を荒らしたと？」

「恐れながら、姫殿下のことは我々はあまりよく知らず……」

「知らないからと言って、止めに入った花師に暴行を加えあまつさえ小屋に火をつけることが許されると思っているのですか！」

意外なほど、リュージュ様は怒っている。私はてっきり……リュージュ様も彼らを助けようとす

るのではないかと思っていたのだ。でもリュージュ様は彼らを侮蔑《ぶべつ》の目で見ている。そしてその隣ではライルが涙を浮かべ、気の毒になる程カタカタと震えていた。

母であるリュージュ様の剣幕に驚いたのだろうか？　それとももっと別の？

リュージュ様はライルに向き直ると、もう一度ライルに問いかけた。

「ライル！　貴方は彼らの前で何をいったのですか!!」

「は、ははう、え……」

「正直に答えなさい！」

リュージュ様に怒られ、ライルはポロポロと涙をこぼしている。そしてボソボソと小さな声で話しだしたが、残念ながらこちらまで話の内容は聞こえない。

私はお父様を見る。お父様は小さく頷くと、私に彼らを裁くように促した。

「ルティア、彼らへ裁決を――」

「お待ちください！　陛下!!」

「リュージュ、たとえどんな理由があろうとも彼らの罪を許す理由にはならないよ」

「それはわかっております。しかし、ライルの不用意な発言がもとであればライルも共に裁きを受けねばなりません」

まさかの発言に私は目を丸くする。他のみんなも同じだ。まさかリュージュ様がそんなことを言うとは思わなかった。でも、お父様だけは冷静に受け入れていたように見える。

「恐れながら！　……恐れながら、発言をお許しいただけるでしょうか？」

先ほどから話している近衛の一人が声を上げた。チラリとお父様を見れば、お父様は発言を止めるつもりはないようだ。

私は頷き、彼の発言を許した。

「発言を許します」

「……ありがとう、ございます」

「それで、いいたいこととは何ですか？」

ジッと見つめると、彼は私ではなくリュージュ様に視線を向ける。命乞いでもするのかな？　と単純に思ってしまった。この場でどうしても助かりたいのなら、派閥の長でもあるリュージュ様に命乞いをするのは正しいように思える。もっとも、リュージュ様がそれを受けるかは別だけど。

現状の怒り様では、彼らの発言は火に油を注ぎかねない。

「リュージュ妃様に、お願いがございます。今回のことは本当に我々の独断です。ライル殿下は関係ございません」

「ライルの名を出しておきながら関係ないというの？」

「我々が、姫殿下を侮っていたことは事実。そのことに申し開きするつもりはありません。ですが、諫めるべき立場の我々が……諫めることができなかったのは我々の罪です。ライル殿下の罪ではありません」

意外だ。そこまで彼らがライルのことを思っているようには思えない。諫めることもせず、ライルの言葉を受けてそのまま実行したのはそうなのだろうけど。

打算、だろうか？　家門への優遇を望んでいる、とか？

青ざめ震える彼らの表情からは、何かを読み取ることはできなかった。彼らの前に立っていたのが私ではなく、お父様なら何か分かったかもしれないけど。

しかしリュージュ様はそれでは済まさなかった。

そこで私は理解したのだ。リュージュ様は正しく、正妃であるのだと。派閥を優先などしない。真の正妃。ファティシア王国を国王と共に治める人なのだ。

「そうね。貴方達はライルを諫めるべきでした。しかし自らの利益を優先して、ライルの愚かな言葉を真に受け王族の権威を貶めた。それは断じてあってはならないこと。そして、私は自分の息子がここまで愚かだとは思いませんでした」

リュージュ様はそう言うと、お父様に向き直る。そして膝をつくと深く頭を下げた。

「陛下、此度のこと、ライルの愚かな発言が端を発しております。ライルにも同じく裁きを」

「リュージュ、君はそれで構わないのかい？」

「構いません。王族とは人の上に立つ者。己の癇癪で、他者の命を捨てさせるような真似をさせてはならないのです」

ここまで言われてしまうと、こちらとしては彼らに死刑と言いづらくなる。

元よりそんなつもりはなくても、だ。

これは彼らを助けるための計算だろうかと一瞬だけ思ったが、先ほどの怒り方からそうではないとわかる。もしもこれが演技で私達が騙されているのだとしたら、それはもうリュージュ様の方が上手だったと言うだけだ。それならそれで仕方ない。でもきっと違う。

リュージュ様はお父様と共にファティシア王国の為に、身を粉にして働くことができる人。フィルタード家出身だとか、そんなことはきっとリュージュ様には関係がないのだ。国の為にならないことならば、自らの子供でも罰することができる。

それを目の当たりにして、私はほんの少しだけライルが可哀想に思えた。それならどうして、って思わずにはいられないから。ライルのことを側で見てきたんじゃないの？　ライルが今の状態になったのには理由があるはずだ。生まれながらワガママ放題なんて普通はない。

「ルティア、リュージュはこう言っている。君はどうする？」

急に話を振らないでほしかった。突然のことで私はどうしようかと考える。このパターンは想定していなかったから、何を言うのが正解なのかわからない。

ライルは涙でぐしゃぐしゃの顔でこちらを見ていた。嫌なプレッシャーが私にかかる。

「……ライルの処罰はお父様にお任せします。それと、私は彼らへの処罰を決めました」

「そう。法に照らし合わせるなら、死刑となるが？」

「そうですね。ですがそれを私は良しとはしません」

「どうしてだい？」

「彼らは私を軽んじました。それは私のお母様が辺境伯爵家……田舎の出だからでしょう」

わざとそう言って近衛達を見れば、彼らは力なく頷く。言っておくが辺境伯家とは田舎という意味ではないし、田舎の出と言うのも大いなる間違いだ。

「東の辺境伯家、その土地がどんな場所かご存じ？」

「……いえ」

近衛達はみな力なく首を振る。知らない場所だから馬鹿にしていいわけではないが、辺境伯家のある領地がどんな場所かも知らないなんて、近衛としてもどうなのかと思う。それとも彼らにとってみれば、王都こそが絶対でそれ以外はどうでもよかったのだろうか？

私は内心でため息を吐く。

「あそこはレイラン王国との国境に位置していて、彼の国との間には深い森があるの。そこは魔物が多く棲んでいて、とても大変な場所なの。貴方達もスタンピードがどんなものか知っているでしょう？　騎士なのだから。それにレイラン王国と諍いが起きてないとはいえ、これから先も絶対に起きないわけじゃない」

もしもお祖父様の治める土地が魔物かレイラン王国に滅ぼされてしまったら、王都だって危うくなる。それくらい重要な場所。辺境伯とは重要な土地を護る、その要の一族という意味なのだ。私は辺境伯家の護る土地で騎士として従事するように彼らに言った。

「それ、は……我々は死刑ではないのですか？」

「死刑にするつもりだったわ。最初はね。でも、貴方達にも主人を守る気概はあったようだから、辺境伯家へ送ることにしたの」

服毒での処刑なら、偽装して助かるかもしれない。そんな理由もあるのだが、それは彼らに言う必要はないことだ。内通している者がいるかどうかなんて調べることはできないし。

流石に処刑してくれとは言いださないと思うけど、用心しておくに越したことはない。その一言で、もう一つ道があったのか、と教えてあげることはないのだ。それに……彼らの家から絶縁状も追加で届いている。絶縁状、ということは今後一切関わらない。もし処刑されても、遺体も引き取らないことを意味する。

延命の嘆願書がないのはまあ、仕方ないにしても絶縁状を送ってくるなんて冷たいと思う。もちろん家に累が及ばないように、と判断したのだろうけど。いや、やっぱりわからないな。そう見せかけて、って可能性もある。疑いだすときりがないんだなって、自分で自分が嫌になってしまった。

善良な人ばかりではないのはわかっている。でも、できるなら疑いたくない。だって近衛騎士は、私達王族に何かあった時、一番側で護ってくれる存在なのだ。彼らにとって良き主でいたいとも思うし、そして彼らに信頼されたいとも思う。

護って、護られて、その関係にヒビを入れるような真似をしたいわけじゃない。信じて、委ねたいと思う。

私は彼らに告げる。

「人を護る、という意味では同じよ。騎士だもの。できないなんて、言わせない」

「……もちろんです」

「それと、貴方達の実家からは絶縁状が来ているから当てにはならないわよ？」

何が、とは言わなかった。言わなくても伝わるはず。

彼らは力無く頷き、処罰を受け入れた。

「元より、頼る気はございません」

青ざめてはいるが、彼らはハッキリとそう言った。

ようやく認めたのだろう。私という存在を――

＊＊＊

近衛騎士達が連れて行かれる。これから彼らは東の辺境伯家と呼ばれている辺境地へ赴き、魔物と対峙することになるだろう。対人とは違う戦い方を一から覚えなければいけない。その過程で命を落とす可能性もあるが、それは彼らも理解しているはずだ。

その上で行くと決めたのだから文句はあるまい。

これでようやくベルも怪我を治すことができる。早々にベルを連れて行ってもらい、治癒術を施してもらうことにした。部屋の中にはお父様とリュージュ様、ロイ兄様、ライル、私、それにヒュース騎士団長とロックウェル夫妻とハウンド宰相だけが残っている。

今度はライルの処分を決めなければいけないからだ。

ライルは小さくなって、カタカタと震えていた。そんなライルにお父様は声をかける。

「ライル、不満があるのなら今言ってしまいなさい」

「陛下！」

リュージュ様が咎めるような声を上げた。

ライルは涙でぐしゃぐしゃになった顔を袖で拭うと、今まで感じていたことを話しだす。

後宮にいる大人達が自分をもてはやす癖に、陰で自分を馬鹿にしていること。

お父様がリュージュ様に会いに来ないこと。

私ばかり可愛がられていること。

他にも数え上げればきりのない文句が溢れてきた。

そのどれもが馬鹿馬鹿しい理由ではあるのだが、ライルにはきちんと教えてくれる大人が誰もいなかったのだ。そして諌める者も。いや、実際にはいたのかもしれない。いたのかもしれないが、その言葉をライルが受け入れられなかったのか、もしくは……ライルを愚か者にしておきたい者が遠ざけたかのどちらかだろう。

お父様は黙ってそれを聞いていた。

私や兄様よりも恵まれた環境にいると思っていたライルは、実はずっと一人だったのだ。ずっと自分を見てほしいと、泣いていたのかもしれない。それは寂しくて、悲しいことだ。

しかし話を聞いていたリュージュ様はどんどん青ざめていく。そしてついには言ってはいけない言葉を口にしてしまった。

「ああ、やはり――貴方を産むのではなかった」

ポロリと溢れた言葉に、ライルがショックを受けたのがわかる。

誰だってそんなこと言われたら悲しい。私だってお父様や兄様にそんなことを言われたら泣いてしまうだろう。

「リュージュ、なんてことを……！」

「いいえ、いいえ、陛下！　やはりライルは産むべきではなかったのです‼」

「落ち着きなさい、リュージュ。子供達の前だ」

「陛下……子供達の前だからこそ、ですわ」

そう言ってリュージュ様はライルの側に寄ると、涙で濡れた彼の顔を撫でた。それはとても優しくて、その時だけは母なのだな、と感じた。

「貴方は本当は陛下のお子ではないの。陛下はね、私と貴方を守るために……私を正妃にしてくれたのよ」

「え……？」

「貴方は、私と陛下の兄君、フィラスタ様との子です」

そんな話は知らない。お父様に兄弟がいたなんて、聞いてない。思わず兄様に視線を向けると、兄様も同じように私を見て首を振った。

「俺は……父上の子供ではないのですか？」

力なく、ライルが問いかける。リュージュ様はしっかりとした口調でそうだと答えた。

「私はあの方を失って、貴方まで失うことは耐えられなかった。だから何も知らない父が、私を無理矢理陛下の正妃へと押しやろうとしたのを受け入れたの。陛下もそれを許してくれたから……」

「俺はだって……母上が、俺に王になれと……」

「ええ、そう。そう言わなければいけなかったの。貴方のお祖父様は貴方に王になってもらいたいがっていたから……でもやっぱり、それが間違いのもとだったのね」

よくわからないが、ライルは私の異母弟ではなく従兄弟と言うことでいいのだろうか？

そしてお父様のお兄様の子供である、と。

だったらライルは……正しく、王位継承一位だ。もっとも、ライルのお父様が生きていたらの話だけれど。現状は、お父様が国王で、お父様の子供が私と兄様だけとなるならライルの立ち位置はどうなるのだろうか？

いや、リュージュ様はお父様がリュージュ様とライルを守る為に、リュージュ様を正妃に迎え入れたと言った。つまりはお父様はライルが自分の子供でないことを承知の上で、ライルに跡を継がせるつもりだった、と言うことになる。

でもその地位をリュージュ様は捨てようとしていた。

——その意味が、わからなかった。

＊＊＊

その日は大変焦っていたのだと、のちに彼女は語る。

小離宮へ向かう回廊をカツカツと足音をたてて足早に歩く。普段の彼女なら絶対にそんな行動は取らない。それほど焦っていたのだ。

彼女の名はリュージュ・フィルタード。

先ごろ亡くなったフィラスタ・ロベルト・ファティシア王太子の婚約者だった。フィラスタとは幼い頃から決められた婚約者同士。他の人よりは多少体が弱い彼を支えながら、ずっと共に過ごしていたと言う。政略結婚であるとはいえ、二人はとても仲睦まじく、二人の婚姻を誰よりも二人が望んでいたといえよう。

だからこそ前日に自らの父親から告げられた言葉に納得なんてできなかった。

「ああ、なんてこと……」

普段の彼女らしからぬ動揺した姿は、幸いなことにあまり人の多くない小離宮では誰の目にも触れることはなかった。

そして、当時唯一使われていた小離宮に辿り着く。彼女は扉の前で一度深呼吸をし、すがる思いで扉を叩いた。中からは明るい声が入室を促す。

中に入ると、明るい茶色の髪を緩く三つ編みにした、琥珀色の瞳の女性が目に飛び込んでくる。彼女はソファーに座り、大きなお腹を抱えながらも、幼い子供に膝枕をしながら微笑んでいた。そしてその隣では彼女よりも一段濃い茶色の髪に蒼い瞳をした男性が寄り添っている。

男性はアイザック・ロベルト・ファティシア

フィラスタの同母の弟で、隣のお腹の大きな女性はアイザックの最愛の妻であるカロティナであった。常と変わらない二人の姿を見たリュージュは、ホッとして口走ってはいけないことを彼らに告げてしまったのだと言う。

「お願い、助けて！」

二人は顔を見合わせ、まず話をしようとリュージュをソファーに座らせた。

もうずっと、一緒になるのだと思っていた。フィラスタもリュージュ本人も、このまま婚姻をなすのだと。お互い思い合っていた二人は長い婚約生活の中で、ただ一度過ちを犯したのだ。婚前交渉なんて本当はあってはならない。でも二人の結婚は本当なら半年も前に終わっていたはずなのだ。

フィラスタとアイザック、彼ら二人の父である先代の王が急死したことで婚姻が延期となった。

そしてフィラスタが王位に就くのと同時に式を挙げる予定だったのだ――

そのフィラスタが、突如急死した。

原因は不明。

リュージュにはどうしても信じられず、何度も医者に原因を調べるように頼んだが何もわからないと言われた。フィラスタが急死したことにより、王城を離れて妻の実家である東の辺境地、カタージュで暮らしていた弟のアイザックが王位に就くこととなり、彼が王城に呼び戻される。

フィラスタは大変優秀な王太子であったが、アイザックはその行動がいまいち読めない王子であった。言うなれば何を考えているのかわからない。彼の中身を知っている者からすれば単純だと言うのだが、それを知れるだけの相手でもないからだ。

いくら婚約者の弟とはいえ、歳がそれほど変わる相手でもない。そうなると一緒にいることは、リュージュにとって憚られたし、アイザック本人もそれを知ってか知らずかリュージュに近寄ってくることがなかった。

そして王族という地位に固執することもなく、フィラスタが王位に就くよりもずっと前から臣籍に下ると宣言していたのだ。更にはカレッジで運命的な出会いをしたと言って、カロティナ・レイドール伯爵令嬢に猛アタックの末、アカデミー卒業と共に結婚、そして彼女の実家があるカタージュへ早々に行ってしまったのだから。

普通の王族の取る行動ではない。

しかもちゃんと先代の王と東の辺境伯と呼ばれるレイドール伯爵にも許可を取り付けていたのだから、根回しは十分していたと思われる。

フィラスタはそんな弟の行動をお腹を抱えて笑っていた。

でもリュージュにはわかっていたのだ。

何故アイザックがそんなにも早く結婚して、カタージュへ行ってしまったのか。

カロティナと一緒になりたかったのも理由の一つだろうが、体の弱いフィラスタの為だったのだ。

自分がいては、彼が王位につくのに差し障りがあるといけないと。

だからこそ、彼女はフィラスタが亡くなりアイザックの正妃になれと父親に言われた時に二人を頼った。

お腹の中にいる子供を守れるのは自分と、彼ら二人だけだったのだから――

＊＊＊

リュージュ様は淡々と当時のことを私達に語って聞かせてくれた。

お父様もその話を黙って聞いている。

そしてこの部屋にいるみんなも……

お父様は二つ返事でリュージュ様が正妃になるのを了承したと言う。彼女は幼い頃から正妃となるべく育ち、厳しい教育を受け、そしてフィラスタ伯父様を支えて実務に携わっていた。

お父様は伯父様が王位に就くと考えていたので、その辺のことは全て二人に任せ全く携わってこなかったと言う。

「兄上は……確かに多少、体の弱い方ではあったが……王位に就けないほど弱くもないし、それを補って余りある程の能力があった。それにリュージュが支えていたから全く問題はなかったんだよ」

「でも、あの方は急に亡くなってしまった……」

もしもフィラスタ伯父様の子供がお腹の中にいるとわかったら、無理矢理堕胎させられていたとお父様は言う。

リュージュ様もそれに同意した。だからこそ、二人を頼ったと。お父様は急に実務を継げと言われても勝手がわからない。それは亡くなった私達のお母様も同じだった。

正妃教育を受けていないのだ。正妃教育はとても大変で、それこそ幼いころから何年も時間をかけて教育を受ける。いきなり正妃教育を受けてなんとかなるものでもない。それにその時、お腹の中には私がいたし。

「子供が産まれるのに、多少の誤差はある。それに半年も王位を空けていたんだ。これ以上、王不在のままにするわけにはいかない。だからこそ丁度良かった」

フィルタード侯爵はどうしても娘を王に嫁がせたい。ならば、お父様が王位に就くと同時に、リュージュ妃を正妃として迎え入れることに難色を示すわけがないのだ。

「それで、私はライルを産んだの。あの人の子供だもの。蒼い瞳は絶対にでる」

私達の蒼い瞳は、王族の証しでもある。

その当時から現在に至るまで公爵家はなく、蒼い瞳を持っていたのはフィラスタ伯父様とお父様、そしてロイ兄様、生まれる前の私とライルだけ。

誤魔化すのは容易かったとリュージュ様は言った。

「陛下は、ライルをあの人の忘れ形見なのだからと王位継承一位にしてくれた。本当ならば、フィラスタ様が王位に就くはずだったのだから、と。でも父にしてみれば、自分という後ろ盾があるからだと思ったでしょうね……」

「ライルは、本来兄上が生きていたら正しく王位継承一位だからね。ただ、それがフィルタード侯爵の派閥を増長させてしまった」

ファティシア王国には五つの侯爵家があり、そのうちの四家が建国当時からある古参の侯爵家だ。フィルタード侯爵家はその古参の侯爵家の一つで、他の侯爵家に比べて中央に近い場所にあるからか発言力もあった。何より先代から特に権力に貪欲なのだとか。

先代の王へ娘を嫁がせる予定だったが、その娘が病で早くに亡くなり、同じく古参のローズベルタ侯爵家の娘が嫁いで王太子を産んだ。

それがとても悔しかったのだろう。

次こそは！　と意気込み、リュージュ様を見事に王太子の婚約者へと押し上げた。だからこそ、フィラスタ伯父様が亡くなったからと言ってリュージュ様を正妃にすることを諦めるわけにはいかなかったのだ。娘の気持ちよりも、自分達の権力を優先するなんて酷いと思う。

「リュージュはとてもよく尽くしてくれた。右も左もわからなかった私を、カルバと一緒に鍛えてくれたんだ。私は本当なら、カロティナの実家であるレイドール家に入るつもりだったからね」

東の辺境伯、レイドール伯爵家。辺境伯と呼ばれているが、実際のところは普通の伯爵家よりも発言権はある。あるのだが、レイドール家自体が権力に全く興味のない家風なので特に何をするでもなく国境警備に取り組んでいる。

田舎者、と呼ばれても訂正しない。だからこそ侮られているのだが、レイドール家は全く気にしないのだそうだ。そんなものは、有事の際に意味のないものだ、と……

「元々体を動かす方が好きだったから、カタージュは私にとってはとても魅力的な土地だったんだ。魔物を狩れば素材も採れるしね」

懐かしいなあ、とお父様が呟く。きっと本当に好きだったのだろう。もしや私のこの性格はお父様譲りなのだろうか？　そう思っていたらお父様は更にとんでもないことを言い出した。

「カロティナなんて、子供の頃から国境沿いの森で遊んでいてかなりのお転婆でね？　森の中では私よりもカロティナの方が強かったんだよ」

「カロティナ様はとても自由な方でしたね」

「だからこそ正妃には向かなかった。君はとても根気強く教えていたけどね。それもあって君はちよっとカロティナが苦手だったよね」

訂正だ。多分、私の性格はお母様譲りなのだろう。

普通の令嬢は森でピクニックぐらいはするかもしれないが、森の中で強かったなんて言われない。きっとカタージュで育っていたらお母様と同じ行動を辿っていただろう。

チラリとロイ兄様に視線を向ければ、ほんの少し生暖かい目で私を見ている。森の中ではなく、庭いじりなのだから可愛いものではないか。森の中も気にはなるけれど!!

「そうですね。公務で忙しい私に「私はお母さんに向いていて、貴女は正妃に向いている。適材適所だから、ライルのことは気にせず預けてくれ」といっていましたから」

リュージュ様は当時を思い出したのか苦笑いを浮かべる。ああ、この方はこんなにも柔らかい表情ができる方だったのか、と不思議な気持ちになった。

きっとこれが本来のリュージュ様なのかもしれない。普段の厳しい表情の、正妃としてのリュージュ様でもなく、ただ一人の、母親としてのリュージュ様。

「実際、ライルはカロティナが亡くなる一年前まではロイとルティアと一緒に生活していたんだよ？　覚えてないかもしれないが」

「ああ、やっぱりそうなんですね」

「え？」

兄様の言葉に私は驚く。

「そりゃルティアは生まれてから二年間だけだもの。覚えてないよ」

どうやら赤ちゃんが二人いた、という記憶だけがあって何故二人なのか？　と不思議に思っていたそうだ。ライルの面倒も見ていたのなら一緒にいても不思議はない。

「でも……そのカロティナ様も亡くなってしまった。私は貴方達を守る為に、後宮で一緒に育てるのではなく、小離宮へと出し、ライルだけを手元で育てたの。後宮は、カロティナ様の子供である貴方達には、あまり良い場所とは言えなかったから」

早々に小離宮に離すことによって、私と兄様を重んじているわけではないと対外的に知らしめ、フィルタード派、ひいては自分の父親に興味を持たせないようにしたのだという。

しかし、不幸なことにリュージュ様は子供の頃から厳しく家庭教師達に躾けられていて、何が正しい子育てなのかわからなかったようだ。私達のお母様はどうやって育てていたのだろうか？　何から始めればいいのか？

そして正妃としての仕事も待ってはくれない。それもあって、自分の時と同じように家庭教師達にライルの教育を一任していたのだと。ライルはその辺の事情を知らないから、厳しい家庭教師達、そして周りにいるライルに取り入ろうと甘やかす大人達、その両方に挟まれて混乱したに違いない。

「でももっと早くに、ライルに向き合うべきだった。こんなことになるのなら、私は陛下の申し出を受けるべきではなかった」

「リュージュ……」

「……お、れ……俺は……いらない、子だったのですか？」

ライルの言葉にリュージュ様はいいえ、と首を振りライルを抱きしめる。

「いいえ、ライル。貴方はフィラスタ様の子。とても大事な私の子よ。でも、貴方はしてはいけないことをしてしまった」

「俺は……」

「そうね、誰もそれを悪いことだと言わなかった。私も家庭教師達に任せきりで、貴方と向き合わなかった」

環境とは大事なものだ。良くも、悪くも作用する。私と兄様の環境は良いとは言えなかったが、同じようにライルの環境も良いとは言えなかった。

お互いに羨んでいたのだ。向こうの方が、良いと――

言葉にしなければわからないことはたくさんあって、きっと今回のこともその一つなのだろう。私の場合は兄様が声をあげてくれた。ちゃんと王族としての教育を受けさせてほしいと。でもライルは一人きり。ずっと寂しかったと思う。

だからと言って、この件をうやむやに終わらせて良いわけでもないから。私はライルにちゃんとわかってほしくて話すことにした。

「ライル、聞いて。あの近衛騎士達は貴方を守った。東のレイラン王国との間にある国境沿いの森は、魔物がよく出るの。特に最近は多いと聞いている。そこへ近衛をしていた人間が行く意味は、わかるわね？　人と、魔物は違う。その力も、大きさも」

私はライルにそう告げる。ライルは私の言葉の意味を理解し青ざめた。

「彼らは、死にに……行ったのか？」

「本当なら直ぐにでも処刑されてもおかしくない罪を犯したの。お父様が私に下さった土地を害したのよ。そして何の罪もない、花師を殺そうとした」

「俺は……そんなことになるなんて思わなかったんだ」

「そうね。でも、それが王族がもつ言葉の力なのよ……」

「俺が、罰を受ければ彼らは助かるのか？」

「それは無理。王家を軽んじる行動をした人を野放しにはできない。だからこれは、貴方が一生抱えていく罪なのよ。自分の行動が、人の命に直結するかもしれないってわかって」

もちろんこれは私にも言えることだ。一歩道を踏み外せば、私がライルになっていた。ただ今回はそうならなかったと言うだけの話。

ライルは、ほんの少しだけ項垂れると私の目を見て「わかった」と返事をした。

今後、彼がどんな風に成長するかは私にはわからない。今回の件を反省して、アリシアの言うような立派な王子になるかもしれないし、そうじゃないかもしれない。

ただ、彼はこれから抱えていく。一つの罪を、ずっと抱えて生きていくのだ。

家族のカタチ

「さて、それではライルの処分を考えなければいけないね」

当然と言えば当然なのだけど、お父様は私達にそう告げた。

ライルの顔は強ばり、リュージュ様はそんな彼を強く腕の中に抱きしめる。ちょっとだけ、ほんのちょっとだけ羨ましく感じてしまった。

私の本当のお母様はもう、いないから……。

「ライル、君の王位継承権を一旦白紙に戻す」

お父様の言葉にライルは体を硬くして、それでも何とか頷いた。ライルにとって王位継承権とは自分という存在を唯一証明してくれるもの。それがなくなるのだ。自分という存在を証明できなくなるのはきっと恐ろしく、怖いことだろう。そうなることは仕方がないと思っても、そうなる前に自分で気が付いてほしかったとも思う。

そんなことを考えていると、今度は私達の名前をお父様が呼ぶ。

「ロイ、ルティア、君達の権利もだ」

「僕はかまいません」

「私も別に……」

突然のことではあったけど兄様と顔を見合わせ、私達はお父様の提案に頷く。しかしそれに驚いたのはリュージュ様とハウンド宰相様だった。

「陛下！　何故です!?　ライルだけを外すのでは？」

「そうですよ。全員の権利を白紙にするなんて……」

「私に何かあったらどうするのか、かい？」

宰相様は眉間に皺を寄せながら無言で頷く。そんな宰相様を見てお父様は苦笑いを浮かべた。

「私に何かあった時は、リュージュと君とで彼ら三人……いや、五人の中で一番適任の者を王位につけてくれ」

「五人……？」

ポカンとした表情のリュージュ様と宰相様に、お父様はマリアベル様のお腹の中にいる子が双子であることを告げる。

「それは、おめでとうございます……ではなくてですね、貴方、この間死にかけておきながら……」

「だからだよ、カルバ」

「陛下……？　一体何の話です？」

リュージュ様とライルは何も聞かされていなかったようだ。私だって今回の話がなければ、リュージュ様は『敵』なのではなかろうかと疑ったままだった。

何せリュージュ様の実家であるフィルタード侯爵家は王宮の中でも最大の派閥で、お父様ですら無視できない存在だからだ。だからこそ末っ子のライルを継承一位にしたと思っていたのだし。

まあ、そう考えたのはアリシアの話を聞いていたからだけど。

彼女の話がなければ、きっと何もわからず、何も知らず、ライルが王位に就くのを黙って見ていただろう。たとえ真実がどうであれ、宰相様もリュージュ様も国王不在の穴を埋める為にそこまで手が回らないはず。

元々放置されていた私は、そのまま放置され続け……アリシアの語る未来のようにただのモブ王女として過ごしていたに違いない。

「私はね、ずっと考えていたんだ。なぜ母親の実家の地位で継承順位を決めなければいけないのか、と。王位は優秀な者が継ぐべきだ。……幸いなことに私の代は同じ母から産まれ、兄の方が最適であると父上が決められたからこその順位だったけどね」

どうやらこの話はお父様からの話ではなく、お父様のお父様、つまりはお祖父様の時代より前から続く話のようだった。

しかし突然どうしてこんな話をしだしたのだろう？

「ライルが生まれた時、私はライルを継承一位にすることを問題だと感じなかったのは、兄上の子だからだ。そうでなかった時は強い違和感を感じただろう。なんせ生まれた時は王としての適性なんてわからないからね」

「それは……昔からの決まりだからではありませんの？」

「慣例、なんだろうね。だからこそ、侯爵は私に君を嫁がせたがった。そして私自身もそれに染まっていた。ライルの適性を見ずに決めていたのだから」

リュージュ様は不安げな表情でお父様を見ている。ええと、つまり……リュージュ様の子供が王になれば必ず自分が実権を握れる、とフィルタード侯爵は思っていると言うことだろうか？

それはそんな簡単に済む話なのかな、と考える。

だってもしもアリシアの話の通り、お父様が亡くなっていたらライルが王位に就くまでの間、国の中を取り仕切るのは宰相様とリュージュ様だ。フィラスタ伯父様亡き後、右も左もわからないお父様を支えてきたのだから当たり前ともいえる。

フィルタード侯爵家が入る余地はなさそうな気がするが……？

「私はね、未だに兄の死を疑っている。そしてカロティナの死も」

お父様の言葉に私は目を丸くした。伯父様の死とお母様の死、それは全く別のことに思えるのだがなぜ今、その話が出て来るのだろう？

「この間、視察からの帰りに事故にあっただろ？」

「はい。でもアレは……事故、と結論づけたのですよね？」

「表向きはね」

「表向き？」

私が聞き返したことでお父様は苦笑いを浮かべる。え、嫌だな。何か嫌な予感がする。

確かに事故として処理するには不可解なことが多い。雨も降っていないのに、あんなに抉れるように道が崩れたりするのだろうか、とか。行方不明になった騎士とか。

「先行して城に戻った騎士はいなかった」

「はい。ファーマン侯爵も誰にも会わなかったと言っていましたし……」

「人数が合わなかったんだ。五人ね」

もしかして、地滑りに巻き込まれたのではなかろうかと五人を捜しに再度、事故現場を調べたそうだ。もちろん故意なのか、自然発生的な事故なのかはわからなかったそうだが、五人の遺体は見つからなかった。

しかし、暫くして……王都の手前の街で若い男の遺体が二つ見つかったらしい。

顔が潰されて判別はできなかったが、二人の手がどう見ても鍛えられた者の手であり一般人ではなさそうだと。その街を差配していた人は、ただでさえ顔が潰されてどこの誰か判別できない遺体なのに、一般人でもなさそうだ、と言うことで念の為、報告に来たのだと言う。

「遺体の一人が、特徴的なアザの持ち主であったことが幸いしました。遺体はいなくなった五人の内の二人で間違いありません」

ヒュース騎士団長の言葉に私は混乱する。つまりは、本来、城に先駆けをして報告に来なければいけなかった五人の内、二人が手前の街で殺されていたというのか？

それは何の為に？　残りの三人はどこにいったのだろう？

「視察の時点で、マリアベルのお腹に子供がいることを知っていたのは、マリアベルに仕えていた侍女数人と私、そして彼女の主治医だけだ。主治医は彼女が子供の頃から診てくれている医者だから信用できる。そして、侍女の一人は我々が城に戻った時に姿を消していた」

「……それ、は……つまり、後宮の侍女が、陛下とマリアベル様を殺そうとした、と？」

リュージュ様の顔色は真っ青を通り越して白くなっている。今にも倒れそうなほどに。それぐらいショックな話なのだろう。そして後宮の侍女。それを取り仕切っているのはリュージュ様ではあるが、一人一人を自分で見て決めているわけではない。

リュージュ様が信頼している者が任されているはず。その人はきっと、長くリュージュ様に仕えているのだろう。そんな身近な者ですら、疑う必要があるなんて……

「……兄はね、とても優秀な人だった。私がこの八年かけてやってきたことなら、兄なら三分の一の期間でやってのけただろう。その兄が、ずっと考えていたことがあってね。私はそれを踏襲するつもりだった」

リュージュ様は思い当たることがあったのか、両手で顔を覆った。元々美しい人だったのに、今日だけでかなりやつれてしまったように見える。

「――高位貴族の力を削ぐ、法案ですね？」

リュージュ様の口から振り絞るように出てきた言葉にお父様は頷いた。

ファティシア王国には五つの侯爵家がある。

そのうちの四家は建国当時からある古い家で、各々得意な分野がありそれを持って国を支えていた。そのうちに一つ侯爵家が増え五つになると『派閥』ができてしまったらしい。

侯爵家のパワーバランスが崩れたことにより、他の貴族達も追随し始めた。それはそうだろう。より自分達を庇護してくれそうな派閥に入りたがるのは人のサガというものだ。

それを伯父様は元に戻そうとしたらしい。

お祖父様との話し合いも済んでいて、あとは様々な法と照らし合わせて少しずつ削いでいくつもりだったのだ。

「でもそれが頓挫《とんざ》してしまった。父と、兄の死によってね。そして私は兄が王に適任であると考えて、一切そういったことは学んでこなかった。適材適所でいうなら、本当に兄は最適な人だったからね」

「それが、仇になった、といいたいのですか？」

宰相様が唸るような声をあげる。お父様は肩をすくめ、ため息を吐いた。

「その通りだよ。だからね、ロイにもライルにもルティアにも生まれてくる子供達にも、相手に足を掬われないだけの知識を身につけてほしい。その上で、一番適任な者を王位につける」

「それは……いい方法だとは思いますが、危険では？」

「そう。だから表向きはそのままだ。これはここだけの話」

お父様は悪戯っぽく笑う。そして私達にこう言った。

「いいかい？　君たちは子供ではあるが、王族の一人だ。だからこそ、今この話を聞かせた。自覚を持って行動しなさい。誰にでも平等に王になる権利はある」

「俺は……俺には、王になる権利はありません……」

ライルがボソリと呟く。その言葉にお父様は今はね、と頷いた。

「だが未来はわからない。君はリュージュの子だ。君のお母さんは侯爵家の令嬢だからと言って、ただそれだけで正妃に選ばれたわけではないんだよ。その為の努力をたくさんしてきた人だ」

その意味がわかるね、とお父様はライルに語りかける。これから挽回する機会はいくらでもあり、ライルがこれからは愚かな振る舞いはしないと信じたのだろう。

「ライル、君は兄上の子ではあるが……私の子供でもある。その事実はこれからも変わらないよ」

「……はいっ！」

「君にはロイとルティアと同じ小離宮でこれから生活してもらう。本来ならもう小離宮で生活していい年齢だからね」

「わかりました」

「ただ、小離宮は今人手不足だ。ある程度のことは自分でしてもらう。今までのようにワガママを言っても、教えてもらえはするがやってはもらえないと思いなさい」

「はい」

お父様の言葉にライルはしっかりと返事をした。もしかして、これでアリシアの言うしっかりとした王子にライルはなるのだろうか？　そうだったら良いな、と思う。誰でも間違えることはある。それをきちんと正せるかは、結局のところ自分次第。だからライルには頑張ってもらいたいし、私も頑張らなければいけない。

「リュージュ、君は後宮の人員を整理してほしい。今のままではダメなことはわかるね？」

「はい」

「もちろん忙しいのは十分理解している。しかし子供の教育に悪い者を置いておく理由はないだろ？」

「当然です。後宮での正妃としての役割、きちんと果たさせていただきます」

「小離宮の方はこちらでチェックした者だけを入れる。多少、手が回らなくとも君の方で適度に理由をつくってくれるだろ？」

「ええ、もちろんです。それで……マリアベル様はどうなさいますか？」

先ほどまでとは違い、正妃としてのリュージュ様がそこにはいた。

後宮を取り仕切る、その長としての。

「マリアベルは小離宮で過ごさせる。フィルタード派の人間が何をするかわからないからね。君の為だとか、ライルの為だとか勝手に決めつけて行動するから行動が読めないんだ」

「……申し訳ございません」

「ああ、責めているわけじゃないよ。彼らにしてみれば、自分の人生がかかっているからね。覚えが良ければ取り立ててもらえると」

人とは利己的な生き物なのだとお父様は言った。

損得勘定で動くのは当然の権利だけど、それでは済まないこともあるらしい。

ひとまずは、ライルのことは片付いたと思って良いだろう。

実際には従兄弟であろうとも、お父様が自分の子だと言ったのだから異母弟は異母弟のままだ。

今はきっと、それで良いのだと思う。

特別書き下ろし

夢の残り香

Ponkotuoutaishi no MOBUANEOUJO
rashiikedo AKUYAKUREIJOU ga
KAWAISOU nanode tasukeyouto omoimasu

夢を見た。とても懐かしい夢、だ。

もうこの世にはいない彼の方《あかた》は、優しく微笑み私に手を差し伸べてくれる。その手を取り、一緒に庭園を回り、四阿でお茶を飲むのだ。他愛もない話をし、二人で侍女達の目を盗んで口をあけて笑いあう。優しくて、切なくて……そして夢の中の私は、もう二度とこの時間が訪れないことを知っていた。

「だってもう、貴方はいないもの――」


目を覚まし、ベッドから体を起こす。

重怠い体は、ここ数日の疲労が蓄積しているからだろう。小さくため息を吐き、今日の予定を思い出す。今日は、他国から来ている外交官とお茶会をし、それから中立派と呼ばれている貴族が開く夜会に参加しなければいけない。それ以外にも細かな雑務が山積みで……そういえば、明日はライルがこの後宮を離れる日だった。

「あの子の移動の準備はちゃんと終わったかしら？　あとで、見てあげないと……」

ポツリと呟き、ライルの泣き顔を思い出す。あの悪夢のような日から数日。小離宮でロイ王子やルティア姫と過ごし始め、少しずつ変わり始めていると聞く。それなのに未だ自分はライルと上手く話せていない。そんな自分に嫌気がさす。

きっと寂しい思いをしているだろう。私が言った言葉で傷ついている。それなのに、この数日は仕事を理由に話しかける事ができないでいた。完全に小離宮に移動してしまえば、親子と言えども今までのように頻繁に会うこともできなくなるのに。

他国の外交官とも、国内の貴族達とも対等に渡り合い、色々と話すことは苦ではない。それなのに我が子とだけは上手く話すことができないなんて……きっと普段の自分を知っている人達は信じられないものを見る目で私を見てくるはず。でもこれが、私。正妃という役割を演じている『私』なのだ。

『リュージュはちょっとだけ口下手なんだね。でもその分、僕がお喋りだから釣り合いが取れてるのかも！』

そう言われたのは、彼の方と婚約して少し経った頃。

見た目のせいか、それとも家門に対しての嫌みか、幼い頃から冷たい、キツイ、と陰で言われてきた。でもそんな自分に対して、彼の方が言った言葉は『ちょっと口下手なんだね』という言葉だけ。その言葉に救われた。ああ、私の事を理解してくれてるのだと！　でも今は、その言葉を言ってくれる人はいない。

勿論、その言葉を逃げにしていい理由はないのだけれど。

「ああ、もう一人いたわね。私を口下手だと言ってくれた人」

太陽のような明るい笑顔。茶色の髪をなびかせて、後宮を走り回っていた。お腹が大きいのに無理をしないで！　と真っ青になって止めたことは一度や二度ではない。

『私、普通の淑女にはなれないの。だってレイドール家の娘だから！　レイドール領の者は、男も女も、老いも若いも、皆、戦わなければいけない。辺境領とはそういう場所だもの。そこで育った私も同じ。だからこれは適材適所よ！』

だからそんな気にしないで！　もっと笑って？　口下手なのは知っているけど、笑ってないと幸せは逃げるのよ？　と、彼女は私に笑いかけ、手をひいてくれた。彼女が本来座るべき場所を奪ったのに。彼女の愛する人の隣に我が物顔で立つ私を、何も言わず笑って全て受け入れて……

ライルを守りたいと、そう願った私に手を貸してくれた。

だが私はどうだろう？　優しい彼女達に甘えて、彼女の大事な子供達を蔑ろにするような者を側に置いてしまっていた。そして今また、私はその優しさに甘えて、ライルの面倒を彼女の子供達に丸投げしようとしている。

これが本当に正しいことなのか？　まだできることがあるのではないか？　彼女の子供達に甘えてばかりで本当に良いのか？　もしも、もしも今、彼女がいたら……私に何と声をかけてくれただろう？

記憶の中の彼女はニコリと笑う。そして、何かを答えてくれることはしない。

「いいえ、もう声すらも……思い出せないものね」

私に優しくしてくれた、彼の方も、彼女も、私よりもずっとこの国に必要だったのに。優しい人は儚く、その命を散らしてしまった。

ライルも、あの子だって本当は優しい子なのに。あの子の性格を歪めてしまったのは、きっと私。私が、あの子から幸せを奪っている。そう思えてならない。

多くの罪が、私の中にはある。

家族を諫めることもできず、家族の望むまま、この地位に居座り続ける罪。

後宮内を上手く治めることができず、派閥の人間を野放しにしている罪。

口下手なことを理由に、我が子と関わるのを避けてきた、罪。

それでもこの地位から降りるなと、陛下は私に望むのだ。この地位にあり続けることこそ罰だというのなら、私は喜んでい続けよう。そして最後に断罪されるのであれば、喜んで断罪される。それが、私の役割であるならば……

それでも、それでも……ライルの幸せを望んでしまう。あんな事をしでかした子に温情をかけてくださった陛下に、顔向けできないことを望むのだ。

「もっと早く、気がついていれば……私はいつも終わってから気がつく。兆候は確かにあったのに」

そう。兆候は確かにあった。あったのに、見逃した。子供の戯れ、そんな言葉で私は見逃してしまったのだ。よくよく考えれば、戯れなんて言葉で見過ごしていい言葉ではなかったのに。その時もまた、忙しさを理由にしたのだ。

深い、ため息を一つ。それを合図にしたかのように、扉がノックされる。私はその音に、入室の許可を与えた。部屋の中に入ってきたのは、後宮を共に守る侍女長とそれに付き従う侍女数名。

「おはようございます。正妃様」

「おはよう、侍女長。今日もよろしく頼みます」

そういうと私はベッドからおり、身支度を始める。いつもと同じ風景。いつもと同じ、朝。ふと、そこに一石を投じようと思ったのだ。

だって今この場にいるのは、あの日いた侍女達だったから。

「ねえ、侍女長。貴女、私にルティア姫が魔力の使い過ぎで倒れたと報告に来たわよね？」

「ええ、勿論でございます」

「私があの時、何と答えたか覚えていて？」

「ルティア姫様のお体をお気遣いになるお言葉を仰ったかと」

「そうね。でも、何故か私がルティア姫が死ぬと言ったと……ライルがいったそうなの」

私の言葉に侍女長が顔を顰める。何故今？　と思ったのだろう。人員の整理をする様に侍女長に申し付けているけれど、彼女から見て働きぶりの悪い者だけがいなくなるだけではダメなのだ。

私の言葉を歪めて広げた者がいる。それは紛れもない事実。

あの日、私に侍女長が報告をしに来た時、今いる侍女達は同じ部屋にいた。侍女長は報告をした立場。たとえ彼女が口を滑らせたにしても、事実が歪んで広がることはない。もっとも、侍女長という立場でおいそれと噂をばら撒くような真似はしないだろう。

それに陛下が私にその件を尋ねに来た時、侍女長もその場にいた。もしも自分が広げたのならば、陛下の怒りに動揺を見せたはず。とは言え、私も侍女長も犯人を積極的に捜そうとは思わなかった。子供の戯れと、見逃したから。だが見逃した結果がアレだ。

ライルは歪められた情報を陛下やルティア姫に告げ、そしてそれを咎められたが故にルティア姫に対して憎しみを募らせた。ライルのルティア姫に対する憎しみの元凶は私自身。

陛下が私に対して冷たいと、そんな風に思われていたなんて……実際に私と陛下との間にあるのは戦友のような感情だけ。愛、というのであれば義理の家族に対するそれだろう。

私と陛下との間に交わされた約束を知らないライルは、説明されなければわからないこと。

あの日、初めて知った事実はきっとライルを大きく傷つけたはず。本当なら、もっとあの子が大きくなってから話したかった。


「――――おかしいと、思わない？」

そう言って、私はチラリと後ろで動き回っている侍女達を見る。その中に二人ほど、動きを止めた者がいた。侍女長に目配せをする。それだけで彼女はこれから何が起こるか想像できたのか、少しだけ困った表情を浮かべた。きっと侍女長の中では、彼女達は後宮を去るリストに載っていなかったのだろう。

しかしそんなことは関係ない。あの日、本当なら陛下に問われた時にやっておかねばならなかったことなのだから。その手を抜いたのは私達。だから追及の手を緩めるわけにはいかない。たとえ彼女達の家が派閥の中で上位に来るような家柄だとしても、だ。

スッと目を据え、噂を流したであろう二人の侍女を見る。どこにでもいる、良家の息女達。彼女達の年頃ならば、夜会に出かけ、アレやこれやと噂話を聞き齧るのが楽しかろう。

特に女は……噂話が好きなもの。それは身分が高かろうが低かろうが同じである。だが正確ではない情報を外で話すのはいただけない。勿論、正確だから良いというわけでもないが。

後宮という閉鎖された特殊な場所で働く者なら尚更のこと。口さがなく、不確かな情報を軽々と流す。そんな者にここで働く資格はない。

私は身支度が終わると、軽く手を振った。

「承知致しました」

侍女長はそう言って頷くと、動きを止めた者達に暇を出す。突然のことに彼女達は驚いた顔で私と侍女長を見た。

「じ、侍女長様……？　あの、何か不手際を？」

「ええ、大変な不手際をしました」

「そんな……!!　わ、私、頑張ります！　もっと頑張りますから!!」

二人は侍女長に縋り付かんばかりに懇願するが、この決定が覆ることはない。私は手に持っていた扇子をパラリと広げる。

「後宮に勤める者が口が軽くてはねぇ」

ギクリと肩が震え、二人が私を見上げてきた。その様子を眺めながら、侍女長は淡々と言葉を続ける。

「あの日、私は正妃様に姫君が魔力を使い過ぎてお倒れになった、とお伝えしました。そのことに対して正妃様は『姫君に万が一のことがあったら、陛下がお嘆きになるだろう。でもきっと、カロティナ妃のお子。目を覚ましてくださるはず』と仰いました」

「ねえ、貴女達はどんな話をしたのかしら？」

そう問いかけると、彼女達は震えながら「三番目の姫が死ぬかもしれないって」「三番目だから死んでも問題ないのに、心配なさるなんて正妃様はお優しい」と、同僚に話したと。その言葉に目眩を起こしそうになる。

ルティア姫がたかだか侍女である彼女達にまで軽んじられていたとは！　私は、本当に何も見えていなかったのだ。扇子を握る手に力がこもる。ルティア姫もロイ王子も私にとっては彼女の大事な忘れ形見。蔑ろにされていい存在ではないのだ。

「貴女達は、随分と偉い立場なのね？」

「そ、そんなことっ……!!」

「お許しくださいっ!!」

床に額ずき、カタカタと震える体。王族に対する偽りの噂を流布し、放逐されたのであれば、彼女達は今後まともな縁談は望めない。もしも今、婚約者がいるのであれば破談になるだろう。それぐらいの事態に発展していると、彼女達は即座に気がついた。

その事実に直ぐ気付ける頭があるのなら、どうしてそんなことを口にしたのか？　大きな派閥にいる安心感からか、それとも私が目こぼしするとでも思ったのだろうか？　私が、家門の為に動いているように見えるのなら、彼女達の目は余程曇っているのだろう。

「どうして許してあげないといけないのかしら？　そんな話を簡単にするということは、貴女達……普段から、そうやって話をしていたのでしょう？」

「い、いいえ……私達はそんな!!」

「それならライルに聞いてみようかしら？　どの子がルティア姫の悪口を言っていたのかって。今のあの子ならきっと協力してくれるわ」

私の言葉に彼女達は真っ青になる。これは常日ごろから話をしていたのだろう、と予測がついた。

そしてそれを放置していた侍女長にも視線を投げる。

侍女長は眉間に皺を寄せ、私にスッと頭を下げた。

「教育が行き届かず、申し訳ございません」

「教育が行き届かない、というレベルの問題ではないわね。王族に対して平気で不敬な発言をするだなんて……普段から我らを軽んじているといっているようなものよ？」

フィルタード侯爵家は確かに大きな派閥を持っている。だからと言って、やりたい放題させているわけじゃないのだと、暗に告げる。私は確かにフィルタード侯爵家の出身ではあるが、今はこの国の正妃。王族として、王族に対する不敬をこれ以上見逃すわけにはいかない。

鋭い視線を向ければ、侍女長は冷や汗を流し後宮に出入りする全ての者の言動をチェックすると約束した。

「今暫し、お時間を――」

「そうね。全体をチェックするなら時間がかかるわ。でもね？　甘いチェックをしようものなら、次は貴女の首が飛ぶと思いなさい」

私の言葉に侍女長の体が強張る。私だって共にこの後宮を見てきた者を放逐したいわけではない。だが、派閥の力関係を考えて人員を整理するならば……そんなまとめ役はもう不要だ。

身支度を整え終わった私は、彼女達を置いて部屋を後にした。

＊＊＊

朝食を食べ、午前中に予定されていた他国の外交官と茶会をする。それは他の国の動向をチェックする大事な場でもあった。こういった会話に苦労することはない。元々その為の正妃教育だ。

長く、長い間……彼の方の婚約者であった。あの時間こそ幸せの象徴であり、二度と戻ることのない、つかの間の夢とも言える時間。いつだってあの頃に戻りたい。戻って、やり直したい。叶わぬ夢を抱えて、私は扉の奥に待ち構えている者達と対峙する。

そして茶会が終われば、外交官達の話をまとめ陛下の執務室へと向かう。あの日から何度も会ってはいるが、陛下が私に対する態度を変えたことはない。それがありがたいような、それでいて心苦しいような気持ちにさせるのだ。

私の父は、陛下の愛した人すらも奪った可能性がある。

その事実を抱えながらも、ずっと変わらずに接してきてくれた。義姉《あね》、として。私の心の中に、変わらず彼の方がいると知っているから。私に正妃の役割を与えても、妻としての役割を求めたことは一度もない。

陛下の執務室の前に立ち、周りにわからぬように小さく深呼吸をする。側仕えの侍女が近衛に扉を開けるように伝え、直ぐに開けられた扉の中へ、私は少しだけ憂鬱な気持ちを持って入るのだ。

「陛下、マテリス国の外交官との茶会が終了致しました」

「ご苦労様、リュージュ」

「いいえ」

書類を手渡しながら緩く首を振ると、陛下が手を上げて側仕えの侍女を外に出す。部屋の中には私と陛下、そして宰相のハウンドのみ。ああ、これは聞かれるな、と覚悟する。

「それで……どうだい？」

「どう、とは？」

「ライルだよ。上手く話せた？」

優しく諭すように話しかけてくる陛下の言葉に、私は苦笑いを浮かべるしかできなかった。上手く話せていれば、ライルがあんなことをしでかすことはなかっただろう。コミュニケーション不足、と言葉にするのは簡単だが私にとってはひどく困難な問題なのだ。

家族なのに、上手く話せない。いや、家族だからこそ、か――

昔から我が家の中心は父であり、兄であった。女に生まれた私は、必ずや第一王子の婚約者にならねばならないと厳しく育てられた。家族からの愛情を得た覚えなどない。母もそれに追随するような女性であり、私は家の中で孤独を深めていった。

そんな私が彼の方の婚約者に選ばれ、これで家族も認めてくれる！　そう思っていたけれど……現実はそうはならなかった。

『いいか、必ずやフィラスタ王子に気に入られるんだぞ。婚約者に選ばれたからと言って、安心はするな！』

『後宮がある限り、正妃であっても安心はできん。必ず男を産むんだ』

『お前が正妃となり、跡継ぎの王子の母親になれば我が家は外戚として栄華を極められるんだぞ！　お前にはそれぐらいしか出来ないんだからちゃんと役に立て!!』

長い、長い婚約者生活の間、父や兄はずっと私に言い続けたのだ。そんな私に寄り添い続けてくれた彼の方は、後宮に私以外の妃を入れることはしないと約束してくれた。

そんなことをすれば、本当にフィルタード家に王家を乗っ取られてしまう。私はそう訴えた。けれど彼の方が自らの言葉を翻すことはなかった。それが私への愛の形だと。そう、言ってくれた。それがどれほど嬉しかったか……!!

もしも、彼の方と共にライルを育てることができたなら——私は、本当の意味での家族への『愛』を知ることができただろう。

「リュージュ」

名を呼ばれ、顔を上げれば陛下が優しい笑みを浮かべていた。

「僕も、未だに子供達と話す時は緊張するんだ。悪い父親だからね」

「そんなことは……!!」

「ロイに言われるまで、ルティアの状況なんてちっとも知らなかった。君に押し付けて、父親としての役割を果たした気になっていただけなんだ」

「いいえ。それをいうならば私が悪いのです。正妃でありながら、あのような者達をロイ王子とルティア姫の側に置いていたのですから」

後宮や子供達の暮らす小離宮は正妃である私の管轄。正妃の役割を担っておきながらその役目を全うすることすらできていない。

　項垂れる私に、コホンとわざとらしい咳をしてみせたのはハウンドだった。

「完璧な人間はいません。それと同じく、完璧な親もいません。私の家や、リカルド、アマンダの家とて上手く行っているとは言い難いのです」

「……そんな風には……見えないわ」

「そうでしょうか？　私は息子から、ライル殿下の相談を受けたことはありませんでした。本来ならあってもいいはずです。そして他の二人も……」

「どうして、相談しなかったのかしら？」

「忙しいから、でしょうね」

　確かに私達は忙しい。でもそれが子供達が相談してこない理由になるだろうか？　そんな私の心情がわかったのか、「気を使われているんですよ」とハウンドは言う。

「気を、使われている……？」

「顔色を窺っている、と言っても良いでしょうね。その話は今でないとダメか？　母親に相談しなさい。そんな風に言い続けてきたせいです」

「それは……でも……」

「何度も繰り返すうちに気を使って、言わなくなります。母親には相談したところで、私の方まで話が行くとは限らない。我慢しなさい、と言われるのが落ちでしょう」

　そして最終的に、親に何も期待しなくなる。と……その言葉にヒュッと息を呑んだ。期待されなくなり、親としての義務も果たせなくなった日には、一体何があの子との間に残るだろう？

きっと産んだ、という事実だけ。

愛情も何もかも、あの子の中には残らないのだ。たとえどんなに愛していても。

「私は……ライルと、あの子と上手く話す自信がないのです」

「そうか。でも、上手く話す必要はないんじゃないかな？」

「え？」

陛下の言葉に私は困惑する。上手く話す必要がないとは？　それではまた、誤解されてしまうのではなかろうか、と。

「上手く話そうと意気込むから、上手く話せないんだよ。親子だからね。失敗だってある。その失敗から何を学ぶか、だよ。リュージュ」

「まだ、間に合うでしょうか？」

「未だにロイに文句を言われている僕が大丈夫だと言って、君は安心できる？」

ロイ王子に文句を言われている、と言われ、私は首を傾げる。陛下は父親として良くやっているように見えたし、ロイ王子とも良好な関係を築いているように見えたからだ。

「リュージュ様、今回の件で陛下は物凄くロイ殿下に文句を言われていますよ」

「それは……一体……？」

「『まだ年端もいかない娘に裁かせるとか何を考えているんですか！』とか、『今回は結果的に良かったけど、畑に録画できる魔法石を仕込んでおくなんて、ルティアのプライバシーまるっと無視しないでください！』とかまあ、色々かな？　ロイは結構怒りん坊なんだよ」

「でも、いずれも必要なことでは？」

「録画は微妙なラインだと私も思いますよ？」

ハウンドは眉間に皺を寄せている。確かに少しやり過ぎな気もするけれど、ルティア姫はカロティナ妃によく似ている。姿も、中身も。危険なことに巻き込まれない為にも、必要なことでは？

ますますわからず、どう答えればいいか悩んでしまう。

「リュージュは優しいなあ」

「そう、でしょうか？」

「うん。優しい。だから、きっと色々と考えすぎてしまうんだね」

そんなことはないと首を振る。だって私は仕事を理由に逃げ続けているのだから。大事な家族から、逃げている。話さなければならないことをわかっているのに。

「私は……ダメな母親です。母親だけでなく、正妃としての役割すら満足にできていない」

「『お母さんは私が、正妃の仕事は貴女が、適材適所よ』なんて昔、カロティナが言っていたけど、今考えると案外的を射ていたんだなあ。カロティナが正妃の仕事に対して苦手意識があるものだとばかり思っていたよ。実際、正妃にはなりたくないって言っていたしね」

「陛下……？」

その話は初耳だ。彼女は本来正妃たる人物。私がその場所を無理矢理奪ってしまったとばかり思っていた。ライルを守る為に、必要であったとはいえ……

「体を動かす方が余程マシ！　と言っていたからね。だから君を凄く尊敬してた。君の助けになりたい、ってね。それと君は少しだけカロティナに苦手意識を持っていたけど、嫌いだからじゃないだろ？」

「それは……当然です。嫌うなんて……!!」

確かに苦手意識を持ってはいたけど、嫌うなんてことはない。彼女は私にはないものを持っていて、いつも素敵で輝いていた。今だって彼女が生きていたら、と何度も願ったことがある。そして、彼女が生きていたらこんな事態にはなっていなかっただろう、とも。

ライルも愛情を注がれ、擦れることなく、きっと小離宮でロイ王子やルティア姫と三人仲良く暮らしていたはずだ。それは、私には絶対にできないこと。そんな彼女が羨ましくもあり、ずるいな、と感じる部分でもある。

「死者は生き返らない。思い出も段々と薄れていくものだ。でもね？　これだけは断言できる。今、彼女が生きていたら――」

「生きていたら……？」

「『逃げて後悔するくらいなら、相手にぶつかってから後悔しなさい!!』って怒るだろうね」

そう言って陛下は肩をすくめた。その言葉にポカンとした表情を浮かべると、陛下は小さく笑う。

「あ、あの……カロティナ妃は怒るんですか？」

「怒るよ！　怒らせるとすっごく怖いね。流石、レイドール家の娘！　って感じでね……一回は剣を片手に怒鳴り込んできたこともあるし」

思い出の中の彼女はいつもニコニコと微笑んでいた。笑顔を絶やさない穏やかな彼女が、男の人を、ましてや陛下を怒鳴るなんて想像もつかない。もっとも、後宮内を子供達と走り回ったりしてる姿はよく見かけたけれど。

「思い出は美化されていきますからね。今でも覚えています。剣を片手に、執務室に乗り込んできて『正妃だからって働かせ過ぎよ！　ライルと触れ合う時間がないじゃない！』と……執務机が一刀両断されるところでした」

「……それは、何かの間違いではなく？」

「残念ながら現実です」

ハウンドはメガネを直しながら私に告げた。いや、まさかそんな!?!?　衝撃の事実に私の口から笑いがこぼれる。

「やだ、想像したらおかしい……ふふふっ」

そう言って口を開けて笑えば、陛下も同じように笑う。こんな風に笑ったのはいつぶりだろうか？

「リュージュ、その勢いでライルと話してご覧」

陛下の優しい言葉に私は素直に頷いていた。

「……はい。はい、きっと話してみせます」

＊＊＊

いざ話そうと思うと、何を話せばいいかわからなくなる。ライルの部屋の前に立ち止まり、ノックする手を上げては下げるを繰り返していた。

「私は意気地なしね……」

ため息を吐きながら、もう一度、ノックする為に手を持ち上げる。すると、扉を叩く前に扉が開いたのだ。

そして驚いた表情のライルが私を見上げている。

「……はは、うえ？」

「ライル……」

ああ、何を言おう。何を話そう。そんな事をグルグルと考えていると、不意に誰かに肩を押された気がした。

気がつけば、私は、ライルを――自らの腕の中に抱きしめていたのだ。

おずおずと小さな手が私の背中にまわる。

「ライル……ライル……ごめんなさい。貴方に酷いことを言ってしまって」

「ははうえ」

「貴方が生まれた時は本当に嬉しかった。何があっても貴方を守ろうって、そう思っていたのに……ダメなお母様でごめんなさい」

「ははうえ……ははうえ！　ははうえぇぇぇっっ……‼」

「ライル、私の愛しい子。貴方を愛しているわ……もう一度、私にチャンスをちょうだい？」

「違うんです……俺が、俺がっ……おれがわるいんです……」

ライルの瞳からボロボロとこぼれ出る涙をハンカチで拭う。いつぶりだろう？　こんなにちゃんと顔を見たのは。ライルの中に確かにある、愛しいフィラスタ様の面影。二人の時間が、優しく思い起こされる。

ちゃんと、貴方はここにいてくれたのですね。私とライルを見守ってくれていた。

「ライル、お母様とお話をしましょう？」

「……はい」

「貴方にたくさん話したいことがあるの。貴方のお父様のこと、私のこと、口下手だから少し時間がかかるかもしれないけれど……聞いてくれる？」

「はい……はい……!!」

ポロポロあふれでる涙を拭い、私はライルの手を取ると部屋の中に入る。明日になれば、ライルは後宮から子供達の住む小離宮へ移る。頻繁に会うことなんてできないって、勝手に思い込んでいたけど……私が会いに行けばいいのだ。今、ライルの元へ来たように。

そう。行動を起こさなければ今までと変わらない。脳裏に浮かぶのは、後宮を走り回る彼女の姿。彼女のように、私も走り回ればいい。だって彼女は私の為に怒ってくれたのだ。ライルとの触れ合う時間を自ら諦めてはいけない。

「ねえ、ライル。会いに行くわ。貴方に……そして、貴方の新しい世界を教えてちょうだい」

そう話せば、ライルは嬉しそうに笑ってくれた。

特別書き下ろし

コヅメリス襲来!?

Ponkotuoutaishi no MOBUANEOUJO
rashiikedo AKUYAKUREIJOU ga
KAWAISOU nanode tasukeyouto omoimasu

それは、自称……？　いや、優秀は優秀なのだから他称も含む、僕の従者が発した言葉だった。

「姫さんって……コヅメリスに似てません？」

何の意図を持って呟いたかわからないが、僕の優秀なる従者、ロビン・ユーカンテは何だか疲れた顔でそう告げたのだ。僕はコヅメリスの名から、その姿を思い出す。

確か、魔獣。

サイズは小型犬くらい。

見た目はリスっぽいような、モモンガっぽいような？

懐けば愛玩用として飼えるが、警戒心が強いとも聞く。それと逃げ足が速いんだったか？　実物を見たことはないけれど、図鑑に載っていた挿絵と説明を思いだす。でもそれとルティアと何の関係があるのだろう？　それに似ている、と言われて僕はどんな反応を返すべきかもわからない。

そうだね、と返すべきか、それともルティアはもっと可愛いよ、と言うべきか。どちらで返しても違うような気がして、僕は自分よりも僅かに高い背を見上げる。

「……ロビン、その心は？」

「……姫さんがゆくえふめー」

「ユリアナ？」

「そうっす。俺の方が捜すの得意でしょ？　って押し付けていきやがりました」

「まあ、確かに。ロビンはルティア捜すの得意だよね」

小さい頃からルティアは王城の至る所に出没していた。あ、確かにコヅメリスっぽい。確かコヅメリスも、テリトリーが広くて色んな場所に出没するのだ。それにしても、最近はアリシア嬢と友達になった事で落ち着いたと思っていたけど、どうやらそうではないらしい。

彼女ならルティアの良い見本になると思ったんだけどね。いくら産まれる前の記憶とやらを持っていようとも、彼女は上位貴族の一人。ついこの間まで、庭を駆け回り、木に登り、調理場に現れてはつまみ食いと言う名の餌付けをされていたルティアとはレベルが違う。

主に、マナー面の。

同じ歳の子がこれだけ出来る、と言う事実がルティアのやる気を焚き付けてくれると思ったんだけど、長年の習慣がそう簡単に直るわけがなかった。いや、一応、ルティア的には前よりも、やる気を出してくれているんだけどね。

これは僕の見通しが甘かったなーとボンヤリ考えていると、軽く腕を引かれる。

「殿下……考え事しながら、ボンヤリ歩かんでくださいよ」

「ああ、ごめん」

気がつけば、目の前には大きな段差。ボンヤリしたまま歩いていたら転んでいたところだった。

「姫さんよりかは運動神経そこまでないんですから、受身取れずにすっ転びますよ？」

「えっ……ルティアの方が運動神経上なの⁉　それショックなんだけど……」

「木の上にスルスルと登れる時点で上でしょうね」

殿下、セミみたいに木にへばりついて登れなかったでしょ？　と幼い頃の話を持ち出され、思わず頬を膨らませる。

「それ、ルティアよりちっちゃい頃の話でしょ？」

「そうやって頬膨らませていると、姫さんと同じっすねえ」

はっはっはーとロビンは笑う。僕はロビンの脇腹に軽く拳を当てて、抗議するが本人はケラケラと笑うだけでこたえていない。そして僕は自分の頬をムニッと摘む。ルティアがよく頬を膨らませて「不服だ！」と表現して見せるけど、アレってやっぱり僕のせいかなーとか思ったりもする。

小さい頃のルティアは本当に僕の真似をするのが好きだった。原因はロビンが僕の真似をしていたからなんだけどね。ロビンは僕の影、でもある。有事の際に、僕のフリをしたりとかね。まあ、人に言えないアレコレが王族にはあるのだ。僕にとっても兄のような存在であるロビンに、危険な真似はさせたくないし、そんな事態にはなってほしくないけれど。これればかりは、自分の意思でどうにかなるものではないから……相手の出方次第だろう。

兎も角、その練習でルティア相手に良く、『どっちがお兄様でしょう？』をやっていたからだと思う。声だけなら、ルティアでも僕とロビンを聞き分けることはできない。ただ目隠しをすると、手で気づかれてしまうけどね。

手だけは誤魔化すのが難しい。それは僕が王子であり、ロビンが従者だから仕方ないとも言える。ルティアみたいに僕も土いじりをしていたら、同じ感じになるかもしれないけどね。でも土の中にはアレがいるからなあ。アレだけはダメなんだ。想像するだけで、背筋がゾッとする。

僕は頭の中からアレを追い出すように軽く頭を振ると、ルティアがどこに行ったのかをロビンと話す。

「それにしても、ルティアはどこに行ったんだろうね？」

「どこでしょうねえ。ユリアナがわざわざ俺の所まで来たってことは、あっちの小離宮にはいないってことですし？」

「侍女長が怒るだろうなあ」

「今の侍女長は怒るでしょうね」

この一年ほどでルティアの小離宮の侍女や侍従はほぼほぼ入れ替わっている。入れ替えたのは父上。そして入れ替わった者の出身地は、お祖父様が治めているカタージュの出身。もっとも一括で入れ替えると向こうに怪しまれるから、一年かけて徐々にって感じだけど。

その一番手に来たのが侍女長、カフィナ・テルマ。

黒く長い髪を後ろで一つにまとめ、ふくよかな体型だが俊敏な動き。キリッとした少し小さな眼。一言では言い表せないが、全体的な印象としては前の侍女長とは全く違う威圧感みたいなものがある。それもそのはず。侍女長は、レイドール伯爵家の侍女長でもあったのだ。その職を辞して、ルティアの小離宮の侍女長になった。それだけでもお祖父様がルティアの身を案じてくれているのがわかる。

そしてルティアの現状を知るとポツリと彼女はこぼした。

「ここは、カタージュであったか？」と――

言いたいことはわかるけどね。一年前までのルティアは本当に、本当に……いや、ユリアナが物凄く頑張ってくれてたし、僕らも協力はしていたけど、全くと言っていいほどマナーも勉学も足りていなかった。

王族として、と付け加えるけども。

それに小離宮の中も、あまり清潔に保たれているとはいい難い。ユリアナ一人では、ルティアの面倒を見て、更に小離宮内の清掃にまで手を延ばせるほどの時間はなかったのだ。

それもこれもリュージュ妃が選んだ侍女長をはじめ、侍女や侍従達が仕事をしないから。三番目と言われても、王族は王族。たとえ後ろ盾の力が弱かろうと、蔑ろにされる謂れはない。

それでも彼らはルティアを蔑ろにする。その状況にカフィナは物凄く怒った。それはもう、仕事をしない侍女や侍従なんて必要ない！　働かぬ者に給金も、次の職場の紹介状も一切出さぬ!!　と怒髪天を衝く勢いで怒鳴りつけたのだ。

それに驚いたのは働かなかった者達。ユリアナを悪者にして、自分達だって手伝おうとしたけれど、ユリアナが許さなかったのだ。と言い訳をした。

どう考えてもおかしな言い訳だ。

一介の侍女と、それを取りまとめる侍女長、以下侍女や侍従。力関係で言えばユリアナよりも上になる。勿論、そんな言い訳がカフィナに通じるわけもなく……徐々に彼らは首を切られ、小離宮から放逐されていった。

当然ながら紹介状は持たされない。ついでに言うと、仕事をしない侍女と侍従と言うことで名前が公表され通達された。一定レベルの家がそんな人間を雇うとも思えず、そこそこの家の者は婚姻も遠のいたことだろう。

そのことに少しだけ胸のすく思いがした。これでようやく、ルティアの生活環境が整ったし、カタージュ出身者で占められた小離宮で不測の事態が起こるとも考え辛い。

でもその予想を斜め上で飛び越えるのがルティアだ。ルティアは急に侍女や侍従達が自分を蔑ろにしなくなり、きちんとお姫様として扱いだした事を訝しみ、脱走するようになった。

今まで蔑ろにされてきた状態がルティアにとっては普通で、王族としての心得や振る舞い、そして勉学に励むように言ったり、小離宮内を綺麗に保つ……そんな彼らは警戒の対象になってしまったのだろう。

それに困ったのは侍女長はじめ、新しく来た侍女や侍従達。彼らは如何すればルティアの警戒を解けるか、と考えた。今の状態が正しい状態なのだ、とルティアに説明しようにも警戒されていたら素直に受け入れてはくれないだろう。

ユリアナに説明させるのもまた悪手。ルティアにとってユリアナは姉のような存在。ユリアナを脅したのか!? と思われる可能性がある。

最終的にカフィナが下した判断は……

追いかける、事だった。

文字通り、そのままカフィナが追いかける。それを侍女や侍従達が見守るのだ。勿論、ユリアナは手を出してはいけない。ルティアからの信頼を勝ち取る為に、カフィナは来る日も来る日も……脱走したルティアを追いかけ回す。

僕は逆効果じゃないかな？　と言ったことがあるんだけど、カフィナは「これで良いのだ」と断言した。正直、そこまで若くないカフィナに、ルティアを追いかけ回すのは厳しいのでは？　と思っていたのだが、カフィナは上手い具合にルティアを捕まえるのだ。

どうやら、カフィナが若い頃にも同じ様に逃げ回った『誰か』がいたらしい。いやそれ絶対に母上でしょ。血は争えないですね、とルティアを捕まえ小脇に抱えたカフィナは誇らしげに笑う。

そんなカフィナを見て、ルティアも徐々に心を開き、今の小離宮の状態が正しい状態なのだと理解していった。

それでも時折、ルティアは脱走をする。今日みたいにね。

「そういえば、最近はルティアが脱走しても侍女長直々に捜さなくなったね」

「そりゃそうですよ」

「どういうこと？」

「だって、前は警戒していたから逃げたんです。でも今は違うでしょう？」

そりゃあ、確かに警戒して逃げているわけじゃない。でもだからってどうして？　僕が首を傾げると、ロビンはシシシと小さく笑う。

「今の姫さんは息抜きで逃げてるんです。それなのに侍女長が追いかけたら息抜きにならないでしょ？」

「息抜き……」

「まだ一年ですよ。姫さんが王族としての教育をきちんと受けだしたのは。今まで自由にしていた分、息が詰まることもあるでしょう？」

「そっか……そういえば、そうだよね。王族としての教育を受けるのは義務だけど、その権利を奪われていたってルティアが自覚するにはまだ時間が足りないのか」

当たり前だった日常が、急に百八十度変わったのだ。気詰まりを起こしても不思議ではない。

「ルティアは……カタージュで暮らしていた方が良かったのかな」

「どうでしょうね。どちらで過ごしていても、今とあんまり変わらない気もしますけど」

父上に直談判したことは後悔していない。ルティアが受けるべき権利を行使したに過ぎないし。でも、ルティアからその事について何かを言われた事もない。当たり前の日常が変わってしまって、ルティアはどう思っただろう？　箱庭の様な、小さな生活から王族としての義務がのし掛かる生活。

「正しい事をしたからって、ルティアにとって絶対的に良いとはいえないのかなあ」

「あの生活が良かったとか、絶対にないんで！　今の状況に姫さんが慣れるのを待つしかないんですよ。ま、今はアリシア嬢もいらっしゃいますし？　流石に木登りとかはしなくなりますって」

木登りされると、下ろすのが大変なんっすよね～とロビンは呑気に言う。きっと僕に気を使ってくれたのだろう。

「流石にもう木登りはないんじゃない？」

「そうだと良いんですけどね。でも姫さんだからなあ。予想の斜め上な事しでかすし……」

「例えば？」

「木に登ったは良いけど、高い場所に登りすぎて下りれないとかね」

「ああ、ありそう……」

思わず想像して笑っていると、カサカサっと近くの木の上で葉っぱが揺れる音がした。僕とロビンはお互いに顔を見合う。

「いやいや、まさかねぇ？」

「そうだよ。ルティアだってもう八歳なんだよ？　ミミーを手に庭を駆け回っていた頃とは違うんだから」

そんな会話をしながら、時折、カサカサと揺れる木の近くまで行く。風は勿論、ない。揺れているのは幹の太い、立派な木だけだ。

パッと見ただけだと、確かに登りやすそうな気もするけど……下りるときの足場が微妙でもある。

「……知ってます？　殿下」

「ん？」

「かくれんぼの極意は目線よりも上に隠れる事なんっすよ」

「へぇ」

「コヅメリスもそれがわかってるんです」

「コヅメリス……」

「でもまあ、コヅメリスは下りられないなんてマヌケな事はしませんけどね」

デスヨネー姫さん、とロビンは木の上にいると思しきルティアに話しかける。ガサガサッと木の上では大きな音がした。アレ？　なんか、おかしくないか？　そう思った次の瞬間、何かがロビンの顔目掛けて落ちてきたのだ。

「うおわっ⁉」

「え、何⁉」

丸い、毛玉。勿論、ルティアではない。それがロビンの顔にへばりついている。

「ロイ兄様、ロビン……二人とも何してるの⁇」

僕らの後ろから、耳によく馴染む可愛らしい声。その声の持ち主は、当然だけどルティアだ。僕は後ろを振り向く。ルティアの腕には数冊の本が抱えられていた。

「……ルティア、もしかして今まで図書館にいた？」

「そうよ？」

「それ、侍女長は……？」

「勿論、知ってるわ。ちょうど行こうとした時に会ったもの」

「ユリアナには……？」

僕がそう尋ねると、あ、と小さな声を上げる。きっと侍女長に言った事で、ユリアナにも言ったつもりになったのだろう。兎も角、ルティアは見つかったし、ルティアが侍女長に怒られることはなさそうだ。それはそれとして……チラリとロビンを見る。毛玉はロビンの顔からソロリと己の顔を上げて辺りを見回した。チチチと小さな鳴き声もする。見た目はとても愛らしい。

一体なんて名前の動物なのだろう？　この辺ではあまり見かけない気がする。

「あ、コヅメリス」

ルティアの言葉に、僕は目を瞬かせた。この毛玉が、コヅメリス？　確かに、リスのような尻尾とモモンガの様なヒダ？　が脇にはあるけど……図鑑に書かれていたサイズよりもだいぶ小さい。

「あーもー!!　は・な・れ・ろ!!」

そう叫ぶと、ロビンはコヅメリスの首根っこを掴み自らの顔から引き剥がす。ジタバタと暴れ、きいきいと抗議の声を上げるコヅメリス。

「ロビン、可哀想じゃない」

「そうはいいましてもね？　これでも魔獣なんっすよ！　爪が痛いの!!」

確かにロビンの顔には、コヅメリスが落ちてきた時についたと思しき引っかき傷がある。その姿に思わず笑ってしまった。

「殿下……？」

「いや、だってほら！　ロビンがコヅメリス、コヅメリスって言ってるから、きっと呼ばれたと思って出てきたんだよ」

「そうなの？」

「うん。そうなんだ」

僕の言葉にロビンはバツの悪そうな表情になる。そんなロビンを見て、流石にルティアをコヅメリス呼ばわりしていたとは言わないでおく。そんなこと言ったら、きっとうるさくなるだろうしね。

ルティアはルティアで珍しそうに、ロビンの手の中にいるコヅメリスを眺めていた。

「まだ子供なのかな？」

「ちっちゃいしね」

「飼うの？」

「いや、流石に……」

飼えないよと、そう言いかけると、コヅメリスはロビンの手からパッと離れロビンの肩を行ったり来たりと遊び出す。

「……飼わないの？」

もう一度、ルティアが同じ言葉を繰り返した。僕も同じ様にロビンに告げる。

「ロビン、飼わないの？」

ロビンはため息と共に、両手を上げた。

そして、ルーと名付けられたコヅメリスは今日も元気に僕の宮を走り回っている。まるで、ルティアが走り回っているかのように。

とはいえ、ルティアが離宮内を走り回ることをやめたわけではないけどね。

あとがき

はじめまして、またはいつもご愛顧ありがとうございます。諏訪ぺこと申します。この度は拙作をお手に取っていただき大変ありがとうございます。

このお話は所謂なろう系王道の「貴様と婚約破棄をする！」から始まる物語ですが、実際に売られている乙女ゲームにそんなシーンは全くありません。悪役令嬢も出てきません。ヒロインが一生懸命頑張って、攻略対象の好感度をあげたり、色々な障害を乗り越えるのが乙女ゲームです。乙女ゲーム好きな方からは「悪役令嬢が出てくる乙女ゲーなんてあるか！」と苦情が来そうだなあと思いながらこの書き出しを入れました。ただし、主人公はモブと呼ばれるスチルがあれば良い方な王女様ですが。

ルティアは王女でありながら、王城内の最大派閥から下に見られている存在です。そのせいで本来受けるべき教育を施されず幼少期を過ごしていました。でも本人は全く気にしていません。楽しんでいます。王城内の色々な場所に出没して、みんなに可愛がられながら成長しました。

王女らしくない、王女。それがルティアです。

そして悪役令嬢であるアリシアはちょっと影が薄いな、と感じるかもしれません。でも悪役令嬢がグイグイ前に出てきたらモブであるルティアは存在が霞んでしまうので、アリシアは控えめなぐらいで丁度いいのです。

ルティアが太陽なら、アリシアは月。そんな二人の物語となります。

そしてお気付きの方もいるかもしれませんが、文章中でルティア達の外見描写は殆どありません。これはルティアが主人公なせいでもあります。彼女は王女なので、誰かと自分を比べる必要がないからです。攻略対象達も攻略する必要ないですし。もしもアリシアが主人公であれば、この描写は必要だったでしょう。

ＴＯブックス様から本にしませんか？　とお話を頂いて、一番困ったのはこの部分でした。新しくキャラクターを創ってもらうか、それとも友人のＢＥＫＯさんが描いてくれたイラストを基にしてもらうか……。後者を取りまして、ＢＥＫＯさんのイラストを基に、海原ゆた先生がブラッシュアップし更に素敵になったルティア達が出来上がりました。人物描写の少ない本作を素敵に彩ってくださり、お二人には大変感謝しております。口絵の双子コーデは本当に可愛いです！

最後に、お声がけくださったＴＯブックス様、担当編集者様方、各投稿サイトにて本作を応援してくださっている皆様、本当にありがとうございます！

また次巻にてお会いできることを楽しみにしております。

巻末おまけ

コミカライズ第一話試し読み

漫画 海原ゆた

原作 諏訪ぺこ

Ponkotuoutaishi no MOBUANEOUJO
rashiikedo AKUYAKUREIJOU ga
KAWAISOU nanode tasukeyouto omoimasu

Ponkotsumahoutsukai no Mobureijou

desukedo Akuyakureijou ga

Kawaisou nanode tasukeyouto omoimasu

第1話

——10年前
やぁ ルティア!
!
ロイお兄様!
ファティシア王国第1王女
ルティア・レイル・ファティシア
8歳
お茶会はどうだった?
友達はできそうかい?
ファティシア王国第1王子
ロイ・レイル・ファティシア
11歳
まあお兄様! 私は普通のお友達がほしいのよ?
取り巻きじゃなくて!
ええ!
本当の友達なんて王女にはできっこないってわかってるけど!
そんなことはないよ
ところで

これからどこに行くんだい？
えっと 実はね さっきのお茶会――
今日は8歳の私にお友達を作ろうと
高位貴族の中から歳の近い令嬢を集め王城の庭園でお茶会が開かれたその中に彼女がひとりでポツンと立っていて――
あれは…
透けるような金髪に少し吊り気味の紫の瞳お人形のようなとても愛らしい女の子
珍しいわね…人見知りなのかしら…
あんなすみっこに…
アリシア・ファーマン侯爵令嬢
ガサッ
茶会？
え

ビクッ
ヒッ
キャーッ！
バターンッ!!
わー！
俺は何もしてないよ！
ライル何かしたの!?
ざわ
ざわ
それでお茶会が中断し解散した
わ…
大変だね…
…
その倒れた子の様子を見に行く途中なの
イヤ…
断罪ルートは…
イヤ…
バッドエンドはイヤだ…
うなされているよ顔色も悪い
起こしたほうがいいかしら？
う～…

やさ
やさ
起きて
怖い夢から
覚めましょう
?
あっ
ッ…
モブ王女……
え?
モブ王女?!
モブ 王女
下っ端 = 私 !?
ぐす
断罪ルートだ
処刑されちゃう…
ああ…
もう終わりだ…
?

ねえ あなた
そんなに泣いたら
目が溶けてしまうわよ？
いっそ溶けて
なくなってしまえば
いいんですぅぅぅ
そしたら何も
見えなくなるわ！
綺麗なお花も
おいしいお菓子も
何も見えないのよ？
もったいないじゃない！
オロ…
そういう
問題かなぁ……
はい ハンカチ
わた 私……
ずび…
ポロ
ポロ
まだ
死にたくないぃぃぃぃ
誰もあなたを
害したりしないわ！

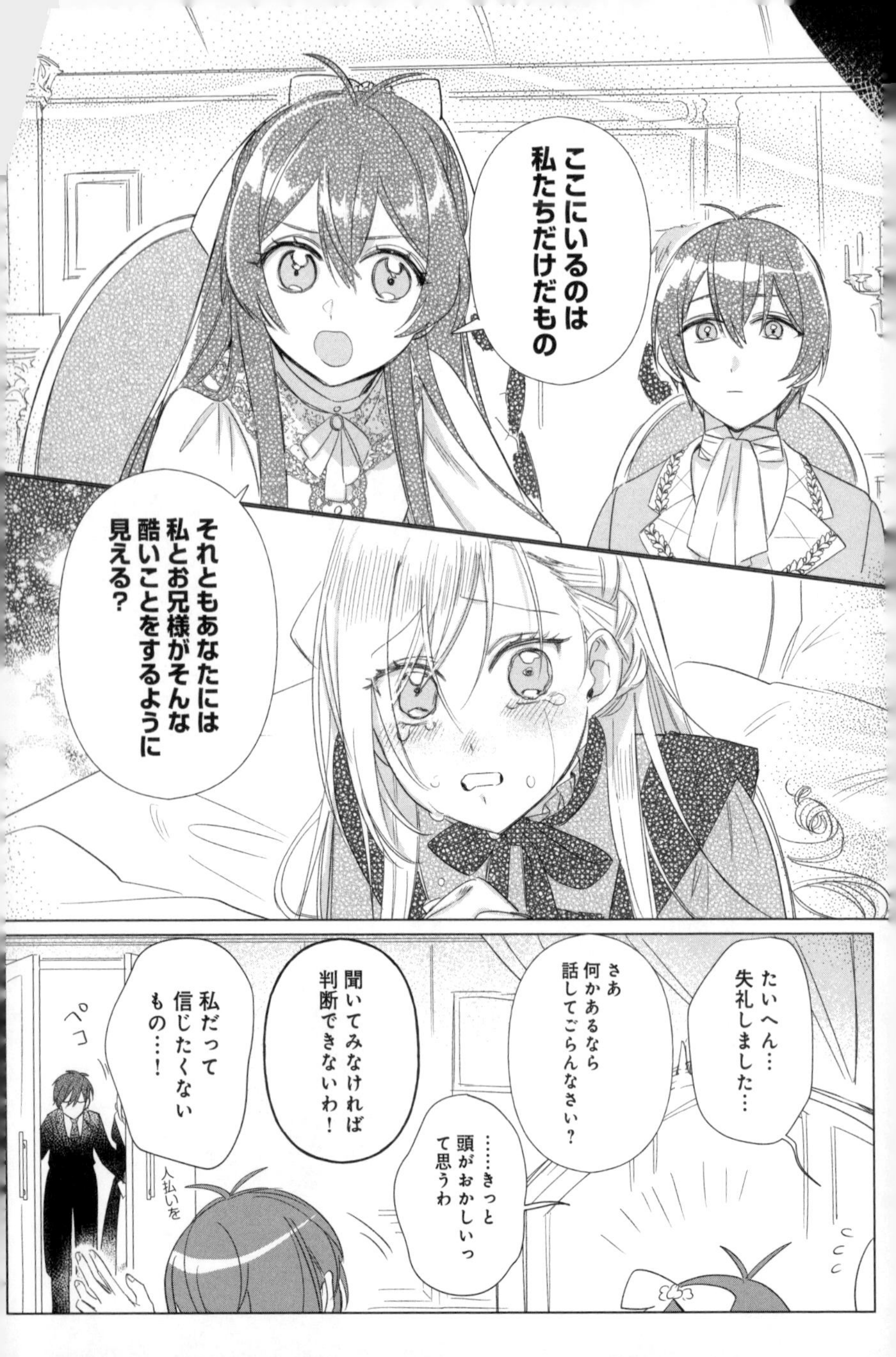
ここにいるのは
私たちだけだもの
それともあなたには
私とお兄様がそんな
酷いことをするように
見える?
たいへん…
失礼しました…
さあ
何かあるなら
話してごらんなさい?
……きっと
頭がおかしいっ
て思うわ
聞いてみなければ
判断できないわ!
私だって
信じたくない
もの…!
ペコ
人払いを

彼女――アリシアが
告げたのは
前世の記憶で知った
これからの未来の話だ
彼女曰く 今回のお茶会から
少しすると彼女は王位継承
第1位の第2王子――
私の弟のライルと婚約し
将来 ふたりとも
王立アカデミーに入学する
しかしアリシアは
王太子ライルの婚約者
だからと普段から
尊大な態度で振る舞い
ライルからは疎まれていた
そんな彼が学園で
ある男爵令嬢と
恋に落ちる
やがて嫉妬に狂った
アリシアはその令嬢を
いじめてしまう

そして『悪役令嬢アリシア』の
悪事はライルの知ることとなり
卒業パーティーの日に
アリシア・ファーマン侯爵令嬢
貴様との婚約を破棄する
断罪され
婚約破棄されてしまうのだ
でも話を聞くかぎり
いじめの内容もただ
貴族令嬢として
当然のことを言っている
だけだと思うわね
そうだな
普通 婚約者がいる相手に
ベタベタする女性は社交界では
慎みがないとされるし……
ライルが…
それに婚約者がいるのに
婚約者以外の女性と
仲良くなるのもありえないな
で でも 他にも
勉強ができないとか
作法がなってないとか
いろいろ嫌がらせ
するんです…
それで あなたは……
アリシアは断罪されて
婚約破棄されると
どうなるの？
しく
処刑されます
え？
処刑されます

異国の王子の呪いをとくため
おてんば姫、
聖なる乙女の
魔術を
発動!?
お帰りを待ってます!
ポンコツ王太子の
モブ姉王女らしいけど、
悪役令嬢が可哀想なので
助けようと思います
~王女ルートがない!? なら作ればいいのよ!~
2
著者 諏訪ぺこ
イラストレーター 海原ゆた

次巻予告
救える命は
救わなきゃ!
シナリオ改変に挑む小さな王女が
他国の運命をも変えていく！本格内政ファンタジー！
2023年発売予定!

ポンコツ王太子のモブ姉王女らしいけど、悪役令嬢が可哀想なので助けようと思います
～王女ルートがない!?　なら作ればいいのよ！～

2023年3月1日　第1刷発行

著　者　諏訪ぺこ

発行者　本田武市

発行所　TOブックス
〒150-0002
東京都渋谷区渋谷三丁目1番1号　PMO渋谷Ⅱ　11階
TEL 0120-933-772（営業フリーダイヤル）
FAX 050-3156-0508

印刷・製本　中央精版印刷株式会社

ISBN978-4-86699-775-9